건
축
의

덫

건 축 의 덫

건축 장편소설

이종건 지음

정예씨

차례

1.

빛의 도시 엘에이가, 한껏 청명하고 맑은 날이었다.

방금 예배를 마친 선우미지는, 성가대가 부른 〈라우다테
도미니움(Laudate Dominium, 주를 찬양하라)〉의 여운에
젖었다. 모차르트가 잘츠부르크 대성당 예배를 위해 작곡한
작품 339번 〈구도자의 엄숙한 저녁기도〉 중 다섯 번째
곡이다. 처음 들은 그 곡은 정말 감동적이었다. 쾌-불쾌의
수준이 아니었다. 정념들로 얼룩진 이 세상을 말끔히
정화하는, 이 땅의 모든 존재자들을 정결케 하는, 그런
느낌이었다. 순수와 지고의 열락으로 인도하며, 깊은 안식과
평강으로 감쌌다. 천상에 속한 것이 잠시 내려온 것 같아,
땅에 붙박인 존재의 비애감도 들었다. '숭고미란 이런
것인가...'

전시 설치를 앞둔 터라, 미지는 태풍 전야의 고요를 만끽하고
싶었다. 교회 마당으로 느긋이 걸어 나오며 빛이 만들어내는

경관을 느긋이 감상했다. 보이는 모든 땅은 그야말로
평화였다. 아름다운 날씨도, 아름다운 음악만큼이나 사람을
선하게 하는구나 싶었다. 촌각의 시간도 붙잡고 싶은 미지는,
모차르트의 선율을 떠올리며 느릿느릿 주차장으로 향했다.
고음에서 저음으로 내려오는 소프라노 목소리는, 마치 빛
조각들이 하늘에서 떨어지는 듯 했다. 소프라노 솔로를
이어받던 뭇 목소리들도 아름다웠다. 차 안에서 유투브로
다시 들어보리라 생각하며, 차 세워 둔 곳으로 시선을 돌렸다.
차 옆에 서 있는 두 남자가 낯설었다. 몇 년 전 한인교회에서
여기 미국 교회로 옮긴 후로는, 동양인이라곤 해 봐야 몇 안
되어, 적어도 안면은 다 알고 있었다. 양복도 아래위를 같은
색으로 차려입은 사람은, 특별한 때가 아니고서는, 보기
어렵다. 미지는, 자신과 상관없는 사람들이라 여겨, 시선을
거두고 자신의 차로 걸음을 옮겼다. 가방에서 키를 꺼내 차
문에 꽂았다. 한국말이 뒤에서 날아왔다.

"미지 씨."

미지는, 처음에는 영어를 잘못 들었나 싶었다.
"미지 씨." 전라도 투의 음색이 이상하게 거슬렸다. 미지는
자신의 호명에 흠칫 몸이 굳었다. 자신이 방금까지 머물던
천상의 기운에, 세속사가 들이닥쳤다. '이들은 도대체

누구인가... 누구이기에, 내 이름을 알고 있는 걸까?' 몸이
이물질에 닿은 듯, 기분이 꺼림칙했다. 차 키를 잡은 손에
힘이 들어갔다. 자세를 그대로 유지한 채, 시야를 넓혔다.
짧은 침묵이 흘렀다. 미국 목사님이, 교회 마당에서 사람들과
환담하는 모습이 잡혔다. 안도감을 느끼며 몸을 돌렸다.

"네, 누구...?"
어리둥절한 표정으로 조심스럽게 물으며, 태연한 채 재빨리
인상들을 훔쳤다. 역시 먼 발길에서 본 것처럼 편치 않았다.
"아, 예. 잠시 커피 한 잔 같이 했으면 싶어서..."
키 큰 남자가 어색하게 웃으며 말했다. 그리고 준비하고 있던
것처럼, 명함을 쑥 내밀었다.

〈건축시행사 뉴 사이트 실장 김철진〉

머리가 짧고 눈매가 날카롭고 골격이 굵었다. 미지는 그의
얼굴에서 비루한 기운을 느꼈다.
"아, 네... 저, 지금 급히 가볼 데가 있어서... 제가 연락을
드리겠습니다."
명함을 받은 미지는, 목례로 양해를 구하고 몸을 돌렸다.
다시 차에 키를 꽂았다. 낮게 깔린 굵은 목소리가 들렸다.
"엘에이피딥니다. 잠시면 됩니다."

경찰이라는 말에 미지가 멈칫했다.

"무슨 일로? 제가 무슨..."

미지가 몸을 돌려 방어적으로 물었다.

"그게 아니라..." 키 큰 남자가 끼어들었다.

"가까운 데서 커피 한 잔만 하시죠?"

땅땅한 남자가 사무적인 태도로 다시 제안했다.

미지는 아랫입술을 깨물었다. 성찰이라는 말 때문에,
얼마전 처음 따라간 후배들 파티 장면이 떠올랐다. 다들
마리화나에 취해 있었다. 초점 잃은 눈빛으로 소리를 지르며,
술을 마셔대던, 불편했던 장면이다. 마약은커녕, 평생 담배
한 번 피어본 일 없어 켕길 게 없었다. 그런데도 이상한
느낌이 엄습했다. 시행사와 경찰. 미지에게는 두 쪽 모두
딴 세상이었다. 시행사가 무슨 일을 하는 곳인지, 한국에서
건축 실무를 제대로 해 보지 않은데다, 미국에서도 들어본
바 없어서, 낯설었다. 경찰도 그렇다. 텔레비전이나 영화에서
본 것이 전부였지, 이렇게 대면한 적은 없었다. 둘의 조합이
적잖이 낯설었다. 무슨 상황인지, 파악할 수 없었다. '이들'이
접근한 이유가 감질났다. 그런데 '이들'과 마주하는 상황은
더 불쾌했다. 설령 커피를 한다 한들, 지금 할 일은 아니라는
판단이 순식간에 들었다. 시간을 벌어, 뭐든 좀 알아본 후에
할 일이라 생각했다.

"죄송하지만 지금은 어렵고, 제가 이 번호로 연락을 드리겠습니다." 미지가 자르듯 말했다.

시행사 실장이라는 키 큰 남자가 다가섰다. 엘에이피디라는 키 작고 다부진 남자가 그의 팔을 잡았다.

"기다리겠습니다." 땅땅한 남자가 명함을 내밀며 말했다.

〈엘에이피디 헤드쿼터. 서전트 폴 박〉

운전대를 잡자, 미지의 손가락이 가느다랗게 떨렸다. 시동을 켰다. 음악이 흘러나왔다. 가슴이 두근거렸다. 뒤로 눕힌 등받이에 몸을 맡겨 눈을 감았다. 파티 장면이 떠올랐다.

파티 방은 시끄러운 음악과 마리화나 연기로 가득했다. 자신과 맞지 않는 세상이 몹시 불편했다. 미정이를 따라올 때만 해도, 이런 곳인지 몰랐다. 숨도 쉬기 힘들었다. 미정이는 마약 기운으로 흐물거렸다. 혼자 밖으로 나와 계단을 밟고 올라갔다. 옥상 풍경이 펼쳐졌다. 베니스 해변이 한 눈에 들어오며 파도가 철퍼덕거렸다. 난간으로 나가 바다 바람을 깊게 들이켰다. 답답했던 것이 한꺼번에 빠져나간 기분이었다. 바다 공기는 의외로 가벼웠다. 해변 여기저기 사람들이 모여 있었다. 차가운 바람이 거슬렸다. 겉옷을 어깨에 둘러 두 손으로 당겨 턱까지 감쌌다. 마리화나

냄새가 진동했다. 옷을 벗어 몇 차례 세게 털었지만, 별
효과가 없었다. 당장 집에 가고 싶은 마음이 굴뚝같았다.
그저 호기심 하나로 따라온 것이 못내 후회되었다. 자책하며
견디다, 동이 트고서야 그곳을 떠났다. 아파트 입구까지 와서,
미정이에게 운전대를 넘겼다. 바깥 기운이 상큼했다. 안도의
숨을 크게 들이켰다.

"향기 좋습니다!"

아파트에 들어서자 아파트 경호원이 인사말을 건넸다.
죄짓고 온 기분이었다. 고개를 돌려 별 일 아닌 듯 씩 웃고
걸음을 재촉했다. 다행히 엘리베이터 홀에는 아무도 없었다.
그런데 아파트 문 앞에서 옆집의 금발 여자와 마주쳤다.
슬로기와 함께 산책 나가는 모양이었다. 서둘러 들어가고
싶었지만, 백안시할 수 없었다. 짧은 인사를 나누고, 집에
들어서자마자 옷을 벗었다. 비닐 봉투에 넣어 단단히 묶었다.

차창 두드리는 소리에 놀라, 몸을 세워 밖을 살폈다.
목사님이었다. 창을 내렸다.
"미지 씨, 괜찮아요?"
근심스러운 표정이었다.
"네. 괜찮습니다. 고맙습니다!"

미지는 애써 밝은 표정을 지었다. '그들'로 인해 잠시
외출했던 미지의 의식이 돌아왔다. 전시물 설치 날이 바로 코
앞이었다. 정신이 번뜩 들었다. 급히 화방으로 차를 몰았다.
'그들'의 차가 그림자처럼 뒤따랐다.

화방은 한산했다. 미지는 혹시라도 설치 중에 다시 와야
할 불상사를 없애고 싶었다. 구석구석 둘러보며, 필요한
물품들을 꼼꼼히 챙겼다. 그리고서 지하주차장에 세워둔
차에 앉아 시동을 걸었다. 두 손을 운전대에 올리고 브레이크
페달에서 발을 떼려 할 때였다. 마치 급성 저혈당에 걸린
사람처럼, 힘이 쭉 빠져나갔다. 이대로는 집까지, 운전도 할
수 없을 것 같았다. 계기판 시계를 보니, 점심시간이 훌쩍
지났다. 차에서 내려, 길 건너편 카페에 갔다.

카페는 층고가 높았다. 건축가들이 좋아하는 로프트
공간이었다. 내부 공간은, 높이에도 불구하고, 편안하고
안온했다. 디자인 덕이었다. 미니멀하게 처리된 벽돌 벽의 긴
네모 공간에, 바로크식 앤틱 가구들이 띄엄띄엄 놓여있고,
크기와 높이가 다르게 매달린 원뿔 모양의 아르테마이드
조명이 매달려 있었다. 미지는 커피와 멀티 그래인 베이글을
들고 창가 자리에 앉았다. 베이글을 한 입 베어 씹으며,
뜨거운 커피를 들이켰다. 무력감이 여전했지만, 마음은 제법

안정되었다. 붉은 펜을 꺼냈다. 냅킨에 전시물 배치 계획을
스케치했다.

미지가 전시를 한다고 했더니, 건축을 잘 모르는 한국
친구들은 전공을 바꾸었는지부터 물었다. 건축 전시회를
한다고 고쳐 말해도, 이해하기 힘들어 하는 반응들이었다.
서구와 달리, 한국에는 건축 전시회가 거의 없기 때문이기도
히고, 가끔 시울에서 열리는 젊은 건축가들의 전시회도,
대부분 설치 미술이라 불러야 할 것들을 전시하기 때문이다.
미국은 한국에 비해 건축 전시회가 제법 잦지만, 유명
갤러리는 스타 건축가들 독무대다. 엘에이에는 건축 전문
갤러리가 하나 있는데, 캘리포니아 소재 건축대학들의 연합
전시회 이외에는, 상당한 수준의 건축가들 차지다. 건축대학
스튜디오 강사로 뛰면서, 건축상도 몇 번 받고 작품 활동도
활발해야 가능하다. 젊은 건축가는, 엘에이뿐 아니라 미국
다른 도시에서도, 전시 기회가 거의 없다.

미지가 여섯 명의 다른 젊은 한국 건축가들과 함께 준비
중인 이번의 건축 전시회는, 일곱 명이 무려 삼 년에 걸쳐
애쓴 결과인데, 특히 윤민수의 노고가 컸다. 미지는 어느
날 윤민수로부터 건축 전시회 참여 의향을 묻는 이메일을
받았다. 캘리포니아 소재 건축대학원 출신 중 실무 경력

5년차 이상에 해당하는 모든 한국인 건축 실무자에게 보낸
단체 이메일이었는데, 미지는 이메일을 읽는 순간 마음이
설렜다. 건축 전시 작가가 될 수 있다는 말에, 설레지 않을
젊은 한국 건축가는 없을 것이다. 개인전은 정말 대가급이
아니면 불가능하니 단체전이 유일한데, 그것도 거기에
누군가가 올인 해서 말 그대로 미친 사람처럼 동분서주하지
않으면, 그리고 이번처럼 전시 예정 작가가 사고를 당해
갑자기 틈이 생기고, 마침 그때 마지막 시도라 생각하며
찾아간 젊은 열정이 거짓말처럼 만들어낸, 그래서 정말
행운이 따르지 않으면 불가능하다.

윤민수가 마련한 첫 모임에 열 명이 나타났다. 유씨엘에이
출신 셋, 유에스씨 출신 둘, 싸이악 출신 셋, 그리고
웨스트우드 둘이었다. 흥분에 들뜬 아홉 명의 시선을 받은
사십대로 보이는 윤민수는, 뜨거운 커피를 한 모금 마신
후 자신의 계획을 털어놓았는데, 강한 전시 욕심과 전시에
바치겠다는 엄청난 결의 이외에는, 아무것도 없었다. 그는,
자신의 또래들이 한국에서 '젊은 건축가상'을 받으며 신문에
실리는 것을 본 이후, 경쟁심과 초조감과 불안을 심하게
느껴, 독불장군처럼 혼자 일부터 벌인 것이다. 전시 일자도,
공간도, 주제도, 심지어 모임 장소에 대해서도 아이디어가
없었다. 처음부터 끝까지, 참여 건축가들이 만들어나가야 할

상황이었다. 게다가, 대부분 경제력이나 시간 여유가 없는, 빠듯한 직업인들이었다. 두 번째 모임은 여덟 명으로 줄었고, 세 번째 모임부터는 줄곧 일곱 명이었다. 한 달에 한 번 가진 모임은, 논의의 주제마다 이견이 생겨 늘 삐걱댔다. 두 번은 심각한 의견 대립으로 거의 해산 직전까지 갔다.

먹고 마시며 하느라, 미지의 스케치는 낙서가 되었다. 커피 한 잔을 더 리필 했다. 스케치 패드를 꺼내어 다시 스케치했다. 그런데, 마음이 콩밭에 있듯, 손이 헛도는 기분이었다. 집중하기 힘들었다. 그러고 보니, 부지불식간에 '그들'이, 목에 걸린 생선 가시처럼, 마음을 어지럽히고 있었다. 펜을 내려놓고, 창밖을 물끄러미 응시했다. 외로움이 엄습했다. 한경 선배에게 전화해 볼까 망설이다, 좀 전의 일이 걸려 미정이에게 전화했다. 신호가 가고 있었지만, 응답이 없었다. 끊고 다시 할까 싶을 때, 처진 목소리가 들렸다. 곧바로 나올 테니, 조금만 기다려 달라고 했다. 지나가는 바깥 보행자들의 패션을 보기도 하고, 커피를 마시며 카페에서 흘러나오는 에미넴의 랩에 귀를 기울이기도 하고, 진열된 커피 용구들을 자세히 보기도 하며, 짬짬이 애써 마음잡아, 낙서하듯 끄적거렸다.

풍경소리가 나면서, 아담하고 귀여운 전미정이 나타났다.

푹 눌러쓴 모자에, 헐렁한 회색 면바지에, 분홍색 재킷
차림이었다. 그도 베이글과 커피를 들고 왔다.
카페 앞 차도에 주차한 채 줄곧 미지를 몰래 지켜보던
'그들'이, 미끄러지듯 사라졌다.

"아, 좋다!!!" 전미정이 뜨거운 커피를 한 모금 마시며, 첫
마디를 해장하듯 뱉어냈다.
"언니, 무슨 일 있어? 이 시간에 보는 건, 처음 아냐?"
전미정은, 두 손으로 머그잔을 감싼 채, 의아한 표정을
지었다.
"갑자기 우스운 일이 좀 생겨서... 너에게 뭐 좀 물어볼 것도
있고..."
달콤한 것이 당겨, 다시 주문한 카페 모카를 마시며 미지가
대답했다.
"우스운 일? 무슨 일? 아, 맞다, 언니, 이번 주가 전시
오픈이지?"
전미정이 말을 끊으며 명랑하게 물었다.
"응... 미정아, 너, 요즘도 마리화나 해?"
미지는 대수롭지 않은 듯 물었다.
"같이 할 친구가 있고, 뭐, 그럴 일이 있으면 가끔 하지...
그렇다고 그렇게 자주 하는 건 아냐. 왜? 언니도 한 번 해
보게?"

"노 노, 난 됐어. 별일은 아니고... 오늘 예배 마치고 나오는데, 이상하게 생긴 한국 아저씨 두 사람이... 내 차 옆에서 기다리고 있더라고... 그리고는 뜬금없이 나랑 커피를 한 잔 하재."

미지는, 미정이가 대답하는 모습을 보며, 경찰이 자신을 찾은 것은 마리화나와는 상관없는 일이라는 직감이 들었다. 안도했다.

"그래? 모르는 사람들이? 무슨 일이지?"

"시행사 실장이라는 사람이랑, 엘에이피디라는 사람인데, 무슨 일인지 모르겠어. 감이 안 와..."

미지는 지갑에 넣어둔 명함을 꺼내며 대답했다.

"폴 박이라..." 명함을 보던 미정이가 중얼거렸다.

"왜? 혹시 아는 사람이야?"

"폴이란 이름, 워낙 흔하잖아 언니. 내가 아는 사람도 둘이나 폴이야... 한 사람은 한인 마켓에서 일하는 지배인, 다른 한 사람은 오빠 친군데 변호사."

"그래? 너 오빠 나이가..."

"서른일곱. 유씨엘에이 메디컬 센터 닥터."

"예전에 마흔 넘었다 그러지 않았어?"

"아, 전에 말한 서울에서 아틀리에 한다는 그 오빠는 큰 오빠. 근데, 언니, 우리 큰 오빠 있잖아, 이번에 젊은 건축가상인가 하는 거 받았대."

"그래? 좋겠다..."

"그거 좋은 상이야? 울 엄마는 완전 신났어. 아빠보고 우리
빌딩 허물고 새로 짓게 하자고 난리야. 상 받은 오빠 첫
작품도, 아빠 건물이었는데..."

"좋고말고. 등 떠밀리다시피 개업한 젊은 건축가들, 다들
진짜 힘들게 버티는데, 그런 상 받으면, 희망이 좀 생기지.
부럽다... 나도 프로젝트 줄 사람 있으면 개업하고 싶다..."

"그래? 그럼, 아빠 보고, 다음 거는 언니 좀 주라 그래?"

"얘는... 말만 들어도 고마워."

미지는 미정이가 마냥 천진하게 보였다. 세상물정 모르는
아이 같았다. 그래도 절친 미정이의 말이 내심 고마웠다.

"엘에이피디라는 그 사람도 삼십대 후반 같았는데... 경찰을
이런 식으로 마주친 건, 처음이야... 넌?"

"나도 그래. 아직까지 경찰 볼 일, 한 번도 없었어. 언니, 신경
쓰이겠다..."

"아닌 밤중의 홍두깨처럼, 전혀 모르는 사람이, 그것도 나랑
아무 상관없는 사람이, 불쑥 나타나서 그러니, 신경이 안
쓰인다면 이상하지..."

"언니, 내가 그럼, 오빠에게, 변호사하는 친구보고 좀 알아봐
달라 부탁해 봐?"

침소봉대라고, 별 일이 아닐 수도 있을 텐데, 괜히 일을

떠벌려 부질없는 사람처럼 보일까 싶어, 미지는 화제를 돌렸다.

"아냐, 됐어. 부탁할 일 생기면 내가 말할게. 너 곧 한국 들어간다며?"

"응. 엄마가 이번 학기만 하고 무조건 들어오래. 어학 평계 삼아 놀기만 한다고, 이번에 들어오면 다시는 나가지 말래... 노는 게 아닌데... 이거저거 살펴보며 나 나름대로 고민하고 있는 중인데... 참, 언니, 있잖아, 서울에 있는 오빠에게 언니 전시 이야기했거든? 그랬더니, 생각보다 관심이 상당하던데?"

"애는 별 거 아닌 거 갖고, 부담스럽게 오빠에게까지 말하고 그래..." 겸연쩍게 웃었다.

"한국 건축판 좁다며? 어차피 알 건데, 뭘... 언니 전시 사이트 알려줬더니, 오빠가 보고는, 언니 한 번 보고 싶다 그러던데? 혹 서울 갈 일 있으면, 오빠 작업실에 한 번 가 봐. 어차피 건축하는 사람끼리 알아서 나쁠 거 없잖아... 언니, 그리고 참고로 하는 말인데, 우리 오빠 싱글이야." 미지가 눈을 찡긋거렸다.

"인연이 되면 보겠지... 너, 시민권 받았어?"

싱글이라는 말이 어색해, 미지가 다시 말머리를 돌렸다.

"아니. 난 아니고 작은 오빠가... 큰 오빠는 대학원 다닐 때까지 영주권자였는데, 한국 가서 포기했어."

미정이는 군이 큰 오빠 얘기를 덧붙였다.

"넌, 그럼, 한국에 오래 있어도 되겠네... 너 남친이 좀
문제겠다. 여기 직장 갑자기 관두고 너 따라 한국 가기도
그렇고... 치과의사라 돈도 잘 벌 텐데, 결혼하면 되지 않아?
결혼할 생각 없어?"

미지는 화제를 미정이로 돌렸다.

"결혼? 결혼할 정도는... 나랑 성격이랑 라이프스타일이 너무
달라... 아직은 잘 모르겠어. 어떻게 해야 할지... 언니는?
언니는 결혼 안 할 거야?"

"결혼? 글쎄... 결혼이고 뭐고, 사람이 있어야... 그렇잖아도,
그것 때문에, 부모님께 전화도 못 걸어... 얼마나
성화들이신지.."

"맞다... 언니, 남친 없지... 언니, 언니 예전 남친, 이름이
김형석 씨라 했지? 그 사람 말고는, 없었다 했지? 난, 정말,
언니, 이해를 못하겠어... 언니같은 사람이, 대학 때 남친이라
했지? 십 년이, 십 년이 뭐야, 십 오 년 아냐? 그렇게 오랫동안,
남친이 없다는 건... 난 절대 이해할 수 없어. 나야 언니를
아니까 그렇지, 그렇게 말하면, 남들은, 언니, 정신적으로
무슨 문제가 있다 그럴걸?"

"그럴지도 모르지..."

미지는 남자친구 얘기에, 창밖으로 고개를 돌려 혼잣말처럼
대답했다. 눈치 빠른 전미정은, 그 순간 미지에게서 우울기를

읽었다. 화제를 돌릴까 생각하다, 이참에 미지의 속을 좀 더
들여다보고 싶어, 차분히 물었다.

"언니, 있잖아... 그게, 언니 눈에 들어오는 사람이 없어서
그런 거야? 아니면, 있어도 연애가 잘 안 돼서 그래?"

"음... 뭐라 그럴까... 좋아는 할 수 있는데... 좋아하는 사람도
한두 번 있기도 했고..."

"지금은? 지금은 없어?"

전미성이 잽싸게 끼어들어 눈을 반짝이며 물었다.

"있어. 그런데..."

미지가 창밖을 응시한 채, 여전히 혼잣말처럼 작은 소리로
대답했다.

"누구? 그 커피숍 하는 선배?"

미지는 확답을 피했다. 전미정은 다시 화제를 돌렸다.

"사랑하는 게 안 돼? 언니, 좋아하는 거랑 사랑하는 거랑은,
정도 차이밖에 없어. 많이 좋아하는 게 사랑하는 거야... "

전미정은, 미지가 그렇게 되길 바라는 마음이 커, 설득하듯
말했다.

"좋아하는 거랑 사랑하는 거는, 전혀 다르지. 좋아하는
사람은, 내가 좋아하던 게 없어지면, 더 이상 좋아하지 않게
되지만, 사랑하는 사람은, 좋아하는 게 없어도, 아니, 내가
싫어하는 게 생겨도, 사랑을 안 할 수가 없으니까. . ."

미지가 고개를 돌려, 전미정의 얼굴을 보며 반박했다.

"난, 너무 좋아하면 그렇던데... 너무 좋아하면, 그 사람이
내가 싫은 짓을 해도, 계속 좋던데..."
전미정이 미지의 눈을 보며 가볍게 웃었다.
"그건, 같은 말을 다르게 표현하는 거지. 넌 너무 좋아한다고
하고, 난 사랑이라고 하고... 그런데 있잖아, 좋아하는 거랑,
사랑하는 거랑은, 출발부터 다르지 않아? 크레센도처럼 점점
좋아져서 많이 좋아하는 게 아니라, 처음부터 다르지 않아?"
미지에게서 우울기가 가신 것을 본 전미정은, 목소리 톤을
높였다.
"뭐, 그럴 수도 있지. 그런데 언니, 좋아하다가 많이
좋아하는 건, 크레센도가 맞긴 한데... 좀 다른 거 아닌가?
물이 데워지다가 갑자기 끓는 거처럼, 다른 상태가 되는
그런..."
"그러면, 그건, 사랑이라 할 수 있지... 질적으로
달라졌으니까... "
"그럼, 언니는... 그 질적인 변화로... 못 넘어간다는 거야?
좋아 하다가, 너무 좋아지지는 않는다는 거야? 왜 안
되지...?"
미지의 동의에 자신감을 얻은 전미정은, 미지의 속내가 더
알고 싶어 일부러 머뭇거리며, 단도직입적으로 물었다.
"글쎄, 나도 몰라..." 미지가 대답을 흐렸다.
"언니, 섹스는? 아예 안 해?"

"술이 좀 되면... 좋아하는 사람이랑은... 미정아, 다음에
얘기하자."
"언니, 왜? 이런 얘기 나랑 하는 거 싫어?"
"그런 거 아냐. 전시 땜에 바쁜데, 얘기가 길어져서 그래.
다음에 해."

김형석. 오랜만에 듣는 이름이다. 미지는 그 이름을 듣는
순간 가슴을 압박하는 거북함을 느껴, 더 이상 남자 이야기에
빠지고 싶지 않았다.
복학생이었던 그는, 반에서 설계도 가장 잘했고, 키도 크고,
잘생기고, 성격도 호방해서, 매력적이었다. 첫 눈에 마음이
끌려 그저 속앓이만 하고 있었다. 그런데, 어느 날 그가
사고를 쳤다. 전통건축 답사 겸 엠티 장소였던 양동마을
관가정 마당에 모두 앉아, 이른바 3분 스피치를 할 때였다.
3분 안에 자신이 건축하게 된 동기나 장차의 포부를 밝히라고
선배가 후배들에게 요구한 것이다. 차례가 되어 마루 앞에
선 그는, 엉뚱하게도 느닷없이 미지를 불러 세우고는, 미지를
좋아한다고 일방적으로 선언했다. 아무도, 심지어 미지마저
눈치 채지 못한 행동이라, 모두들 놀라 함성을 지르며 박수를
쳐댔다. 그 사건 이후, 둘은 결국 캠퍼스 커플이 되었지만,
결국 지금까지 풀지 못한 이별 사건은 가슴 깊은 속 덩어리가
되어, 누군가를 사랑하기 힘들게 한다.

2.

드디어 전시물 설치 날이 하루 앞으로 다가왔다. 미지는
전시물들을 만드느라 며칠째 밤을 꼬박 새웠다. 퇴근하고
귀가해서 저녁 챙겨먹고 뒷정리하면 몸이 지치고, 잠시 쉬면
이미 한밤중이라, 주중에는 거의 따로 시간 내기 어려웠다.
역시, 직장 일을 하면서 자신의 작업을 따로 하는 것은,
결코 쉽지 않았다. 어지간한 열정이나 절박감이 없고서는,
말 그대로 진짜 독종이 아니고서는, 직장 일 이외에는,
건축사 시험 공부든 뭐든, 거의 불가능한 일이었다. 미지는
혼자서는 도무지 끝낼 수 없을 것 같아, 한경 선배에게 패널
작업을 부탁해 두었다. 하필이면 정신없이 바쁠 때 야근의
연속이었다. 큰 프로젝트가 두 개나 마감을 앞둔 터였다.
그러든 말든, 당장은 자신의 발등의 불이 더 급했다. 미지는
앞뒤 가리지 않고 정시 퇴근을 강행했다. 몇 년간 반복된
일로, 실무의 열정이 사라질 대로 사라진 미지였다. 그만 둘
핑계거리만 찾던 터였다. 전시회 작업이 없었더라면, 아마

건축을 그만 두었을 것이다. 모처럼 정시에 사무실 문을
나섰다. 밖이 환했다. 기분이 묘했다. 나이트 크롤러(밤에만
기어 다닌다는 지렁이)가 뜬금없이 정오의 햇살에 내던져진
느낌이었다. 하늘은 역시 청명했다. 오랫동안 방치한 차의
더러움이 적나라했다. 차 안은 아예 전쟁터였다. 모형 재료며,
패널 재료며, 작업 도구며, 책이며, 심지어 오래 전에 장
본 것들까지, 아수라장이었다. '하루만 더 참자.' 미지는
운전석에 앉아 큰 숨 한 번 들이쉬고, 한경의 커피숍으로
향했다.

한경이 자리를 비운 커피숍에, 아리엘 라미라스의
〈알폰시나와 바다〉가 애절하게 흐르고 있었다. 전에 인사를
나누었던 아르바이트 대학생이, 커피를 내리던 고개를 들어
눈인사했다. 저녁시간 탓인지, 빈 테이블이 없었다. 미지는
스탠드 앞 스툴에 앉았다.
"형, 곧 올 거예요."
그가 말을 건넸다. 생김새처럼이나 말이 시원시원하고 밝다.
"네. 잘 계시죠?" 미지도 시원하게 물었다.
"네."
미지는, 커피를 따라주는 그의 고운 손을, 자신도 모르게
응시하며 물었다. 그러다, 머그잔을 다 채운 커피 한 방울이
떨어지는 것을 보는 순간, 자신이 남자 손을 보고 있다는

것을 깨달았다. 어색함을 들키지 않으려고, 머그잔을 들고
일어났다. '어제, 미정이가 잊고 있었던 김형석을 입에
올려 그런가... 그도 손이 부드러웠는데... 아니면, 피터
그리너웨이가 감독한 영화 〈건축가의 배〉처럼, 창작 욕구
때문에 남자에게 눈이 가는 건가...' 미지는 혼자 픽 웃었다.

"잠시 전화 좀 할게요..."
돌연 기분이 이상해진 미지는, 전화 핑계로 머그잔을 들고
밖으로 나갔다. 퇴근 시간이라 그런지, 도로에는 차들이
꼬리를 물고 있었다. 맞은 편 벤치에 앉아, 마치 처음 보는
사람처럼, 한경의 커피숍을 가만히 응시했다. 붉은 빛을 담은
자그마한 공간이, 고흐 그림의 카페처럼 따뜻했다. 연꽃
모양의 거대한 펜던트 조명이 한가운데, 마치 하늘에 매달린
것처럼, 아름답게 떠 있었다. 한경이 보름 동안 식음을
전폐하다시피하며 디자인하고, 제작한 것이었다. 나무 선반
위에 놓인 흰 건축 모형들이 석고 조각처럼 아름답다.

커피숍 아르케. 한경은, 남들 눈엔 손바닥만 하게 보일 이
공간을 장만하느라, 무던히 애썼다. 마치 구도자처럼 온 삶을
건축에 바쳤던 그가, 느닷없이 이 작은 공간에 몰두하는
모습이 의아했다. 대학원을 마치고 실무를 몇 년 하고, 미국
유학 길에 올랐다. 석사를 끝내고 이론 공부에 심한 허기를

느껴 박사 과정에 진학했다. 그러다, 학비 마련이 어려워
도중에 하차하고, 설계사무실에서 몇 년 보냈다. 귀국 후에는
아틀리에에서 일하며 시간강사로 뛰었다. 그러다 일 년이
지날 즈음, 둘 다 그만 두었다. 누가 봐도 일중독자라 할
만큼 자신의 일에 몰두한 탓에, 결혼한 지 얼마 안 되어
갑작스럽게 이혼 통보를 받았다. 건축가는 서구 사회에서
이혼이 가장 높은 직업군에 속하는데, 한국도 그런 경향을
쫓아가는 중이다. 빈털터리 홀몸이 된 한경은, 몇 개월을
우울증에 빠져 지내다, 소위 건축 '세계'를 정복하겠다며
원룸에 박혀 공부에 몰두했다. 그리고는 또 어느 날 책들을
잔뜩 들고 지리산으로 들어갔다. 거기서 몇 년을 보낸
한경은, 다시 시간강사 생활을 시작했다. 그러다 또 다시
공부가 부족하다며 어디론가 사라졌다. 그리고는 몇 년
후 페이스북에 나타나, 소위 건축계 스타들을 가차 없이
칼질하며, 기인 행각을 벌였다.

그러던 한경이 작년에 뜬금없이 나타났다. 그리곤 혈혈단신
맨몸으로 커피숍을 만들겠다며 뛰어들었다. 디자인에서부터
소품과 가구 제작, 공사, 그리고 마지막 허가까지, 홀로
덤덤하게 작업했다. 그에게 대학생 때부터 틈틈이 건축
도움을 구하며 살아온 미지는, 기꺼이 그를 도왔다.
노동력도, 비상금조로 다른 계좌에 틈틈이 넣어둔 돈도,

심지어, 커피숍 개설에 필요한 것은 아니지만 혹시나 건축
작업을 할까 싶어, 라이센스 등록도 하기로 했다. 소품들을
구하러 같이 다녔고, 인테리어 재료들과 공사 공구들을
혼자 사러 다녔다. 좋은 커피 생두 수입처를 찾기 위해 모든
인맥도 동원했다. 미지는, 선배가 커피숍을 자신의 첫 작품,
그러니까, 일종의 건축 플래그쉽 공간으로 만들어, 건축
작업판을 다시 벌이나 보다 했다. 그런데, 커피숍을 오픈하기
전 날 커피를 내려주며 무덤덤하게 말했다. 자신은 이제
건축을 접었노라고. 앞으로는 클래식 기타나 치며 살 거라고.
적지 않은 충격을 받은 탓인지, 지금도 그 장면을 떠올리면
먹먹하다.

"왜 거기 있어?"
언제 왔는지, 한경이 미지 옆에 서 있었다.
"아, 선배님... 바깥 공기가 좋아서... 별일 없으시죠?"
미지가 몸을 한경에게 돌려 밝게 물었다.
"나야 뭐... 바쁘지? 별일 없지?"
"배가 고파, 힘이 없네요."
"그래. 나도 그러네. 잠시 들어갔다 나올 테니... 머그잔 줘.
조금만 기다려."

미지와 한경은, 할리우드 가에 있는 카페에 자리를 잡았다.

32

석양에 물든 하늘이 슬프도록 아름다웠다. 여기저기 한껏
멋을 낸 사람들이 들뜬 모습으로 활기찼다. 그림자 같이
어두운 야자수 나무들이 건물 끝 선을 훌쩍 넘어 하늘로
솟구쳤다. 바람이 상쾌했다. 웨이트리스에게 커피를 시키면서
음식까지 주문했다. 마주앉은 두 사람은, 거의 동시에,
투명하고 투박한 유리컵에 담긴 뜨거운 커피를 마셨다.

"패널, 다 찾아 놨어."
한경이 숙제 마친 학생처럼 말했다.
"아, 네, 고마워요. 선배님 아니면, 전시도 펑크 낼 판이네요."
미지가 환하게 미소 지었다.
"내일 설치하면 좀 쉬겠네?"
"네... 이제 그 동안 팽개쳤던 것들, 정리 좀 해야죠. 집도,
차도, 완전 정크야드예요. 선배님, 주문하신 기타, 언제
받죠?"
"6개월쯤 걸린대."
"와, 오래 걸린다... 빨리 오면 좋겠다..."
"응, 나도..."
한경이 어린애처럼 해맑게 웃었다.
"선배님, 기타 오면, 선배님 커피숍에서 작은 연주회라도 한
번 하면 좋겠다..."
"연주회는 무슨... 기념으로 한 곡쯤이야 어쩔지 모르지만...

뭐, 누구 앞에서 하려고 시작한 것도 아니고... 그런데 이젠,
장사에 때문에라도 연습을 좀 해야 하나 싶기도 하고..."
영화배우처럼 잘생긴 갈색머리 남자가, 애피타이저로 빵과
발사믹과 올리브를 가져왔다.
"완전 굿 아이디어예요. 선배님!"
미지는, 기대하는 눈빛을 보내며, 자리에서 일어났다.
청바지와 면 티 차림의 긴 머리가 싱그러웠다. 날씬한 몸매
덕인지 백인들로 붐비는 카페의 일부처럼 보였다.

미지가 손을 씻으러 간 사이, 한경은 기타 제작 경비를
고민했다. 기타 욕심에 덜컥 신용카드로 한계치까지
선급금은 냈지만, 나머지 제작비를 융통할 방법이 없었다.
"무슨 걱정 있으세요?"
"아냐, 아무 것도 아냐, 나도 손 좀 씻고 올게."
한경이 돌아오자, 미지는 메신저 중이던 아이폰을
내려놓았다. 신선한 빵이 허기를 불렀다.
"배고프지?"
"네! 참, 선배님, 저 지난 일요일, 이상한 사람들 만났어요."
미지는 새카만 발사믹을 감싸는 노란 올리브 오일에 빵을
찍으며, 대수롭지 않듯 말했다.
"이상한 사람들?"
미지는 지난 일요일 일을 들려줬다.

"시행사 사람들이 왜 찾지? 한국 시행사는 대부분 사기꾼들인데..."

"그래요?"미지가 놀란 표정으로 물었다.

"응. 대부분, 말도 안 되는 엄청난 만화 같은 프로젝트를 만들어서, 정치 거물급 한 둘을 개입시켜. 그리고 많이 들어봤지? 피에프라고..."

"프로젝트 파이낸싱?"

"응. 주로 로비로 움직이는 건데... 거물급들 이용해서 은행이랑 건설사 지불 담보 받아내. 그리고 그걸 미끼로 분양업자 내세워서 순진한 사람들 돈, 꿀꺽하는 게 다반사야. 그래서 심지어 가정 파괴된 사람들도 있어. 건축가들이야, 그림 그려주는 역할뿐이지. 그런데 그것도 규모가 워낙 커서, 비용이 제법 들어가. 그래서 그게 깨지면 손해가 상당해. 내 주변에 설계사무실 부도난 사람도 있어. 프로젝트 욕심으로 돈 한 푼 안 받고 서비스 해주다 그리 된 건데, 그래도 기회가 오면 또 하려고 다들 난리니... 그런데, 그 사람이 왜 찾지? 게다가 엘에이피디라... 정말 이상하네..."

"그러게 말예요. 시행사도 시행사지만 경찰은 도무지..."

"그건 좀 있다 고민해보기로 하고, 우선 축하부터 좀 하고 먹자. 건축가로 처음으로 세상에 이름을 내는데, 그냥 먹을 순 없잖아. 자 브라보!"

한경이 자신의 빵을 미지 빵에 툭 쳤다. 미지는 화답 대신,

웃음을 머금었다.

한국의 시행사라는 곳은, 주로 어떤 사람들이, 어떤 식으로
일을 하는지, 건축가들은 또 거기에 구체적으로 어떤 형태로
작업에 관계하는지, 더 물어보고 싶었지만 마음을 접었다.
한경과 모처럼 갖는 즐거운 시간을, 어두운 화제로 채우고
싶지 않았다. 이런 분위기에는 차라리 가벼운 수다가
세격이라 생각했다.

"아, 그 미용실 언니 있잖아요? 거기 웨스턴에 있는..."
커피 잔을 내려놓은 미지가, 까맣게 잊고 있었던 걸 갑자기
기억해내듯 물었다.
"응."
"저도 거기 가거든요? 예전에 한인교회에 다닐 때 만났던
언니라..."
"응. 그런데?"
"그 언니가, 선배님 피부 좋다고 몇 번이나 그러던데요?"
"피부? 여자들은 참 피부에 민감해. 난, 로션 바르는 것도
건조할 때나 가끔 바르고 마는데..."

한경은 여자들이 피부에 그렇게 신경 쓰는 것이, 시간이며
돈을 투자하는 것이, 이해하기 어려웠다. 아니, 껍질의 강력한

미적 효과를 부정할 수 없기에, 이해는 하지만, 속과 겉의
심한 부정합이 못마땅했다. 한 번은 강의 나가던 대학에서
'삐까번쩍'하게 차려 입은 학생들을 본 적 있는데, 그들을
보며 참 안팎이 따로 논다, 어설프다 생각했다. 아무것도
없는 놈들이, 부모 돈으로 과장한 모습이 한 편의 촌극
같았다.

"미지도 피부 관리해?"
늘 봐도 화장 안 한 모습이라, 아닐 거라 생각했지만, 말이 툭
나갔다.
"선배님, 제가 피부 관리할 시간 있으면, 얼마나 좋겠어요…"
미지가 한숨을 짧게 내쉬었다.
"그래도, 한국에 비하면 백배 낫지. 거긴 아예 인생을
바치잖아. 너 잠시 인턴 알바 할 때 봤잖아. 줄
야근에, 걸핏하면, 턴키(설계와 건설의 일괄 계약)며
꼼뻬(competition; 설계경기)로 개인의 삶이 없잖아."
"그렇긴 하죠. 유학 안 오고 한국에서 버텼으면, 지금은 아마,
이 세상 사람 아닐지 몰라요…"
"그러게, 죽을 정도면 박차고 나오든지, 건축을 버리든지
하지, 뭔 놈의 건축이야. 징해…"

검정색 앞치마를 두른 그 멋진 남자가 음식을 내려놓고 갔다.

"아, 맛있겠다... 먹자. 미지랑 여기서 저녁 먹는 것도, 참
오래간만이다."
"가끔 이렇게 같이 식사해요. 너무 좋아요!"
즐거움이 순식간에 얼굴 전체로 퍼졌다.
"알았어. 나야 뭐 백수지만, 넌 늘 바쁘잖아."
"그 놈의 시간이 원수네요... 어쨌거나 이제 전시도 곧
끝나니, 시간 좀 자주 낼게요."

미지가 염소치즈 샐러드, 통밀 예루살렘 샌드위치, 램 찹을
가운데 나란히 놓고, 빈 접시들에 음식을 나누어 담아 한
접시를 한경 앞에 내밀었다. 쫀득한 치즈와 통밀과 새싹
채소가 어울려, 맛이 그만이었다. 쌉싸래하면서도 묘한 맛이
도는 염소치즈도 맛있었고, 양고기도 환상적이었다. 미지는
모처럼 일상의 행복감을 만끽했다.
'그들'이 미지와 한경을 훔쳐보며, 유령처럼 지나갔다.

3.

미지는 전화 소리에 깼다. 방이 환했다. 급히 일어나 전화를
집었다. 윤민수였다. 어제 긴장을 너무 놓은 탓인지, 알람을
못 들었다.

"선배님, 이제 깼어요."

"난 또... 미지 씨가 안 나타나서... 무슨 일이 있나 싶어서..."

"아, 별일은 없는데 긴장을 놓았네요... 챙겨서 빨리 갈게요."

"생각보다 설치하는 시간이 오래 걸리네요... 아무튼, 나도
아직 아무것도 못 먹고 이러고 있으니, 빨리 와서 같이 먹고
해요."

미지는 정신없이 일어나 욕실로 갔다. 거울에 비친 몰골이
말이 아니었다. 잠시 멍하니 거울을 보다가 황급히 샤워를
마쳤다. 화장도 간단히 했다. 뭘 입을까 머뭇거리다, 헐렁한
티와 청바지를 입고 총총히 나섰다. 전시물들은 이미 차에
넣어둔 터라, 몸만 챙겨나갈 수 있어서 다행이었다. 안도감을

느끼며 아파트를 빠져나갔다.

날씨는 늘 그렇듯 화창했다. 도심이 한껏 평화로웠다. 매일 울리던 경찰차도, 911 응급차 사이렌 소리도, 모처럼 들리지 않았다. 미지는 성급한 마음을 다스리려고, 마리아 칼라스를 틀었다. 〈정결한 여신〉이 흘러 나왔다. 칼라스의 애잔한 목소리는 늘 영화 〈칼라스 포에버〉의 몇 장면을 떠올리게 했다. 칼라스가 자신의 오랜 친구이자 공연기획자인 동성애자 첼리와, 자신의 삶을 회상하며 이야기를 나누는 마지막 장면은, 매번 가슴에 턱 걸렸다.

"하나님은 기도에 응답하시지. 문제는 우리가 잘못된 걸 기도한다는 거지. 난 마리아 칼로게로 폴로스가 싫었어. 마리아 칼라스이길 원했지. 한동안 그랬지. 그냥 단순히 여자가 되게 해 달라고 할 걸 그랬나봐. 마술 부리는 예술가가 아니라... 당신도 그냥 단순히 남자가 되게 해달라고 해. 우리가 얼마나 행복했을까? 아무것도 특별할 게 없는 평범한 남자 여자."

미지는 칼라스의 상념어린 눈빛을 떠올리며 천천히 달렸다. 한인들의 아이콘인 올림픽대로에서 라브레아로 우회전했다. 그 순간, 뒤에서 사이렌 소리가 들렸다. 화들짝 놀라

백미러를 보니, 경찰차가 따라붙었다. 그러고 보니 좀 전의 신호를 지켰는지, 기억나지 않았다. '하필이면, 이 바쁜 와중에...' 짜증이 치고 올라왔다.

미국 경찰, 특히 뉴욕피디와 엘에이피디는, 총기와 마약 사고가 일상에 흔한 탓인지, 엄하고 가차 없는 공권력으로 악명이 높다. 걸리면, 꼼짝하지 않은 채 무조건 명령에 따라야 한다. 운전하던 한국인이 경찰 지시에 불응하다가, 사살된 사건도 몇 있었다. 할로윈 총기 사건도 유명하다. 할로윈 코스튬으로 접근하는 동양인을 보고, 백인 거주자가 총을 들고 나와 "프리즈(freeze; 꼼짝 마)"라고 외쳤는데, 어학 과정에 등록 중인 그 십대 학생은 말을 알아듣지 못해 움직이다가, 총을 맞고 즉사했다.

미지는 차를 도로 오른편에 세우고, 운전대에 손을 얹은 채 기다렸다. 허리에 찬 총에 손을 댄 경찰이 조심스럽게 접근하는 것을 백미러로 보는 동안, 몸이 굳고 땀이 났다. 처음 겪는 경험이라, 무섬증이 엄습했다. 경찰은 두어 걸음 뒤에서 멈추었다. 움직이지 말고, 그 자리에서 창을 내리라고 명령했다. 창을 내리자, 경찰이 다가와 차 안을 유심히 살폈다. 남미 인상이었다. 뒤에는 또 한 명의 경찰이 주시 중이었다. 차 안을 살핀 후, 면허증과 차 등록증과

보험증서를 요구했다. 서류들을 넘겨받은 경찰은 멀찍이
뒤로 물러나, 무전 교시를 했다. 시간이 한 참 흐른 듯 했다.
다시 두어 걸음 뒤로 다가온 경찰은, 트렁크를 열어보라고
했다. 밖에 나가 트렁크 문을 열어주기 위해, 차 문을 막
여는 순간이었다. 경찰이 왼팔을 뻗으며, '꼼짝 마!'하고
명령했다. 오른손은 총을 잡은 상태였다. 당황하며 겁에
질린 미지는, 순식간에 몸이 얼었다. 차 문은 한 뼘쯤
열린 상태였다. 심호흡을 한 번 한 미지가, 그때야 정신을
차리고 차 문 안쪽에 있는 트렁크 버튼을 눌렀다. 트렁크
안을 살피던 경찰이 다시 다가왔다. 차 안을 좀 살펴봐도
되겠느냐고 물었다. 미지가 좋다고 대답하자, 차 문을 연
채로 이곳저곳을 뒤졌다. 그리고는 뒷문 포켓에서 작은 비닐
봉지를 꺼내 미지 앞에 들이댔다.

"이게 뭡니까?"
"저는 모르겠습니다. 그게 뭡니까?"

비닐 봉지를 열어 냄새를 맡자마자, 밖으로 나오라고
명령했다. 왜 그러느냐고 묻자, 마약 소지 혐의로
체포하겠다며, 미란다를 고지했다. '마약이라니, 도대체 이
무슨 청천벽력의 말인가?' 눈앞이 하얘지면서, 땅이 흔들리는
듯한 충격으로 혼절할 뻔했다. 무언가 단단히 잘못 되었다는

불길한 감정이, 온 몸을 감쌌다. 심장이 뛰었다. 여기서 더
말려들면, 3년에 걸쳐 힘들게 준비한 생애 첫 전시를 망칠
게 분명했다. 경찰이 수갑을 채울 태세로 나오라고 종용했다.
호랑이 굴에 들어가도 정신만 차리면 산다는 말을 주문처럼
외우자, 폴 박의 명함이 떠올랐다. 심호흡을 두어 번 하고,
엊그제 받아 문 옆에 챙겨둔 그의 명함을 들고 나갔다.
긴장하고 있던 경찰에게 명함을 건네주며, 다음과 같이
또바또박 부탁했다.

"나는 건축가다. 내일 전시 오프닝을 위해 지금 전시물을
설치하러 가는 중이다. 오늘 중으로 설치하지 못하면, 나뿐
아니라 다른 사람들의 전시도 망친다. 내가 잘 아는 이 분이
경찰 본부에 있다. 그가 나의 신원을 보증해 줄 것이다.
그러니, 지금 전화를 걸어 확인 좀 해 주면 좋겠다. 확인이
되면, 내일 자진 출두할 것이다. 그러니, 오늘은 전시물을
설치할 수 있도록 좀 도와주면 좋겠다. 사정이 정말 절박하다.
제발 좀 도와 달라."

그가 명함을 들고 다른 경찰과 의논했다. 마치, 사형 선고를
기다리는 사람처럼 땀을 흘렸다. 경찰이 돌아왔다.
"당신의 신원이 확인되었다. 그러니, 급한 일 끝나면, 즉시
연락하라."

경찰이 건네준 명함에는, '라브레아 경찰. 서전트 호세
체바스'가 적혀있었다. 고맙다며 운전석에 앉자, 서류들을
내밀며 사인을 요구했다. 노란 종이는 교통법규 범칙
스티카였고, 흰 종이는 범죄 사실 확인서라고 설명했다. 노란
종이를 훑은 후 사인한 미지는, 흰 종이를 읽다가 멈추었다.
흰 종이에 사인한다는 것은, 자신이 마약을 소지했다는 것을,
곧바로 인정하는 꼴이었다. '어찌해야 하나...' 눈을 잠시
감았다가 뜬 미지가, 경찰에게 물었다.

"흰 종이에 사인을 안 하면, 어떻게 됩니까?"
"그러면, 곧장 경찰서로 연행됩니다."

'곧장 연행'이라는 말에 간담이 써늘했다. 이 자리에서 연행
된다니! 전시 망칠 일이 문제가 아니었다. 연행은, 상상조차
싫고 무서웠다. 무섬증이 감당하기 어려웠다. 무조건
피하고 싶었다. 고개를 뒤로 젖혀 잠시 눈을 감고 침묵했다.
그리고 흰 종이를 찬찬히 읽은 후 사인했다. 두려움에 갇힌
미지에게, 경찰이 경고의 말을 던졌다. 오늘 중으로 연락하지
않으면, 직접 체포하러 올 것이다. 운전대를 잡은 미지의
손이 땀에 배었다.

문화원 주차장에 주차한 미지는, 악몽을 꾼 사람처럼

식은땀을 흘렸다. 운전을 어찌 했는지 기억나지 않았다.
앉은 자세로 한참을 쉬다, 차 문을 열고 나갔다. 어깨가
심하게 아팠다. 팔을 몇 번 돌리고 발걸음을 떼자, 이번에는
옆구리가 아팠다. 선 자리에 쪼그리고 앉아, 신음소리를
뱉었다.

"미지 씨, 몸이 안 좋아요?"
윤민수는, 도착할 시간이 넘어도 미지가 오지 않아, 벌써 몇
번을 들락날락 하던 참이었다.
"아, 선배님, 복통이 좀..."
긴장한 탓일 것이다. 통증은 다행히 곧 견딜 만했다.
천천히 일어났다. 얼굴에 땀이 맺혔다. 땀을 훔치고
전시 작업물들을 꺼내려고 트렁크 문을 열자, 윤민수가
걱정스러운 표정으로 말했다.
"어디 가서 좀 쉬고 계세요... 제가 할게요."

방금 터진 이 기막힌 사건을, 말을 할까 말까 고민하며, 전시
설치물들을 꺼내 안으로 옮겼다. 윤민수가 많이 도왔지만,
어깨 통증은 여전했다. 설치물들을 모두 전시장에 옮겨놓은
후, 말없이 밖으로 빠져나갔다. 아무래도 한인교회에 다닐
때 친하게 된 변호사에게 물어봐야 할 것 같았다. 계단에
풀썩 앉았다. 다행히 통화가 쉽게 되었다. 방금 일을 설명한

후, 조언을 구했다. 변호사는, 서둘지 말고 침착하라, 경찰
만나러 갈 때 같이 갈 테니, 꼭 연락하라, 너무 걱정 말라며
안심시켰다. 미지는 사건 후 처음으로 잠시 안도감을 느꼈다.

미지는, 전시장이 문 닫을 시간까지, 정신없이 움직였다.
그 바쁜 와중에도, 불안은 여전했다. 저녁을 같이 먹고
헤어지자던 윤민수를 한사코 뿌리쳤다. 그리고 혼자 차 안에
앉아 정신을 가다듬었다. 심호흡을 두어 번 하고, 폴 박에게
전화를 걸었다. 받지 않았다. 전화를 내려놓자, 피로감이
몰려왔다. 온 몸에 힘이 빠져나갔다. 몸의 중력조차 버거웠다.
시동을 걸었다. 칼라스의 고결한 목소리가 다시 차 안을
채웠다. 의자 등받이를 뒤로 젖혀 몸을 눕혔다. 눈을 감았다.
눈물이 주르륵 흘렀다. 평온한 일상의 시간이 손아귀에서 막
빠져나가고 있었다. 눈을 질끈 감고 음악에 정신을 맡겼다.
벨 소리에 깜짝 놀라, 무심결에 전화를 귀에 댔다.

"헬로…"
"엘에이피디 폴 박 경사입니다."
"아, 네…" 미지 목소리에 반가움과 두려움이 뒤섞였다,
"전시 설치 다 했습니까?"
"네."
"그럼, 잠시 볼 수 있겠습니까?"

"아, 저, 호세 경관에게 좀…"

"미지 씨 건, 제가 인수 받았습니다."

"아, 네. 그럼 어디서 뵐까요?"

"편하신 곳으로…"

"맥 아시죠? 저, 지금 문화원이니까…"

미지는, 아무래도 생각할 틈이 필요할 것 같아, 삼십여 분
떨어진 한인 커피숍을 제안했다.

"좋습니다. 30분 후면 되겠습니까?"

경찰이지만, 그래도 한국 사람이었다. 별 좋은 느낌은
아니었지만, 그래도 얼마 전에 본 사람이었다. 게다가 그의
명함으로, 좀 전의 급박한 위기도 넘겼다. 묘한 안도감이
찾아 들었다.

'어떻게 해서 마리화나가 내 차에 있게 된 걸까…' 미지는
운전하는 내내 생각했다. '마약이라고는, 무슨 파티인지도
모른 채 미정이 따라가 본 것이, 처음이자 마지막이다.
그리고 그때는, 분명히 미정이 차를 타고 갔고, 그 후로
어제 처음 만났다. 어떻게 내 차에 있을 수 있을까…' 아무리
생각해도 알 수 없는 일이었다. 텔레비전이나 영화에서
봄직한 장면이, 자신에게 일어나다니… 도무지 받아들일
수 없었다. '중요한 것은, 가급적 덜 고통스럽게 해결하는
것이다. 항차 닥칠 일들은 분명 가볍지 않을 것이다. 영주권

잃는 것쯤은 아무 일도 아닐 것이다. 유치장이며, 재판
과정이며, 그보다 훨씬 고통스러운 일들을 겪어야 할 지 모를
일이다.' 자신을 믿고 살아온 가족들이며, 지인들이며, 앞으로
함께 일해야 할 건축 동료들이 떠올랐다. 그들이 자신에게
갖게 될 마약범이라는 낙인이 무서웠다.

'건축을 포기하면, 뭘 하며 살아야 할까... 다 접고, 한국으로
야반도주할까. 그런데 혹, 경찰 전산망에 이미 데이터가
입력되어 있으면, 그래서 출국장에서 붙잡히면, 그래서, 가중
처벌되면, 그건 또 어쩌지...' 공포와 불안에 빠져 멍하게
운전하다, 신호를 보지 못했다. 황급히 브레이크를 밟았다.
하마터면 앞 차를 박을 뻔 했다. 온 몸에 식은땀이 흘렀다.
정신을 차려야 하는데, 집중하기 어려웠다. '폴 박이 얼마나
도와줄 수 있을지, 우선 그것부터 알아볼 일이다. 당장은,
그의 말을 잘 들어볼 일이다.'

맥에 도착해서 안팎을 돌았다. 그가 보이지 않았다. 밖의
빈 자리에 풀썩 주저앉았다. 긴장이 풀리며 허기와 추위가
몰려왔다. 전기 히트 밑으로 자리를 옮겨, 담요를 어깨에
둘렀다. 메뉴를 들고 온 웨이터에게 샌드위치와 뜨거운
커피를 시켰다. 황급히 샌드위치를 먹고, 커피를 한 잔 더
마셨다. 폴 박은 여전히 나타나지 않았다. 그가 전화를 건 지,

사십 분이 지났다. 아이폰을 만지작거리다 한경 선배에게
메신저를 하려 할 때, '그들'이 나타났다.

"미지 씨, 오래 기다리게 해서 미안합니다."
무슨 영문인지, 폴 박이, 일요일에 나타났던 김철진을
대동했다.
"여기서 보네요." 김철진이 반가운 듯 미소를 머금었다.
"아, 네..."
대답하는 미지의 마음이 편하지 않았다. '이놈은 내가 처한
상황을 들었을 것이다. 그러면서도, 이렇게 웃고 있다.'
심장이 뛰었다. 그의 입가에 번진 미소는, 마치 미지의
불행을 기다렸다는 듯했다. 미지의 고통을 즐기는 듯한
미소가, 역겨웠다. '지금은 내가 약자다. 무조건 참아야 한다.
미지야, 뱀처럼 차가워지자. 지혜롭게 움직이자.'

김철진이 웨이터를 불러 아메리카노 두 잔을 시켰다. 침묵을
지키던 폴 박이 입을 열었다.
"미지 씨는 지금 큰 사건에 휘말렸습니다. 잘 아시겠지만,
다른 카운티에서 마약 소지는 경범죄지만, 여기 엘에이
카운티는 더 엄하게 다룹니다. 특별한 조치를 취하지 않는
이상, 조만간 경찰에 체포되고 유치장에 감금되어서, 아마도
재판이 끝날 때까지 거기 있어야 할 겁니다."

"혹시, 경찰 전산망에..."

미지가 겁먹은 목소리로 조심스럽게 물었다.

"아닙니다. 제가 서전트 체바스에게, 미지 씨를 만나 자초
지종을 들을 때까지, 좀 기다려달라고 특별히 부탁했습니다."

"미지 씨, 큰 염려 마소. 폴이 힘쓰면 큰 문제 안 될 거요.
그나저나, 미지 씨랑 커피 한 잔 하고 싶었는데, 이런 자리로
하게 되네."

김철진이 끼어들었다. 히죽거리는 모습이 불쾌했다.

"아, 네... 오늘이 전시 설치 마감이라, 그렇잖아도 급한 불 좀
끄고 연락드리려 했는데..."

미지는 다시 폴에게 얼굴을 돌려, 자신은 평생 법 없이
살아왔는데, 자신에게 발생할 오늘의 이 엄청난 일은,
정말이지 알 수도, 이해할 수도 없는, 정말 억울한 일이라고
항변했다. 웨이터가 커피를 가져오지 않았으면, 아마, 계속
중언부언했을 것이다. 미지는 하던 말을 중단하고 앞으로
내밀었던 몸을 뒤로 젖혔다. 서늘한 바람이 얼굴을 스쳤다.
어디선가 나뭇잎 하나가 날아와 미지 앞에 떨어졌다. 정신을
차렸다. 자신의 말보다 이들의 말이 중요했다.

"미지 씨, 우선 급한 불은 꺼야 하지 않겠소? 딜 할 생각
없소?"

커피를 마시던 김철진이 돌연히 물었다.

"딜? 무슨…"

"딱 까놓고 말하지 뭐. 사실 미지 씨가 뭘 좀 했으면 하는 일이 있소. 미지 씨가 한다면, 마약 문제는 우리가 책임지고 해결하기로 하고, 어떻소?"

김철진이 폴의 얼굴을 훔쳐보며, 미지에게 놀라운 제안을 던졌다. 폴은 무표정이었다.

"해결할 방안이 있습니까?"

미지가 놀라운 표정으로 폴에게 물었다.

"사람 일인데, 사람이 못할 일이 있겠습니까?"

폴은 여전히 무뚝뚝했다.

"그러면, 뭐가 필요하신지요? 혹시 돈이? 얼마나…"

"돈은 아니고, 우리가 하라는 일만 좀 하면 되는데, 간단한 일인데…" 김철진이 나섰다.

"무슨 일을…?"

마음이 급했다. 마약 문제를 해결할 수 있다면야, 무슨 일이든 못하랴 싶었다.

"서울에 있는 초석 설계사무소에…"

"초석에요? 거기서 제가 무슨…?"

"거기 일하면서, 정보를 좀…"

"정보요?"

"서울시 신청사 꼼삐 정보 좀…"

문득 한 기억이 떠올랐다. 퇴근 시간을 체크하느라 전화기를 잡으려는 순간 진동이 울렸다. 급히 집어 들었는데, 서울의 어느 대형 설계사무소 소장에게서 온 전화였다. 귀가해서 끼니 챙기느라 바쁠 때 전화가 또 울렸다. 황급히 받았다. 두 전화 모두 같은 사람에게서 온 것인데, 서울시 신청사 꼼뻬 팀 스카우트 제안 용건이었다.

〈서울시 신청사〉는, 적어도 두 가지 측면에서 상당히 매혹적인 프로젝트다. 프로젝트만 딸 수 있다면, 3만 평 이라는 엄청난 규모와 관공사 프로젝트에 어김없이 발생하는 설계변경 건으로, 거금을 벌 수 있다. 게다가, 한국에서 가장 광활한 세종대로에 입지해 있다. 가장 상징적인 건물이라, 세간의 주목을 한 방에 끌 수 있다. 명성도 한 순간에 얻을 수 있다. 돈 버는 일이 우선인 랭킹 10위에 드는 거의 모든 대형 설계사무실들은, 벌써부터 초미의 관심을 두고 있었다. 최고 수준의 상징성을 띤 공공 프로젝트 설계자로 길이 남고 싶은 야망을 품은, 뭇 건축가들도 한껏 눈독을 들이고 있었다.

예술의 전당, 국립중앙박물관, 서울시청 등, 규모나 상징성이 최고 수준에 해당하는 건물의 설계권을 따내는 것은, 건축을 하는 사람들 사이에서는, 복권 당첨보다 더 나은 행운이다. 물론 다 끝나고 나면, 남는 것이라곤 돈 몇

푼밖에 없다. 명성을 남긴 적이 한 번도 없다. 명성은커녕
도리어 악평만 따라붙기 일쑤다. 그런데 희한하게도, 그렇게
되기 전까지는, 생애 몇 번 찾아오지 않는 건축적 기회라는
생각에, 건축이라는 이름의 욕망에 온 삶을 기꺼이 감금시켜,
걸작을 만들려고 혼신을 바친다. 이 땅의 건축가는, 늘 그런
식으로, 미래에 붙잡혀 오늘을 희생시키는 욕망의 덫에
걸린 나방이었다. 불행한 것은, 자신은, 거듭 되풀이되어
온 선배들의 과거지사들과 상관없다는 '근거 없는' 믿음
때문이다. 종국적으로 풍비박산될 운명을 예견하지 못한다.
지금까지 한국 땅을 건축 불모지로 만든 것은, 정치 권력 탓이
제일 크다. 권력자 말 한 마디로, 하루 아침에 갓 쓴 꼴로 바뀐
예술의 전당은 적잖이 씁쓸하다. 물론, 돈과 결부된 부조리,
허약한 기술 토대 등, 포괄적인 환경이 답보 상태에 머물러
있는 탓도 그에 못지않다.

〈서울시 신청사〉 설계경기는 십 년 전부터 건축 사회에
소문이 파다했다. 미지는 한국에서 걸려온 전화로 그
사실을 알았다. '스카우트'는 늘 설레게 하는 말이다. 게다가
말할 나위 없이 매력적인 프로젝트다. 오랫동안 외면했던,
전시회 작업으로 소생된 건축 욕망이 꿈틀거렸다. 제안에
응하겠다고 단박 말하고 싶었지만, 생각해보고 연락하겠다고
했다. 저녁밥을 먹는 둥 마는 둥하고, 한경 선배에게 달려가

의논했다. 오랜 이야기 끝에 두 사람이 도달한 결론은, 포기였다. 건축 욕망의 덫에 걸려, 십중팔구 노동력만 착취당하고 말 것이라는 데, 의견이 일치했다. 그런데 얄궂은 운명이었다. 마음을 흔들고 떠난 그 프로젝트가, 기이한 방식으로 미지의 현실에 다시 끼어든 것이다.

"초석 꼼빼 정보? 글쎄..."

머리가 복잡했다. 당장 떠오르는 말은 두 개였다. '산업 스파이와 마약사범.' '어떤 쪽이 덜 나쁜가, 아니 나에게 더 유리한가? 어떤 쪽이 더 나의 현실이 될 가능성이 높은가?' 짧은 시간에 답이 떠오를 것 같지 않았다. 문제를 바꾸어 헤아렸다. '이들이 원하는 것은 차후의 일이다. 지금 당장이 문제다.' 문득, 유학 오기 전, 엄마가 즐겨 부르던 〈내일 일은 난 몰라요〉라는 복음송이 떠올랐다. 미지는 마음 속으로 되뇌었다. '그래, 나중 일은 오직 신만 아실 일이다. 나중 일은 신께 맡기고 급한 불부터 끄자.' 결심을 굳힌 미지가 입을 열었다.

"그러면, 오늘 문제는..."
"다행히 체바스가 폴의 절친인데다, 뭐, 여기 엘에이는 돈이면 안 되는 게 없잖소?"

김철진이, 동의를 구하듯, 폴을 보며 말했다.

"며칠 지나면 조지 부시도 안 되겠지만, 다행히 나에게 바로 연락이 와서..."

폴이 무뚝뚝하게 말했다.

"제가 거기 입사하는 거며, 꼼뻬 팀에 들어가는 게..."

"그런 건 우리가 해줄 테니, 미지 씨는 결정만 하면 돼요."

김철진이 나섰다.

"오늘 문제는 그럼 어떻게..."

마약 문제를 해결할 수 있다는 생각만으로도, 오늘 내내 바위에 눌렸던 가슴이, 숨은 쉴만할 것 같았다.

"엘에이피디 웹에 들어가서 체크해보면 알 수 있어요."

폴이 대답했다.

"여기서 딜이 되면, 웹으로 체크해 보소."

김철진이 폴의 말을 반복했다.

"네. 그럼, 전, 급히 정리할 게 좀..."

"미지 씨, 너무 급하시다... 사인이나 좀 하시고..."

미지가 일어서려 하자, 김철진이 가방에서 서류를 꺼내어, 미지 앞으로 밀었다. 진술서였다: 미지는 급한 마음을 누르며, 찬찬히 읽어 내려갔다. 자신이 김철진에게 성매매를 제의했다는 내용이었다. 구토가 치밀었다. 애써 진정했지만, 납색으로 변한 얼굴은 숨길 수 없었다.

"마약 문제 해결되고, 그러고도 미지 씨가 협조하지 않으면,

우린, 뭐 되는 거요. 담보는 받아둬야지, 안 그렇소?"
김철진이 팔뚝을 걷으며 목소리를 낮게 깔았다. 시커먼 용의
문신이 한 눈에 들어왔다.

문신을 보고 움찔한 미지는, 고개를 숙인 채 생각에 잠겼다.
테이블 아래 그들의 구두가 번쩍거렸다. 뱀처럼 차가워야
할 순간이었다. 심호흡을 하며 정신을 모았다. '지금의
문제는 정확히, 경찰의 흰 종이 사인을, 김철진의 흰 종이로
옮기는 것이다. 엘에이피디라는 미국의 공권력과 한국
민간인의 겁박 중 하나를 택하는 것이다.' 아무리 생각해도,
답은 같은 곳을 맴돌았다. '체포부터 피하자.' 침을 삼키며
서류를 다시 읽었다. 공포감과 불안감이 밀려왔다. 한 숨을
크게 들이마셨다. 침을 삼키며 펜을 잡았다. 미지는 사인을
하면서도 촉감을 못 느꼈다. 마치 자신의 손이 아닌 듯
착각할 정도였다. 쏜살같이 화장실로 직행했다.

4.

미지는, 집에 들어서자마자 썩은 나무 토막처럼 푸톤 위에
쓰러졌다. 얼마나 그렇게 있었던지 알 수 없었다. 몸이
불편해 옆으로 돌렸다. 누군가가 곁에 서 있는 것이 보였다.
얼굴은 어두워 볼 수 없었지만, 분명히 남자였다. 깜짝 놀라
소리를 쳤지만, 소리가 나오지 않았다. 와락 무서워진 미지는,
반대 방향으로 몸을 돌려 동그랗게 웅크렸다. 사내가 뒤에서
자신의 몸을 끌어안았다. 소리를 치며 발버둥을 치다 눈을
번쩍 떴다. 꿈이었다. 푸톤이 땀에 젖어 축축했다. 머리는
불덩이처럼 뜨거웠고, 몸은 한기로 사시나무처럼 떨었다. 온
몸이 아팠다. 견딜 수가 없었다. 억지로 몸을 일으켜 타이레놀
두 알을 털어 넣었다. 의자 위에 걸쳐둔 담요를 끌어,
푸톤으로 가져갔다. 구석에 웅크리고 이불로 몸을 감쌌다.

'온 몸이 아프다. 원하는 삶은 늘, 손이 닿을 수 없는 저기에
있다. 게다가 꿈에서도 보지 못한, 전혀 반갑지 않은,

아니 두 번 보기가 싫은 사람들이, 불쑥 삶의 한복판으로
들어오다니, 이 무슨 운명인가...' 어두운 이국 공간에 홀로
동물처럼 웅크리고, 아파서 울고, 외로워서 울고, 서러워서
울고, 고통스러워 울기를 얼마나 했을까, 고통이 물러가고
몸이 좀 가벼워졌다. 블라인드 틈으로 여명이 새어 들었다.
푸톤에 다시 꼬꾸라지고 싶은 마음이 굴뚝같았지만,
화장실이 급했다. 변기에 앉았다. 현실의 걱정들이 가슴을
죄었다. 내가 디자인한 건물을 내가 지어보고 싶었다. 그래서
언젠가는, 세상이 인정하는 건축가가 되고 싶었다. 그것만
희망하며 살아왔다. 힘에 부쳤던 기억들이 파노라마처럼
스쳤다. 다시 타이레놀을 먹고 푸톤에 올라가 쪼그리고
앉았다. 아이폰으로 모차르트의 레퀴엠을 틀었다. 등받이에
기댄 채 눈을 감았다.

더 큰 비극과 비장감 속에서만 가벼움을 느끼기 때문일까...
죽은 이의 영혼을 위로하기 위해 만든 이 곡은, 때때로
그만 살고 싶을 만큼 힘들 때, 위로 받던 곡이다. 영화
〈아마데우스〉의 한 장면이 떠오른다. 여러 포대들이
쌓여있는 큰 웅덩이에, 모차르트 시신을 담은 흰 포대자루가
내던져진다. 익명의 시체들이 담긴 포대들과 부딪히며,
횟가루가 연기처럼 피어오른다.
모차르트의 레퀴엠을 들으면, 희한하게도 늘, 위로가

되고, 평화가 찾아들고, 생의 욕망이 죽음의 욕망을 비집고
나왔다. 이렇게 무너질 수는 없는 노릇이었다. 미지는 흩어진
에너지들을 끌어 모았다. 천천히 일어났다. 커피를 내렸다.
뜨거운 커피를 마시며, 창밖의 월트 디즈니 콘서트홀을
바라보며 생각에 잠겼다. 아무래도, 한인교회에서 알게 된
의사 장로님에게 물어봐야 할 듯싶었다. 남가주 한인회
회장을 맡고 있는 장로님은, 교민들이 어려움을 겪을 때마다
나서서 해결해 주시는, 미국 생활에 대해서는 모르는 게 없는
분이다. 시계를 보니, 출근 전이었다. 몇 번을 망설인 미지가
전화를 걸자, 곧바로 받았다.

"안녕하세요, 장로님..."
목마른 사슴이 물을 만난 듯, 목소리가 들떴다.
"미지 씨, 안녕?"
예상대로, 따뜻하고 인자한 목소리였다.
"네, 안녕하시죠? 출근 준비로 바쁘실 텐데..."
"괜찮아요. 난 오히려 출근 전이 더 한가해요. 무슨 일이신지,
뭐 도울 일이라도..."
미지는 사건을 간략히 설명하고, 궁금한 점부터 물었다.
"그 사람들 말이 거짓은 아니겠죠, 장로님?"
"거짓일 수도, 아닐 수도 있는데, 일단 그럴 수는 있어요.
여기 경찰이 워낙 한국 뒷거래 문화에 물이 들어서..."

"네. 그 사람들 말대로 웹으로 확인하면, 사실 여부를 알 수 있을 거 같긴 해요. 그런데 날조된 서류도 법적 효력이 있을까요?"

"미지 씨가 사인을 했다면, 곧바로 기소될 수도 있어요. 그게 마약 소지보다 형벌이 더 클 수 있지만, 우선 체포되고 구금되는 것은 피했으니, 다행인 거 같아요."

"그러면 말이죠, 일주일쯤 체크해 보고 문제 없으면, 그 문제만 걱정하면 되는 거겠죠?"

"일주일이 아니라, 오늘 내일까지 이상 없으면, 사건 종료예요. 사건을 방치하면 경찰이 도리어 문제가 되거든요."

"네... 성매매 문제는 어때요? 조작이라고 주장하면 안 될까요?"

"조작한 증거들만 있으면 당연히 문제없죠. 오히려 그쪽이 당하죠. 그래도 일단 법적 싸움을 시작하면, 과정이 길고 고통스러워요. 당장은, 미지 씨 영주권부터 문제가 되고."

"네. 장로님 고맙습니다. 다음에 한 번 찾아뵐게요..."

"그래요. 그럼, 언제 시간 내서 한 번 오세요. 그렇잖아도 미지 씨 나가는 교회가 어떤지도 궁금하고 그러니..."

"네. 연락드리겠습니다."

인식은 감정을 누르는 힘을 지녔다. 불안이란 근본적으로 잘

알지 못하는 대상이나 상황에서 비롯되는, 부정적인 감정의
다른 얼굴이기 때문이다. 장로님과 통화한 후, 마음이 좀
가볍고 편해졌다. 한경에게 메신저를 보냈다.

* 선배님, 안녕?

대답이 없었다. 샤워를 하고 나와도 무응답이었다. 화장을
일부러 천천히, 오래, 했다. 화장을 마치자 허기가 급습했다.
출근 시간은 한참 전에 지났다. 사무실에는, 아파서
못 간다는 메시지를 보냈다. 보스인 마이클이 간단히
오케이라고 회신했다. 시계를 보니 한경이 커피숍 오픈
준비를 할 시간이었다.

* 선배님, 저 지금 선배 커피숍으로 가니까, 브런치 같이 해요.

문을 열고 들어서자, 커피 향이 가득했다. 때마침 미지가
좋아하는 바흐 무반주 첼로 조곡이 쏟아졌다. 한경은 긴
테이블 끝에서 로스팅한 빈들을 식히는 중이었다.
"어서 와. 출근은?"
"땡땡이쳤어요. 그 동안 열심히 했잖아요. 늘 하루쯤은
이렇게 좀 쉬고 싶었거든요. 갑자기 시간이 생기니,
선배님이랑 했던 브런치가 생각나서..."

"잘 왔어. 조금만 기다려. 얼른 갈게."

노출 콘크리트 벽 여기저기, 눈처럼 흰 건축 모형들이
조명을 받고 있었다. 한 여름 밤의 별들처럼 떠 있는 것
같았다. 아름다워서 슬픈지, 슬퍼서 아름다운지... 뜬금없이
신데렐라가 생각났다. '이 페이퍼 아키텍처가 신데렐라처럼
몇 시간이나마 현실이 되면 참 좋겠다...' (페이퍼 아키텍처는,
건축가가 구체적인 현실적 조건들로부터 벗어난 상태에서,
자신의 건축적 아이디어를 드로잉이나 모형의 형태로
만들어낸 것으로, '순수 건축'이라고 부를 수도 있다)

"여기서 해 먹을까? 사 먹을까?"
한경이 다가오며 물었다.
"해 먹을까요? 몇 시에 오픈이죠? 샐러드 재료들은 있죠?"
"열한 시니까, 해 먹을 시간은 있어. 여기서 먹고 싶어?"
미지가 고개를 끄덕였다.
"그럼, 내가 샐러드 준비할 테니, 베이글이랑 커피 좀 맡아."
"선배님, 저, 큰 사고 쳤어요..."
미지가 베이글을 구우며 말했다. 샐러드를 준비하던 한경이
곧바로 고개를 돌려 미지를 바라봤다. 다음 말을 재촉하는
표정이었다. 미지는 애써 평상심을 유지한 채, 어제 일어났던
일을 찬찬히 전했다.

"그랬구나, 어쩐지 안색이 안 좋더니만... 이제 거의 다 됐어.
먹으면서 얘기해."

무거웠던 마음을 툭 털어내려는 듯, 한경이 경쾌하게
움직였다. 긴 테이블 끝 모퉁이에 준비한 브런치를 놓고 둘이
직각이 되게 마주 앉았다. 미지는 어제 일을 간략이 전했다.
그리고 말을 이었다.
"사실 처음에는 너무 겁이 나서 아무 생각도 할 수 없었고,
그래서 그 사람들 하자는 대로 했는데... 여기 오면서 곰곰이
생각해보니, 아무래도 뭔가 이상한 거 같아요. 제 차에서
마리화나가 나올 리가 없잖아요."
한경이 미지를 골똘히 보며, 다음 말을 기다렸다.
"그래서 여기 오면서 미정이에게 부탁 좀 해뒀어요. 오빠에게
좀 물어봐 달라고. 폴 박이 진짜 경찰인지... 그리고 혹
덮어씌우는 게 아닌지, 알아봐 달라고..."
미지가 머그잔을 입으로 가져가자, 한경이 머그잔을 두
손으로 감싸며 말했다.
"내 생각에도 그래. 뭔가 석연찮아... 아, 그 호세라 그랬나?
그 라브레아 경찰. 그 놈도 체크 좀 해 봐야 할 것 같은데..."
"그 친구도 좀 해봐 달라 했어요."
"잘 했어. 세상 참... 배고프겠다. 우선 좀 먹자. 먹으면서
이야기 해... 아무래도 미정이는, 좀 기다려봐야겠지?"

"오빠에게 연락받으면 곧바로 전화 한다 그랬는데... 아,
그리고 선배님, 그 시행사 실장이라는 사람 있잖아요. 그
사람도 이상해요. 아무래도 조폭 같은..."

"그래? 어떤 점이..."

"용모랑 언행에서 처음부터 그런 비슷한 느낌을 받았는데,
어제 팔뚝을 걷는데, 용 문신이 시커멓게..."

"흠... 문신이야 여기 사람들도 많이 하긴 하지만, 용 문신은
좀... 도대체 뭐 하는 놈이지..."

"오면서 이런 생각도 했어요. 오늘, 내일 정도, 엘에이피디
웹 체크해 보고 이상 없으면, 그냥 한국으로 뜨면 어떨까...
한인회 회장님이랑 아침에 통화해서 잠깐 여쭤봤는데,
한국에서도 기소는 할 수 있다고는 하는데, 아무리 생각해도
조작극인 것 같아서, 그럴 일은 없을 것 같고... 설령 진짜라
한들, 그렇게 해서 '그들'이 득 볼 게 없잖아요."

"그건 그렇지... 그 놈들이 접근한 건, 뭔가 득을 보려는
거니까... 그게 아니라면, 시간이랑 돈을 쓰면서까지 굳이
너를 괴롭힐 이유가 없다고 봐야지... 냉정하게 생각하면,
이 게임에서 약자는 그 놈들이지. 이렇게 생각해 보자고.
그 놈들이 원하는 대로, 최선을 다해서 응해 준다 치자.
그런데, 초석에 입사를 못 한다든지, 입사를 해도 꼼뻬 팀에
못 들어간다든지, 그러면, 송사를 빌미로 협박할까? 내 말은,
협박만으로는 그 놈들이 원하는 건 못 얻는다는 거지. 그

놈들이 나서서 돕지 않으면, 근본적으로 안 되는 일이라는 거지. 아니, 어쩌면, 한 팀이 되어 공조해도 안 될 공산도 크고... 이렇게 큰 꼼뻬가, 당선이 그리 쉽나..."

"그렇... 죠? 그래도 송사에 얽히면, 당장 제 삶이 엉망이 되니까, 일단은 시간을 끌기 위해서라도, 요구를 들어주고 있다는 걸 보여줘야 할 것 같아요. 아니 보여주기보다, 그렇게 행동해야 할 것 같아요. 초석 입사 준비는, 사실, 별일이 아니잖아요. 포트폴리오도, 그동안 한 프로젝트들을 정리만 하면 되는 거고... 그런데 뚱딴지같은 생각이지만, 개인적으로는 사실, 궁금하기는 해요. 지원하면 받아줄지 어떨지... 게다가, 선배님 말처럼, 입사 결정이 나도 입사를 안 할 수도 있고, 입사를 해도, 꼼뻬 팀에 못 들어갈 수도 있고, 들어가도, 무슨 상황이 어떻게 벌어질지 아무도 모르는 거고, 모든 건 사실, 막판까지 가 봐야 알 수 있는 거고... 그러니까..."

"그래, 맞아. 그래도, 언제까지 갈지는 몰라도, 당분간은, 그 놈들이 뭐로든 압박할 것이 분명해... 이렇게 이상한 시나리오로 시작한 놈들이, 쉽게 놓지는 않을 거야..."

전화가 울렸다. 김철진이었다.
"여보세요."
미지가 잔뜩 경계하는 표정이었다.

"미지 씨, 지원 준비 잘하고 있소? 서둘러서 미안하지만,
무슨 일이 있어도, 내일까지 익스프레스로 보내야 하는데,
어쩌고 있나 싶어서..."
"포트폴리오 만들려면 시간이 좀..."
"되는 대로 해서, 무조건 내일까지 보내소. 폴 박이 내일을
넘길 수 없다니까. 아, 그리고, 입사 문제는 염려 마소.
우리가 그쪽에 손을 쓸 테니까. 그리고 말이요, 미지 씨. 다시
한 번 밀하는데, 엉뚱한 짓, 생각도 마소. 우리, 못하는 거
없는 사람이요. 보아하니, 미지 씨 동생 영식 씨, 기아 모닝
타고 다니던데, 허튼 짓 하면, 사고 날 수도 있어."
김철진은 동생을 들먹이며 위협했다.
"네."
미지가 대답하기 무섭게, 전화가 끊겼다.
"이놈들 정말... "
굳어진 미지의 표정을 보며 한경의 얼굴이 어두워졌다.
"조폭이 확실하네요. 동생까지 위협하는 거 보니..."
겁먹은 미지가 몸을 움츠리며 혼잣말처럼 했다. 동생의
이름과 동생의 차 모델까지 아는 것을 보면, 쉽게
빠져나가긴 틀렸다고 생각했다.
"그래? 동생까지? 이놈들 정말... 아무래도 경찰에..."
한경은 사태가 쉽지 않다는 것을 알아차려, 말끝을 흐렸다.
신중해야 했다.

"내일까지 입사 지원서 보내래요. 나머지는 알아서 한다고..."

"이놈들, 초석 내부에도 누군가 있는 모양이다... 가만, 커피 좀 더 만들어 올게."

한경이 골똘히 생각하며 일어섰다. 미지는, 한경이 드리핑을 하러 간 사이, 시간을 체크했다. 한국은 새벽이었다.

"초석에 누구 있다 그러지 않았어?"

창가에 서서 생각에 잠겨있는데, 한경이 뒤에서 물었다.

"네, 박상철 선배님요. 그만 두고 나왔다고 들었어요. 그렇잖아도, 한 번 물어볼까 싶은데, 한국은 아직 새벽이네요."

미지는 애써 겁을 떨쳐내며 평소의 어법대로 말했다.

"아, 상철이... "

박상철이라는 말에 한경은 마음이 아파, 더 이상 말을 꺼내지 않았다. 미지의 선배이자 한경의 절친한 동기인 박상철은, 한경만큼이나 건축과의 큰 기대주였는데, 오래 전에 큰 불행을 겪은 후, 한경과 소식이 끊겼다. 박상철의 불행을 다른 이로부터 전해들은 미지는, 박상철이 겪었다는 일들을 상상하며 담담하게 말했다.

"선배님, 세상 참 알다가다 모를 일이에요. 사실, 서울시청 꼼뻬 나온 거 보고, 마지막으로 한 번 미친 듯이 해 보고 싶다 했잖아요. 총알 날아다니는 전장에 가서, 그야말로

피터지게 한 번 부딪혀가며, 살아있는 느낌을 다시 찾고
싶다 했잖아요. 전시회도 그래서 한 거 잖아요... 이런 식으로
월급쟁이로 살다가는 건축을 그만 둬야 할 것 같아서..."
"그러게... 세상 참 희한하고 얄궂다..."
한경이 고개를 숙인 채 드리핑 하며 중얼거리듯 말했다.
"우리 무지렁이들은, 한 치 앞도 못 보는 당달봉사 같아요...
제가 지금, 죽으러 가는 건지, 살려고 가는 건지..."
"그러게 말이다. 그것만 알면, 다들 사는 게, 이렇게
힘들진 않을 텐데... 가진 것이라곤, 몸뚱이밖에 없는 우리
무지렁이들이야, 바람 불면 바람 맞고, 비 오면 비 맞고,
폭풍우든, 눈보라든, 목숨이 붙어있는 한, 그저 맞아가며 살
수밖에... "
"그렇죠..."

미지는, 한경의 말에 한숨 쉬며, 창밖으로 고개를 돌렸다.
"뭐, 굳이 위로를 찾는다면... 죽고 싶을 만큼 힘들어도, 더
이상 사는 게 아무 의미 없어도, 어쨌든 이 악물고 버텨
살아내다 보면, 언젠간, 살만한 때도 오고 그렇다고들 하니...
먼 앞일은, 지금처럼 코 앞 일도 모르듯, 모르는 거니까...
하늘의 뜻이 뭔지는 알 수 없으니까... 그러니까, 기왕지사 갈
수밖에 없는 길이라면, 이것이 바닥이니 이제 올라갈 일만
남았다거나, 이게 전화위복이 될 수도 있다거나 하는 식으로

생각하는 게, 살아내는 데 힘이 좀 되지 않을까... 그리고 이런 역사적인 꼼뻬는, 우리 같은 사람은 하고 싶어도 못 하는 거니까..."

그건 그렇다. 프로젝트 규모가 어느 정도만 되어도, 설계 경기는 대단한 자금력 없이는 언감생심이다. 심사위원들에 대한 엄청난 로비 비용을 빼고 작업 비용만 생각해도, 개인의 경제력을 넘어선다. 운영위 측에서 작업 비용을 낮춰주려고 흑백 모델을 요구한들, 별 차이 없다. 자금력이 풍부한 대형 설계사무소들이, 최고 해상도로 흑백 톤을 미세하게 조정하는 기법을 쓰는 까닭에, 비용이 그리 줄어들지 않는다.

게다가, 면책을 목숨보다 중요시 여기는 공무원들은, 소위 디자인과 건설의 품질을 총체적으로 책임지는 턴키 방식을 원한다. 그러니, 건축가는 마치 왕의 은혜를 입듯, 작업 경비를 대주는 건설회사 간택으로만 참여할 수 있을 뿐이다. 게다가 시청처럼 규모가 큰 프로젝트는, 건설비가 수천억을 왔다갔다 할 정도로 대단해서, 도급 순위가 한 손에 드는 건설회사가 아니고서는 거의 손댈 수 없다. 자연히, 재벌 건설회사 서너 군데가 파이 나눠먹듯 한다. 게다가, 동종 프로젝트 수행 업적을 심사 점수에 산정하는 피큐(pre-qualification)라는 제도로, 건축적 능력이 출중한 개인이나

작은 아틀리에 건축가들은, 실적 미달이나 자격 미달로, 전혀
승산이 없다.

설계경기의 또 다른 문제는, 심사위원들이다. 결국 최종
당선은 그들이 결정하기 때문인데, 흔히 건축 문외한인
공무원들, 심지어 동네 아줌마들까지 심사에 참여하기도
한다. 전문가로 통하는 교수들마저 대부분, 공부는 뒷전이고
인맥 형성에 시간을 보내는 사람들이라, 특정한 건축관이
없다. 그래서 누가 봐도 무난한 것을 선호한다. 유리와
휘어지는 곡선으로 재주를 부려 유행에 따르는 것도
주목한다. 그러한 것들 중, 각자 자신의 이해타산에 유리한
쪽을 낙점한다. 그래서 대한민국 꼼뻬는 늘, 시작은 창대하나
끝이 시들하다.

"이럴 때는 차라리 좀 모자라는 사람이면 좋겠다 싶네요...
그런 애들은, 최악의 상황에서도, 지네들 좋아하는 것만 찾고,
그래서 어찌 되었든 손에 쥐면 금방 좋아하고, 천진하게
장난치고 하잖아요."
한경이 미지 앞에 새 커피를 내려놓았다.
"그래, 할 수만 있다면 그렇게 사는 것도... 그게... 이렇게
삶이 꼬이고 힘들 때는 최고지, 좀 모자라는 애처럼 사는 게
현자의 길이지..."

메신저 소리가 났다. 박상철이었다.

*선배님 안녕하시죠? 주무시다 깼어요?

*응. 야근 중이라 괜찮아.

*야근요?

*응. 별일 없지?

*네. 선배님에게 물어볼 게 좀 있어서

*응

*초석도 빽으로 입사가 가능한지 궁금해서요. 신입 말고 경력

*경력은 신입보다야 쉽지만... 요즈음은 경기가 좀 그래서,
 그것도 어려워. 왜?

*경력이랑 수행 프로젝트 중 어떤 게 중요해요?

*객관적으로는 둘 다 중요하지... 그래도 빽이 최고고

*선배님 하나 더요

*응

*만약에요. 진짜 만약에요, 제 경력 정도면, 거기서 꼼빼
 피엠이나 피디가 가능해요?

*글쎄, 이미 조직이 잡혀 있으면 어려울 거 같고... 미지 씨
 미국 사무실 경력이면 그래야 하는데... 잘 모르겠네. 미지
 씨 거기 마음 있는 건 아니고?

*아뇨. 마음이라기보다, 혹 귀국하게 되면 어떨지... 감을
 잡을 수 없어서...

*귀국 계획 있어? 혹시라도 있으면 알려줘. 내가 자리

알아볼게

* 말씀이라도 고맙습니다. 선배님, 그럼, 또 연락 할게요

애써 긍정적인 마음으로 메신저를 끝냈지만, 미지는 여전히
심란했다. 먹는 둥 마는 둥 하던 것을 끝내고, 접시에 포크를
담아 싱크대로 가는데, 전화벨이 울렸다.

"어, 미정아."

"언니, 오빠가 연락 왔는데, 두 사람 다 진짜 경찰이래.
그리고 언니 그거, 조작일 수도 있다는데…"

"응. 그런데?"

미지는, 미정이의 말, 한 마디 한 마디에, 온 신경을
집중했다.

"그런데, 그거 밝혀내기가 쉽지 않대. 시간도 오래 걸리고…
그리고… 그거, 절차도 좀 복잡하대. 변호사 선임해서…
경찰이 여기, 네 개 조직인가 있는데, 그거 담당하는 조직에
확인 청구도 해야 하고, 뭐라더라, 정부를 상대로 소송도
같이 해야 한대."

"미정이?" 한경도 주섬주섬 일어서 접시를 챙기다, 모기만한
목소리로 물었다.

"미정아, 고마워. 그거 말고, 또 다른 거는?"

미지는, 대답 대신 한경에게 고개를 끄덕이며, 미정이에게
물었다.

"일단 이 정도가 다야. 언니, 내가 점심시간 맞춰서 언니 사무실로 갈 테니, 점심 같이 할래?"

"고마워. 미정아, 지금 좀 바빠서 점심시간도 반납해야 해서, 오늘은 힘들어. 지금 오피스 미팅도 들어가야 하고. 내가 다시 전화할게."

미지는 거짓말로 서둘러 전화를 끊고, 한경에게 내용을 전했다. 미정이가 알려준 말들로써, 상황이 변할 것은 아무 것도 없었다. 미지는, 포트폴리오를 작업하려고 서둘러 귀가했다.

컴퓨터를 켜자마자, 케이비에스 라디오 콩을 클릭했다. 이작 펄만 연주의 〈타이스 명상곡〉이 흘러나왔다. 의자를 뒤로 물려, 몸을 뒤로 젖히고, 눈을 감았다. 익히 알던 곡인데도, 오늘따라 이렇게 아름다울 수 없었다. 바이올린 음의 진동이, 홀로 머물고 있는 빈 공간을 감미롭게 채웠다. 미지 눈에서 눈물이 흘러내렸다. 곡은 순식간에 끝났다. 여운에 젖은 미지는, 잠시 멍하니 있다가 라디오를 껐다. 감상에 더 젖었다가는, 일을 할 수 없을 것 같았기 때문이다.

벌떡 일어나 물을 끓였다. 홍차를 만들어, 다시 작업대로 돌아왔다. 그 동안 수행한 프로젝트들을 챙겨보니, 이렇게도 많이 했나 싶을 정도였다. 규모가 시청 연면적(총바닥면적)에

근사한 것들 중, 공공 프로젝트만 추렸더니, 여섯 개였다.
작업량이 적어서 다행이었다. 투시도나 조감도, 실내 투시도,
개요, 정면도나 입면도, 배치도, 중요 평면도, 단면도, 디테일
등을, 개개 프로젝트에 따라 비슷한 수와 크기로 맞추어
적절히 배치하고, 집에서 흑백으로 프린트해서, 킨코스에
가서 제본할 생각이었다. 선택한 이미지 파일들을 폴더 안에
다 모은 후, 피디에프로 만들까 머뭇거리는데 전화 소리가
울렸다. 윤민수였다. 정시 퇴근하니, 저녁을 같이하자는
전화였다. 한인마트 푸드 코트에서 보기로 했다. 도중에
킨코가 있어서 그게 편했기 때문이다.

킨코스에서 제본하고, 한인마트 지하주차장에 진입할 때 또
전화 소리가 울렸다. 서둘러 주차하고 체크해 보니, 한국에
있는 동생에게서 온 전화였다. 전화를 걸까 말까 망설이는데,
다시 전화가 왔다.
"응. 잘 있어? 근무 중일 텐데 무슨 일이야?"
"누나, 엄마 병원 입원했어..."
선우영식의 조바심과 근심이 순식간에 전해졌다.
"병원? 무슨 일로?"
미지의 목소리 톤이 순식간에 올라갔다.
"갑자기 가슴이 아프다고 쓰러지셔서 119차로 갔는데... 심장
부정맥이 심해서, 수술해야 한대..."

"수술? 언제? 그거, 큰 수술, 아니, 위험한 수술이대?"

미지는 가슴이 쿵덕거렸다.

"급한 수술은 아닌데, 며칠 내로 할 거 같은데, 무슨 조그만
칩을 넣는 수술인데, 위험하지는 않다는데..."

선우영식이 더듬거렸다.

"그럼, 간호는 누가? 아빠는 뭐 하셔?"

"아빠는, 지난번에 공장이랑 집 경매 넘어가고 나서,
지리산에 내려가셨어. 거기 무슨 집 지을 일을 목사님에게
소개받으셔서... 잠깐 들를 수야 있겠지만, 병실 지키는 건,
어려울 것 같애. 이모 한 번 여쭤보고, 안 되면, 간병인을
찾아봐야지..."

"그래... 잘 알았어. 어쩌면, 나도 곧 한국 나갈지 몰라...
변화가 생기면 바로 알려줄게. 너도, 엄마 무슨 일이 생기면,
바로 전화해, 알았지?"

"응. 알았어."

"밥 꼭 잘 챙겨먹고..."

"누나도..."

"아, 영식아, 운전, 조심해..."

"누나나, 조심해. 난 늘 방어운전 잘 하잖아."

"영식아, 그래도... 누나 꿈이 안 좋아서 그래... 꼭, 운전
조심해, 알았지?"

"알았어."

차에서 내려, 푸드 코트로 올라가는 미지의 발걸음이
무거웠다. 먼저 와서 기다리고 있던 윤민수와 미지는, 각자의
음식을 챙겨 한 테이블에 들고 와 마주 앉았다.

"미지 씨, 전시 오프닝 날, 우리 10분씩 하기로 했나요?
프리젠테이션 준비가 걱정인데, 어떠세요?"

유학과 취업까지 합치면, 10년이 훨씬 넘도록 엘에이에서
살고 있는 윤민수는, 뭇사람들 앞에서는 늘 긴장되어, 영어가
잘 안 된다며 걱정했다.

"저요? 전, 오프닝 참석 못 할 거 같아요..."

"네? 왜요?"

윤민수가 무척 놀라는 표정이었다.

"말씀드리기 힘든, 개인적인 사정이..."

말꼬리를 흐리는 미지의 말이 느리고 무거웠다.

"아, 네..."

둘은 서둘러 식사를 끝내고, 가까운 한인 커피숍 로프트로
자리를 옮겼다. 중이층이 보이는 위로 솟구치는 공간, 노출된
천장의 목구조, 길게 늘어뜨려진 앤틱한 분위기의 천들이
우아한 분위기를 자아내어, 전시회를 준비하던 지난 삼
년, 전시 멤버들과 자주 오던 곳이었다. 두 사람은 입구 앞
오른쪽 벽면에 놓인 피아노 옆 테이블에 앉았다. 높은 창문들
밖으로 막 어스름이 깔리기 시작했다.

"선배, 선배는 귀국하거나 독립할 계획 없어요?"

"귀국해서 독립하고 싶은데... 그게 마음대로 안 되네요.
지난번 한국 갔다 올 때는, 설계비 한 푼 안 줘도, 프로젝트만
있으면, 무조건 짐 싸서 귀국해서 오픈하려고... 여기저기
돌아다녀 봤는데, 쉽지 않더라고요..."

"박 선배는요?"

"아, 그 양반도, 말은 안 해서 그렇지, 나랑 비슷할걸요? 우리
또래는 아마 다 그럴 거예요. 한국 가 봤더니, 후배들이 벌써...
걔들이 이미 모교나 다른 대학에 전임 하고들 있고, 독립해서
자리들 다 잡은 것 같고, 그렇더라고요... 우리는, 이제,
나이가, 여기나 거기나, 직장 생활도 한계에 왔고, 오픈은
생각도 안 하고 살아오다 보니, 준비가 안 돼 있고, 그렇다고
한국에서 대학이나 대형 사무소에 자리 잡기도 늦었고...
막막하네요... 그저, 진득하게 열심히 일만 하면, 좀 풀릴 줄
알았는데, 타이밍을 놓친 것 같아요... 미지 씨는, 독립도 미리
염두에 두시고, 귀국하시려면, 더 늦기 전에 하세요.."

윤민수가 창밖으로 고개를 돌렸다. 미지는 서서히 내려앉는
땅거미를 응시했다.

5.

미지는 엘에이피디 웹사이트를 하루에도 몇 번씩 체크했다.
웹사이트에 들어가 소셜 넘버를 입력하고 엔터키를 칠 때
마다, 가슴이 생채기 나듯 아팠다. 손바닥이 젖었다. 그렇게
거기에만 매달렸다. 삼 일 동안 그리했다. 다행히 아무 일이
없었다. 주말에는, 생존에 딱 필요한 일만 하고, 하루 종일
집에서 빈둥거렸다. 미지가 삶의 활력을 되찾은 것은, 사흘 후,
동생이 전해준 엄마 소식이었다. 다행히, 수술도 간단히 잘
끝났고, 이모가 엄마 곁을 지켜주셨다는 것이다. 그리고 초석
인사 담당자로부터 즉각적이고 간명한 승낙 이메일이 왔다.
입사가 결정되자, 다시 꿈틀거리는 건축 욕망으로, '묘하게'
가슴이 두근거렸다. 전시가 결정되었을 때도, 건축적인
것에 발을 담근다는 느낌 때문인지, 참으로 오랜만에
두근거렸는데, 이번에는 실제 프로젝트인데다, 이상하게
얽힌 탓에, 좋다 싫다 판별할 수 없는, 그런 두근 거림이었다.
마이클의 사무실에서 일하는 동안은, 느끼지 못한 것이었다.

비행기 티켓을 예매했다. 그리고 오랜 세월 누적된 삶들을 차곡차곡 살피며 정리했다. 마이클의 사무실을 끝냈을 때는, 묵은 것을 털어내는 듯한 야릇한 해방감이 들었다. 그간의 건축 노동이 밥벌이에 불과했다는 슬픈 기분도 들었다. 사람들과 작별 인사하는 일은, 생각보다 번거로웠다. 그간 알고 지냈던 사람들은 거의 다 형식적인 관계라, 특별히 챙길 일은 아니었지만, 그래도 일일이 알리는 것이 예의였다. 정서적으로 유대감을 지닌 사람은, 한경 선배와 미정이, 둘밖에 없었다.

내일이 마지막 외출일 것이다. 경제적 형편과 자신을 기다리는, 자신의 도움이 절실한 부모님 처지를 생각하면, 한국에 오래오래 머물러야 할 것 같았다. 아니, 이제 가면, 어쩌면, 다시 올 수 없을 것 같았다. 한경 선배에게서 얻었던 위로와 기쁨과 묘한 감정의 덩어리들이 떠오르면서, 그리고 이제 외식을 하더라도 마지막일 것이라는 생각이 들면서, 마음이 쓸쓸했다. 그를 진실로 존경하고 좋아했지만, 특히 좋아하는 감정은, 한 번도 제대로 보여줄 수 없었던 것이, 무엇보다 가슴 아팠다. 몇 번 마음을 먹었지만, 그럴 때마다, 아니 딱 그리해야 할 때, 이상하게 몸이 말을 듣지 않았다. 그때는 마치 몸이 마비된 사람 같았다. 십여 년 여기서 살아온, 아니 살아낸 삶들이 주마등처럼

스쳤다. 돈이 부족해서, 언어가 낯설어서, 무섭고 힘들었던
유학생활이었다. 취업과 체류를 위한 신분 마련으로,
불안했던 시간들이었다. 가끔이지만, 외국인 친구들과 먹고
마시며 놀던 즐거웠던 추억들이 떠올랐다. 희망과 좌절과
지겨움과 외로움과 고독과 번민과 사랑이 자리한 곳들이
떠올랐다. 여러 멋진 장소들에 깃든, 아름답고 행복했던
기억들도 커피포트의 증기처럼 떠올랐다. 한경 선배와
그곳들을 다시 한 번 둘러보고 떠나고 싶지만, 남은 시간이
별로 없었다.

에프엠을 틀고 커피를 내렸다. 커피를 마시자 더 심란해졌다.
마음을 좀 달래 볼 심산으로, 애용하던 인터넷 사이트에
들어가, 보고 싶었던 드라마를 클릭했다. 드라마에 빠지면
평상심을 좀 찾을 거라 생각했다. 그런데 도무지 드라마에
빠져들 수도 없었다. 좋아하는 음악을 틀었다. 마찬가지였다.
마음이 잡히지 않았다. 게다가 음악은 희한하게, 처음
듣거나 자주 들었던 상황에 빠져들게 하는 마력을 지녔다.
그러고 보니, 자신도 모르게 틀고 있는 음악은 모두, 한경
선배와 얽혀있었다. 미지는, 지난 추억들에 사로잡힌 채 밤을
지새우다, 날이 밝고서야 잠들었다.

깨어보니, 열 시 십 분 전이었다. 푸톤에서 잠든 탓인지,

몸이 결렸다. 무거운 몸을 일으켜 커피를 내리며, 오늘 눈에
보이는 모든 것을 기억하리라 마음먹었다. 커피를 들고
창에 섰다. 여느 날처럼 눈부시게 맑았다. '어쩌면 이렇게
투명할까...' 바깥 건물들이 만질 수 있을 듯 가깝게 보였다.
늘 보던 풍경이 오늘은 달랐다. 반듯한 박스 위 티타늄
조각을 숨김없이 덧입힌, 어찌 보면 얄팍하고, 어찌 보면
해학적이고, 어찌 보면 대담한, 프랭크 게리의 월트 디즈니
콘서트홀 뒤태가, 평소와 달리 정겨웠다. 마음이 쓸쓸할 때
가끔 찾던, 평화롭고 아름다운 뒷마당이 떠올랐다. 카메라 든
사람들이 항상 얼씬거리는 화려한 정면과 달리, 그곳은 갈
때마다 한적했다.

거기를 자주 찾게 된 계기도, 짧지만 강렬하고 따뜻한 추억
때문이다. 한경 선배는, 엘에이에 오고 얼마 안 되어, 건축
작품들을 둘러보고 싶어 했다. 프랭크 게리의 디즈니 콘서트
홀, 모포시스 탐 메인의 칼 트랜스, 라파엘 모네오의 아워
레이디스 에인절스 성당, 쿱 힘멜블라우의 퍼포밍 아트
하이스쿨, 에릭 오웬 모스의 컬버시티 블록 등, 소위 글로벌
스타 건축가들의 작품을 보고 싶어 했다. 코리아타운에
살고 있던 때라, 다운타운은 길이 낯설어 갈 엄두가 안 났다.
그러다 휴가 중 한 날을 잡았다. 호텔에 묵고 있던 선배를
태우고, 내비게이션으로 다운타운 작품 투어를 감행했다.

디즈니 홀을 뻔히 보면서도 길을 몰라 주변을 몇 번 돌았다.
주차비 아끼려고도 빙빙 돌았다.

디즈니 홀 뒷마당은, 건축가의 습성 상, 주변 맥락과
배치를 살피며 건물 주변을 먼저 돌아보다, 발길이 닿았던
곳이다. 평화롭고 소담해서, 고요를 즐기며 한참을 말없이
앉아있었다. 그러다 두 사람 모두, 연꽃 모양의 조각물에
끌렸다. 가까이 가서 보다 우발적으로 몸이 부딪혔다.
그리고선 키스 했다. 그 후로, 연주회를 보러 오거나 주변에
올 때마다 들렀던, 의미심장한 장소가 되었다. '언제 다시
찾을 수 있을까...' 한경 선배가 보고 싶었다. 다행히 선배의
커피숍이 쉬는 날이었다. 게다가, 특별한 예배를 드리는
날이었다. 특별한 삶의 순간들을 즐기는 선배를 불러내기에
그만이었다.

*선배님 굿모닝~^^
*굿모닝~^^
*오늘 별일 없으시죠?
*별일 있을 게 뭐 있나... 메신저가 별일이지ㅋㅋ
*그럼, 오늘 저랑 교회 가요
*교회? 불가지론자에게 뜬금없이 교회는 무슨...
*선배님이 진짜 보고 싶어 할 것 같은데요?

* 왜?

* 오늘은 마당에서 하는데, 애니멀 서비스라고... 들어보신 적 있으세요?

* 동물예배? 그런 것도 있어? 신기하네...

* 일 년에 딱 한 번 하는데, 마침 오늘이 그 날이에요. 마이클도 오기로 했는데 마이클도 볼 겸... 바깥 공기도 쐴 겸... 오늘 커피숍 안 하시잖아요

* 그래, 그러자. 그럼 몇 시까지 어디로?

* 제가 픽업하러 갈게요

* 고마워

6번가에 있는 미지가 다니는 교회는, 첨탑이며 스테인드 글라스며 전체적인 형태 언어가 언뜻 보기에 몇 백 년 된 고딕 구조물 같다. 실제로는 그리 오래되지 않은 콘크리트 덩어리지만 말이다. 콘크리트로 흉내를 냈지만, 콘크리트 물성에 따라 비례와 표면과 장식 처리가 세련되게 재구성되어, 콘크리트로 기와를 단순히 흉내 내어 만든, 청와대를 포함한 한국의 건물들에 비해 격이 월등하게 낫다.

교회 앞마당은 이미, 거의 펫코(애완동물 용품가게)였다. 개며, 고양이며, 심지어 새까지, 온갖 동물들이 각자의 행태를 벌이고 있었다. 개들만 해도, 팔뚝만한 놈에서부터

송아지만한 놈, 조용히 안겨있는 놈에서부터 침을 질질
흘리며 돌아다니는 놈, 큰 놈에 맞서 캥캥 소리를 지르는
작은 놈들, 그야말로 각양각색으로 난리였다. 한 쪽에서는
앵무새가 꽥꽥거렸다. 이미 좋은 자리들은 거의 다 찼다.
그늘진 곳에 있는 의자 세 개를 잡아, 미지와 한경이 앉았다.
한경은 마이클을 위해, 빈 의자를 하나 더 챙겼다. 정말
희한한 풍경이었다. 동물이 예배의 중심이었다. 성가대 찬양,
백인 목사의 아주 짧은 메시지, 그리고 모든 예배 의식이
동물을 위한 것이었다. 메시지는 딱 하나, 인간이 살아있는
존재와 연결되는 것은, 본질적으로 신성하다는 것이었다.
'우리는 살아있는 존재들과, 그것도 얼마나 살아있는
방식으로 연결되어 있는가?' 상념에 잠긴 미지에게 한경이
고개 돌려 말했다.
"동물 예배를 보면서, 난, 이런 생각이 들어. 아주 가끔이나마
우리는, 우리 자신을 세계의 중심이 아닌 방식으로 경험할
필요가 있지 않을까 하고 말이야..."
"그러네요. 늘 우리는 우리 자신의 눈으로만 보고, 판단하고
그러니까요... 저는, 진정한 깊이까지 가닿는 그런 인간
관계가 불현듯 아쉽고, 그립고 그러네요."

미지는 가슴이 무겁고 아팠다. 예배가 끝나고 셋이 점심을
함께하기로 했다. 미지는, 약속한 음식점에서 합류하기로

하고, 급한 용무를 처리하려고 서둘러 빠져나갔다. 한경과
마이클은, 교회에서 마련한 커피를 마시며 잠시 안부를
나누었다.

"요즘 좀 어때?" 한경이 마이클에게 물었다.

"아주 좋아!"

"그래?"

"작년에 돈을 많이 벌어서, 연말에 직원들에게 인센티브도 몇
천불씩 나눠줬어."

마이클 사무실이 최악의 미국 경기에도 아랑곳없이 돈을
버는 것은, 다 한국의 건축 상황 덕이었다. 한국의 건축
경기도 형편없다. 대부분의 대형 설계사무소들은, 턴키로
나오는 공공 프로젝트 꼼뻬로 살다시피 한다. 그런데 한국
대형 설계사무소들은, 인적인 규모야 대단하지만 디자인이
약해 익명의 외국 건축사모소에 용역을 준다. 언론의
주목을 끄는 프로젝트는, 아예 외국의 유명한 건축가나
설계사무소들을 파트너로 끌어들인다. 이 형국에 죽어나는
것은, 소위 아틀리에 사무실들, 그러니까 디자인에 승부를
걸고 작업하는 한국의 진짜 건축가들이다.

"미지, 초석에 가는 거 알지?"

"알지.."

"아쉽지 않아?"

"아쉽지만, 미지가 그룹포로 안 가서 다행이야."

"그룹포는 왜?"

"그동안 미지가 거기 일 피디(프로젝트 디자이너) 했잖아."

"아, 그랬구나…"

한경이 픽 웃으며 생각했다. '한국 사람들은, 자신들이 미국 사무실에 준 디자인 용역을, 미국인이 아니라 한국인이 한다는 사실을 알게 되면, 어떤 표정을 지을까…'

"마이클, 여기도 프로젝트 따려고 골프를 치거나 로비를 하고 그래?"

"전혀. 여긴 그런 거 필요 없어. 열심히 하면 누구나 할만 해."

"좋은 세상이네. 내가 여기서 건축을 했으면 실패하지 않았을 텐데…"

"그럼, 지금이라도 여기서 하지 그래?"

"마이클, 음식점이 여기서 그리 멀지 있으니, 걸어가면서 얘기할까?"

미지는 점심을 마치고 집으로 향했다. 운전한지 오분쯤 되었을까, 피곤이 급습했다. 정신이 몽롱해, 하마터면 졸 뻔 했다. 마지막 신호를 기다리며 보니, 아파트가 경찰차들과 경찰들로 둘러싸여 있었다. 자라보고 놀란 사람 솥뚜껑 보고 놀란다고, 미지가 흠칫했다. 긴장된 눈으로 무슨 일인지,

주변을 살폈다. 영화 촬영 중이었다. 안도했다. 3번 도로가,
터널 앞에 부서진 차들이 무더기로 쌓여 있었고, 그 앞
잔디밭이 하얀 눈밭으로 변했다. 미지는 아파트 주변에서
가끔 경찰을 볼 때, 이들이 진짜 경찰인지, 배우 경찰인지,
늘 헷갈렸다. 때로는 진짜 경찰이 배우 같기도 하고, 배우
경찰이 진짜 경찰 같기도 했다. 미지는, 폴 박이 진짜 경찰로
확인되었지만, 여전히 미심쩍었다. 그런데 곰곰이 생각해
보니, 진짜 경찰도 삶이라는 무대에서 사회적 배역을 따르는,
시한부 배우 경찰이다. 그리고 배우 경찰은 진짜 경찰처럼
행세하는, 시한부 진짜 경찰이다. 그러니, 엄밀히 말해, 우리
모두는 배우이고, 그래서 가짜인 셈이다. 그와 동시에, 가짜도
진짜로 존재해야 하고, 또 행세하고 있으니, 모두 시한부
진짜이기도 한 셈이다. 미지는, 잠시 현실이 낯설어 보였다.

미지는, 집에 들어서자마자 푸톤에 풀썩 앉았다. 아주 짧은
시간이지만, 경찰로 인해 자신도 모르게 긴장한 것 같았다.
몸이 한꺼번에 풀어지는 것을 느꼈다. 눈을 감았다. 고요한
평화가 찾아 들었다. 몸이 땅으로 꺼지는 것 같이 무거웠다.
몸에 굴복하고 싶었지만, 그럴 틈이 없었다. 느릿느릿
일어났다. 아무래도, 기운을 좀 내야 했다. 신나는 에프엠
음악을 볼륨 높이 틀어놓고, 커피를 만들어 마시고, 묵은
짐들을 정리하기 시작했다. 버려야 할 것들이 이렇게나

많은지, 미지 자신도 몰랐다. 리한나의 〈엄브렐라〉 노래가
생기를 북돋웠다. 노래를 따라하며 정신없이 당장 버릴
짐들을 모으고 나니, 온 몸이 땀에 젖었다. 한경과 약속한
시간이 얼마 남지 않았다. 샤워를 하고, 정성스럽게 화장을
하고, 옷들을 번갈아가며 입어보며, 가장 매력적인 모습이
되도록 신경 썼다. 한경 선배에게 자신의 속내를 알려줄
마지막 기회였다.

미지는, 특별한 파티나 어울릴 법한 붉은 원피스를
고혹적으로 차려입고, 한경과 함께 수시를 먹었다. '어스
카페'에 가자는 한경에게, 스탠다드 호텔 루프 바를 고집했다.
소위 잘 나가는 건축가들과 교수들이 좋아해서 자주 모이는
장소다. 루프 바에 들어선 미지는, 한경의 표정을 주시했다.
도심 빌딩이 빚어내는 환상적인 야경이 순식간에 펼쳐졌다.
한경은, 놀라워 숨을 죽였다. 정말 아름답다며, 멍하니 서
있었다. 지나다니며 볼 때는, 그저 작고 수수한 호텔이라
생각했기 때문일 것이다. 15층 건물을 둘러싼, 빛으로 가득
찬 높은 고층 빌딩들은, 옥상을 '허공에 떠 있는 공간'으로
느끼게 만들었다. 한경이 혼잣말을 중얼거렸다.

"무심한 블록덩이인줄 알았는데, 속에는 이렇게 아름다운
보물이 있었구나..."

테이블에 자리를 잡고서도 한경은 한동안 주변 풍경에
시선을 빼앗겼다. 프랑스 와인이 나오고 있었다. 미지가
건배를 제의했다. 한경은 그러고서야 비로소, 야경에
가려졌던 미지의 자태를 찬찬히 음미했다. 붉은 원피스에,
가장자리에 흰털이 있는 짧은 검정 재킷에, 유화 같은
머플러에, 어깨에 닿을 듯한 긴 백금 막대 귀걸이에,
하이힐에, 세심히 꾸민, 게다가 평소와 달리 과감히 몸을
드러낸 미지가, 무척 아름답고 섹시했다.

두 사람은, 이곳저곳 다녔던 곳들을 언급하며, 좋고 행복했던
기억들을 주고받았다. 술이 약한 한경은 와인 한 잔에 이미
취기를 느꼈다. 술이 센 미지에 맞추느라 거의 제 정신이
아니었다. 머리가 핑 돌고, 말이 어눌해지는 것을 느꼈다.
화장실을 찾았다. 찬물로 얼굴을 씻고, 거울에 비친 자신을
보며 정신을 가다듬었다. 더 이상의 알코올은 피하고 싶었다.
테이블로 돌아와 주변을 좀 돌아보자고 했다. 좀 걸으면 술을
깰까 싶었다. 그리고 언제부턴가 눈에 띄는, 저쪽의 반 층
높이 옥상 공간이 내내 궁금하기도 했다.
계단을 밟고 올라서자, 다른 풍경이 펼쳐졌다. 사각형의 긴
수영장이 옥상 한 가운데에 야경을 반사하며 울렁거렸다.
주변에는 작은 자쿠지가 일렬로 배치되어 있었다. 틈 사이로
나온 다리들로 보아, 남녀 한 쌍인 것 같았다. 서너 명의

여자들과 남자들이 수영장 주변을 돌아다녔다. 둘은 옥상 끝으로 갔다. 미지가 난간에 기대어, 슬픈 듯 읊조렸다.

"아, 이 순간이 정지되었으면..."

한경에게 다가갔다. 그는 말없이 바깥 풍경을 응시하고 있었다. 밤공기가 차가웠다. 그의 곁에 바짝 붙었다. 잠시 머뭇거리다, 그의 어깨에 고개를 기댔다. 그가 윗옷을 벗어 걸쳐주었다.

"선배님도 추울텐데..."

"나야, 남잔데, 뭐..."

한경은 보석처럼 빛을 발하는 건물들을 응시하고 있었다. 미지가 그에게 밀착했다. 한경의 가슴이 뛰었다. 잠시 어색해하던 한경이 미지의 허리에 팔을 둘렀다. 미지가 고개를 들어 그를 바라봤다. 사랑스러운 눈빛이었다. 미지의 얼굴이, 그녀의 입술이, 그의 얼굴, 그의 입술로부터 한 뼘 거리에 있었다. 가녀린 그녀의 숨소리를 들으며, 그가 입술을 가져갔다.

차가 바를 벗어나 미지의 아파트에 접근하자, 미지가 술기로 얼굴이 붉어진 한경에게 말했다.

"선배님, 술 좀 깨시게, 집에서 커피 한 잔 하고 가실래요?"

미지는, 한경이 머뭇거리는 사이, 차를 아파트 주차장에
진입시켰다. 엘리베이터를 타고 올라가는 내내, 그리고
미지가 문을 여는 내내, 한경은 어찌해야 할지 갈피를 못
잡았다. 미지는 아파트 문을 열고 한경을 먼저 안에 들였다.
문을 조용히 닫고 자물쇠를 건 미지는, 신발을 벗자마자
한경에게 몸을 던졌다. 멈칫 하던 그가 두 팔로 그녀를
감쌌다. 그녀의 입술이 그의 입술을 향했다. 두 사람은
격렬히 서로의 입술을 탐했다. 입술을 붙인 채 서로의
옷을 벗겼다. 그리고 침대에서 몸을 섞었다. 사랑을 나누고
잠시 정적이 흘렀다. 미지는, 기분이 묘했다. 몸을 다
던졌는데, 그런데도 기분이 말끔하지 않았다. 마음 깊숙한
어딘가에 덩어리가 남아있는 느낌이었다. 영혼이, 혹은
정신이, 충분히 만족스럽지 못했다. 그의 팔에 안긴 미지가
물었다.

"선배, 나도 건축 접고, 선배랑 같이 커피숍이나 하며 살까?"

그가 지그시 감고 있던 눈을 떴다. 따뜻한 시선으로 그녀를
바라보며, 오직 이 시간만 지속할, 그녀의 가벼운 진실의
말에 빙긋 웃었다. 그리고 그녀를 안은 팔을 힘주어 당겼다.

6.

꼼뻬 팀 미팅이 끝났다. 미지는, 다른 사람들과 섞여 미팅
룸에서 나가려고 일어서려다, 제자리에 앉았다. '멈춘
시간'을 잠시나마 느끼고 싶었다. 식은 머그잔을 입으로
가져갔다. 천천히 컵을 기울였다. 커피가 나오지 않아 끝까지
기울였다. 미지근한 커피 한 방울이 입 안에 똑 떨어졌다.
사람들이 썰물처럼 일시에 확 빠져나간 공간은, 거짓말처럼
고요했다. 뜨거운 커피가 마시고 싶었지만, 고요를 놓고 싶지
않았다. 미지는 길고 넓은 회의 테이블에 엎드렸다.

'마음도, 몸도, 지치고 힘들다. 근무 첫 날부터 거의 하루도,
아니 잠시도 쉬지 못하고 작업에 올인 했다. 일개미처럼 일만
하며 보낸 날들이 얼마인가...' 굳이 헤아리고 싶지 않았다.
각오는 했다. 그래도 지나치다는 생각은 떨칠 수가 없었다.
기계도 이렇게 오래 돌리면 탈이 나는 법이다. 미국에서는,
마감이 닥쳐 연일 그렇게 바빠도, 최소한 잠은 잤고, 샤워는

했고, 밥 먹은 후 커피를 마시며 잡담도 했다. 야근이 오래
지속될 때에는, 규칙적으로 쉬기도 했다. 협력업체들이,
그리고 심지어는 공사 인부들도, 주말과 휴일과 퇴근
시간을 엄수한 덕이었다. 그런데 여기는, 그야말로 게오르규
장편소설 제목 『25시』처럼, 쉬지 않고 돌아가는데도, 늘
시간이 모자랐다. 한국의 비인간적인 건축 환경에, 울화가
치밀었다. 문득 자신의 얄궂은 운명이, 그리고 자신의
욕망이 원망스러웠다. 자신의 삶에 홀연히 끼어든 벌레
같은 '그들'에 얽혀 어쩔 수 없긴 했다. 그렇지만, 그건 누가
핑계지 않느냐고 집요하게 물으면, 마지막까지 변명하기는
힘들었다. '미국에서 일하는 내내 서울 건축 일을 얼마나
그리워했던가... 잡부처럼 시키는 잡일들만 죽도록 해야 하는
직원이 아니라, 책임 디자이너로서 말이다. 게다가, 한 번은
도전해보고 싶었던 프로젝트가 아니던가?'

언젠가 한경 선배가 알려준 프로이트의 유명한 경구가
떠올랐다. '조심하라. 자신의 소망이 이루어질 수도 있으니
말이야!' 모든 욕망의 대상은, 진정 환상 안에서만 그러한
대상이 될 뿐인가 싶었다. 미국의 삶이 그리웠다. 거기서는
언젠가 마주할 이별 날을 고대했는데, 정작 쫓기듯 급히
떠나고 나니, 불현듯 돌아가고 싶었다. 아침마다 커피를
마시며 보던, 월트 디즈니의 뒷모습이 떠오른다. 문자 알림

소리가 났다. 전화를 집어 들었다. 김철진의 문자였다.
가슴이 두근거렸다.

〈다섯 시 반 맥도날드〉

'예전 거기'로 잠시 외출한 미지의 의식이 순식간에 '지금
여기'로 돌아왔다. 그리고는 또 다시 엘에이 탐 브레이들리
공항으로 이동했다.

배웅해 준 미정이와 이층 레스토랑에서 이른 점심을
먹을 때였다. 미정이가 서울에서 건축을 한다는 큰오빠를
보여준다며, 아이폰에 담긴 사진들을 넘겼다. 그런데 넘기던
사진 한 컷에, 진짜 경찰로 알았던 폴 박이, 미정이 작은
오빠와 함께 있었다. 미지는 곧바로 미정이에게 폴 박의
신원 확인을 부탁했다. 그때 미정이 작은 오빠가 알려준
바에 따르면, 폴 박은 이름이 폴 킴으로, 사설 탐정으로
통하지만, 실제로는 사람들 뒤를 캐내어 그 정보로 먹고사는
'흥신소'를 운영한다. 그리고 가끔 자신이 모르는 이상한
일도 하는데, 최근에는 서울에서 온 친구를 만나고 다닌다는
말을 들었다. 그래서 그 사람이 아마 김철진이지 않을까
싶다. 그러니까 그의 일을 해 주느라, 잠시 이름을 도용해서
경찰을 사칭했을 수도 있다는 것이다. 그럼에도 불구하고
미지는, 폴 박이 늘 꺼림칙했는데, 그가 가짜 경찰이라는

사실을 비로소 확인한 순간이다. 미지는 '그들'의 사기
행각에 기가 막혀, 잠시 멍했다. 그리고는, 한국행을 포기할
생각도 심각하게 고려했다. 인천에 도착한 미지는, 입국대를
빠져나오면서 미정이에게서 온 메신저를 체크했다. 폴 킴과
김철진의 관계 이외에는, 그러니까 김철진이 서울에서 무슨
일을 하고 있는지는, 알 길이 없다는 내용이었다. 미정이가
보낸 메신저에 따르면, 미정이 작은 오빠의 친구인 폴 킴은,
몇 년 전 흥신소 의뢰 건으로 김철진을 소개받았는데, 그
이후 김철진이 엘에이 들를 때마다 술 마시며 노는 정도의
관계로서, 서로에 대해서는 아는 바가 거의 없다.

미지는, 시간을 확인했다. 삼십 분 남았다. 머리를 신속히
움직였다. '한 블록 떨어진 맥도날드는 십 분이면 충분하다.
혼자 갈까, 누구와 동행할까... 만약 사건이 그의 조작극이라는
사실을 내가 안다는 것을, 어떻게 알릴까... 어떻게 하는 것이
그에게서 빠져나오기 쉬울까...'
미지는 머리가 복잡했다. 호흡을 가다듬고 하나씩 생각했다.
'아무래도 혼자보다는 둘이 안전하고 좋을 것이다. 나의
상황을 주시해 줄 수 있는 사람과 동행하자. 누가 좋을까?
당장은, 그동안 친구처럼 편해진, 덩치 좋고 눈치 빠른 김
대리가 적격이다. 그런데 그의 사기극을 내가 알고 있다는
것은, 어떻게 알리는 것이 좋을까? 그와 긴장을 낳는 대결

상황은 정말 싫다. 폴 박 이야기를 꺼내자. 그리고 미정이
오빠 이야기를 하면서 자연스럽게... 그래 그게 좋겠다.'

"김 대리, 커피 한 잔 해."
미팅 룸 문을 열고, 김윤식을 불렀다.
"네."
"김 대리, 부탁 하나 할게. 우선 아무 것도 묻지 말고 내
말만 들어." 미지는 뜨거운 커피를 마시며, 맞은편에 앉은
김윤식의 눈을 보며 말했다.
"네."
김윤식이 미지의 말에 집중했다. 소박하지만 덩치가 큰 김
대리는, 늘 그렇듯, 군인처럼 짧게 대답했다. 늘 듬직하게
보였던 김 대리가, 자신이 불안해서 그런지, 약해 보였다.
"코너에 있는 맥도날드 있지? 거기서 내가 다섯 시 반에 누구
만나기로 되어 있어. 별로 좋지 않은 사람이라 혼자 가기가
좀 그래. 그러니, 김 대리가 그 전에 먼저 들어가서 자리
잡고 있어. 그러다가, 내가 누구랑 만나서 얘기하거든, 눈치
안채이게 나 좀 지켜봐줘. 아마, 김 대리가 할 일은, 그것밖에
없을 거야. 그냥 내가 혼자 있는 게 좀 불안해서 그런
것뿐이니까, 내가 먼저 말하기 전에는, 절대 아는 체 하거나
끼어들지 마. 알았지?"
"네."

김윤식은, 진도에서 자라 광주에서 대학을 마쳤다. 동네에서 집이나 가게를 고쳐주는 건축업자들을 보며 십대를 보낸 탓에, 건물 공사가 곧 건축이라 생각했다. 그림에 소질은 좀 있었지만, 그렇다고 미술과에 갈 정도도 아니고, 수학이 약해서 공학도 자신이 없었다. 그런데 늘 보던 공사장 감독이 인부들을 지휘하는 모습이 그렇게 멋있게 보일 수 없었다. 남자다워 보이기도 했고, 밤늦게 지나가다 얼핏 들여다보는 그들의 술자리는 참으로 인간적으로 보였다. 김윤식은 그렇게 터프한 환경에서 묵묵히 일하는, 그러면서도 호방하게 정을 나누는 남자 세계가 좋았다. 자신도 그런 삶을 살고 싶었다. 그래서 진학 담당 선생의 만류에도 불구하고, 고집을 부려 건축과에 들어갔다. 그런데 다른 과목은 그럭저럭 별 문제가 없었는데, 설계 수업에서 엄청난 좌절을 경험했다. 미술도 잘하고 수학도 잘해서 건축과를 지망하는, 도시의 애들과 근본적으로 달랐다. 복잡한 기능들을 엮어내는 것도 어려웠고, 미적인 안목이 전혀 없다는 혹평이 단골 메뉴로 따라붙었다. 그렇다고 해서 그는, 어렵거나 힘들다고 물러서는 것은, 남자답지 못한 행동이라고 굳게 믿었다. 그래서 사력을 다해 설계 과제를 해내며 졸업까지 버텼는데, 그러한 학업 태도가 마음에 쏙 들었는지, 지도교수는 그를 초석에 입사시켜 줬다. 초석 회장님과 친한 동문 사이여서, 거의 전화 한 통으로 가능했던 셈이다.

그런데 막상 실무세계에 들어와 보니, 설계가 학교 때와 비할 바 아니었다. 법규, 예산, 구조, 설비, 다양한 용도의 공간, 미학, 시공 등, 다루어야 할 변수들이 상상을 뛰어넘었고, 그 모든 변수들을 종합해내는 것은, 분명히 자신의 능력 밖이었다. 시키는 일만 하는 연차라, 그리고 시키는 일은 아무리 많고 힘이 들어도 묵묵하게 해내는 성격이라, 대한민국 대형 설계사무소 상위 넘버 파이브에 속하는 초석에서 지금까지 잘 버틸 수 있었다. 물론, 연차가 얼마 되지 않아서, 아직은 디자인이라는 그 엄청난 과업에 직면할 일이 없기도 했다. 어쨌든 김윤식의 생존의 힘은, 도시 사람 누구도 따라갈 수 없는 '헝그리 정신'인데, 바로 그 덕에 디자인이 약하면서도 꼼뻬 팀에서 일하게 된 것이다.

그러다 보니, 꼼뻬 팀에서 디자인을 주도하는 팀장인 미지는, 김윤식에게는, 거의 신적인 존재였다. 자신은 도무지 해낼 수 없는 일을, 마치 화가처럼, 스케치 하는 모습을 보면서, 경탄하지 않을 수 없었다. 그뿐 아니었다. 디자인 크리틱 미팅 때 구사하는 미지의 세련된 어휘와 정확한 논리는, 경청하고 있으면, 너무 아름다워, 심지어 은밀한 감각의 즐거움이 몸속에서 꿈틀댈 정도였다. 김윤식은 몇 달 사이에 이미 미지의 건축적 사도가 되어버렸다.

미지는, 떨리는 마음이 행여나 노출될까 짐짓 태연한 체,

맥도날드에 들어갔다. 주변을 살폈다. 실내 전체를 조망할 수
있는 배선대 앞자리에 김윤식이 보였다. 김철진은, 벽과 창이
만나는 구석에서 누군가와 나란히 앉아 있었다. 그에게 곧장
다가가, 눈인사를 하고 맞은편에 앉았다.

"오래간만이오, 미지 씨."
감자튀김을 케첩에 찍어먹던 김철진이, 음흉한 눈빛으로
손을 내밀었다. 미지는, 주머니에 넣은 손이 축축해, 눈인사로
대신했다.
"뭐 좀 드실래?"
김철진이 내민 손을 거두며, 제법 예의 차리는 시늉을 했다.
"괜찮습니다."

미지는, 탁자에서 떨어져 있는 의자를 끌어당기지도 않은 채,
그 끝에 거의 몸의 중력만 맡긴 채 앉았다. 용건만 얘기하고
싶은 모습이 역력했다. 김철진은, 감자튀김을 집어먹으며
팔꿈치로 옆 남자를 찔렀다. 김철진과 대조적으로, 체구가
작고, 여리고, 창백한 남자였다. 고개를 숙이고 있던 그
남자가, 다짜고짜 용건을 제시했다.

"제가 알기로 초석은, 꼼뻬 데이터는 인트라넷으로
관리한다고 들었어요. 문제는, 그 내부 망은 인터넷이 안

돼서, 외부에서 해킹하는 것이 거의 불가능하다는 거예요,
그래서 내부 도움이..."

"맞아요. 꼼뻬 작업은 내부 망으로 연결된 워크
스테이션으로만 하게 되어 있어요. 그래서 개별 컴퓨터에는
데이터를 세이브 할 수 없어요. 서버는 또 관리팀에서
정기적으로 해킹 차단 프로그램을 돌리고..."

미지가 그 상황을 정확히 설명했다.

"그래서요, 아무래도, 그쪽에서 이렇게 해 주시면 어떨까
싶어서요. 이 메모리칩 꽂아놓고 서버에 로그인 하시는데,
로그인 되면 문자 주시고 삼분 쯤 기다렸다 빼시면 돼요...
그것만 해 주시면..."

"저, 커피 한 잔 하고 싶은데..."

미지는 김철진과 독대하고 싶어, 커피 핑계를 댔다.

"그래요? 야, 가서 커피 한 잔 주문해 와."

김철진이 옆 남자에게 커피 심부름을 시켰다.

"폴 박 있잖아요. 그 분, 제 친구 오빠랑 아는 사이던데요?"

미지는, 그 남자가 주문대에 있는 것을 확인하고, 스마트폰을
꺼내며 대수롭지 않듯 말했다.

"뭐?"

미지는, 김철진의 반응을 의도적으로 무시한 채, 이미지들을
뒤졌다. 미정이의 오빠와 폴 박이 같이 찍은 사진을 찾았다.

스마트폰을 테이블에 놓고 김철진 쪽으로 빙그르르 돌렸다.

김철진이 잠시 침묵했다.

"본명이 폴 킴이고, 확인은 이미"

김철진이 미지의 말을 잘랐다.

"미지 씨, 좋게 말할 때 쓸데없는 짓, 생각도 마. 우리 막
나가는 사람이야. 성질 건드리면, 너, 엘에이 커피숍 하는
남자 친구, 광고기획사에서 일하는 동생, 다들 무사 못 해.
우리, 두 번 말 하는 사람 아냐. 이거 진짜 마지막 경고야."

팔을 걷고 몸을 수그린 채 거친 말을 낮게 뱉었다.

그의 두꺼운 팔을 예전에 본 시커먼 용의 문신이 감쌌다.

미지는 흠칫 겁에 질려, 석고처럼 굳었다. 식은땀이 등
뒤에서 주르르 흐르는 것을 느꼈다. 말을 잃고 창백해진 미지
앞에, 그 작은 남자가 커피를 내려놓았다. 김이 모락모락
올라가고 있었다.

"커피 마시고 싶다며? 드세요, 미지 씨. 이 친구 말한 거,
이번 주말까지 무조건 처리하고. 아, 미지 씨, 골드라이프
원룸이지? 야, 가자."

김철진이 일어서며 미지에게 엄포를 놓았다. 그리고
선 채로 잠시 무서운 눈빛으로 쏘아본 후 홱 돌아섰다.
그들이 시야에서 완전히 사라졌다. 미지는 테이블에 놓인
메모리칩에 눈길을 붙박고 있었다. 커피는 손도 대지 않았다.

"팀장님, 무슨 일... 괜찮으세요?"

미지의 멍한 모습을 본 김윤식이, 앞자리로 옮겨 앉았다.

미지는 얼른 메모리칩을 핸드백에 넣고, 커피를 집었다.

애써 평정심을 찾으려는 듯, 한 모금을 마시고 짧게 숨을

내쉬었다. 눈에 눈물이 핑그르르 돌았다.

"팀장님, 맛있는 거 먹으러 가요. 제가 사드릴게요."

낌새를 알아챈 김윤식이, 눈치를 보며 과장되게 밝게 말했다.

"김 대리, 술 한 잔 하러 가자."

잠시 침묵을 지키던 미지가, 일어나며 아무렇지도 않은 듯

말했다.

미지는, 안주는 손도 대지 않은 채, 막걸리만 연거푸

마셔댔다. 미팅 준비로 점심도 걸렀다. 커피 외에는, 하루

종일 먹은 것이 없었다. 취기가 순식간에 올랐다.

"김 대리, 나랑 이렇게 단둘이 술 마시면, 여친이 뭐라 그러지

않아?"

미지는 술기운을 느끼고서야 편히 입을 뗐다.

"여친 없어요, 팀장님. 저, 얼마 전에, 헤어졌어요..."

"아, 그래? 그 여친이랑?"

"네..."

"그러면 다행이고..."

"팀장님은요? 남친이 뭐라고..."

"나? 남친 없어..."

남친이 없다는 말에, 김윤식의 입술 끝이 위로 살짝
움직였다. 김윤식은, 자신의 여신이 혼자라는 사실이 그저
흐뭇했다. 늘 흠모만 하던 그녀와 이렇게 단 둘이 앉아 있는
것이, 믿을 수 없었다. 미지는 또 다시 입을 닫고, 술을 연거푸
마셨다. 술로 위로받으려는 듯 했다.

"팀장님, 천천히 마시세요. 안주도 좀 드시고..."

김윤식이 걱정스러운 눈빛으로 말했다.

"아, 챙겨주는 사람이랑 술 마시니, 기분 좋은데?... 나 걱정
말고 한 잔 해. 나랑 술 마시는 거 처음 아냐? 오늘 기분도
그런데, 우리 기분 좋게 한 잔 합시다, 윤식 씨."

술에 취한 미지가, 그의 따뜻한 말이 기분 좋아, 싱긋 웃으며
말했다.

"그러고 보니, 사석에서 김 대리라 부르는 건 좀 그러네..."

혼잣말로 중얼거리며, 그에게 술을 권했다.

"한 손으로 받아, 한 손으로. 여기 사무실 아니잖아.
사석에서까지 왜 이래, 기분 나쁘게..."

그가 두 손으로 술을 받자, 짜증스럽게 말했다.

"네..."

"윤식 씨는, 늦게 가면 잔소리하거나 걱정하는 사람 있어?"

어색하게 한 손으로 술을 받는 그에게 물었다.

"저 지방에서 올라와서, 팀장님처럼 원룸에서 살고

있습니다..."
"팀장이 뭐야, 팀장이... 아직도 근무 중이신가? 윤식 씨,
자꾸 그러면 나 진짜 기분 나쁘다?"
"네..."
"지방 어디?"
"전남대 나왔습니다."

두 사람이 술자리는, 미지가 세대로 술을 마실 수 없을 만큼
취하고서야 끝이 났다. 김윤식은, 축 처진 미지를 안다시피
한 채, 어렵게 택시를 잡았다. 뒷좌석에 태운 후 혼자 보내려
했지만, 잡아당기는 바람에 원룸 건물까지 동행했다. 건물
안에 들여놓고 떠나려고 할 때도 그랬고, 방문을 열고도
그랬다. 놓지 않으려고 안간 힘을 쓰는 그녀를, 기어코
떼어놓을 수가 없었다. 결국 방 안까지 들어갔고, 거기서도
필사적으로 떨어지지 않으려는 바람에, 침대 위에 함께
나뒹굴어 떨어졌다. 그는 그렇게 엉긴 상태로 꼼짝달싹하지
않았다. 정적 속에 그녀의 거친 숨소리가 불규칙한 소리를
냈다. 잠시 후, 엉긴 팔을 살며시 떼어내고, 가만히 일어서
나가려 할 때였다.

"한경 선배... 제발... 플리즈..."
그녀가 신음소리처럼 떠듬거리며, 두 팔을 허우적댔다.

헝클어진 긴 머리, 가녀린 두 팔, 날씬한 다리가, 마치 엿처럼
휘어져버릴 것처럼 약해 보였다. 그녀가 띄엄띄엄 뱉은
취중의 말들은, 그녀가 처한 무서운 상황을 전하고도 남았다.
그녀가 힘들고, 외롭고, 안쓰러웠다. 그는, 잠시 머뭇거리다
불을 끄고, 그녀 곁에 가만히 누웠다. 그녀가 그를 와락
끌어안았다.

미지는, 심한 갈증으로 새벽에 깼다. 냉장고에서 생수를 꺼내
마시며 기억을 더듬었다. 김철진에게서 겁을 먹었고, 술을
취하도록 마셨다. 필름은 거기서 끊겼다. 구겨진 외출복을
실내복으로 바꿔 입고, 지갑을 꺼내려고 핸드백을 열었다.
검정색 메모리칩이 눈의 띄었다. '이건 뭐지?' 그 순간,
김철진과 동행했던 창백한 그 남자가 생각났다. 그리고
김철진이 떠나며 협박했던 장면이 떠올랐다. 순식간에
무섬증이 다시 엄습했다. 지금까지 늘 혼자 살았다. 그런데
바로 이 순간은, 댕그라니 혼자 있다는 사실이 돌연히
불안했다. '한국 시간으로 세시 사십 분. 엘에이 시간은 오전
열한시 사십 분.' 한경 선배에게 메신저를 날렸다.

* 선배, 혹 시간나면 전화 좀...

침대에 웅크리고 앉아, 답을 기다렸다. 일각이 여삼추였다.

몇 분이 흘렀을까, 묵묵부답이었다. '점심시간이라 바빠서 못 봤거나, 어디 출타 중일지 모를 일이다.' 침묵을 견디는 것이 힘들어, 다이얼을 누르다 포기했다. 또 다시 정적이 불안했다. 김윤식에게 메신저를 쳤다.

*김 대리, 안자고 있으면, 메신저 좀...

잠에 깊이 빠졌는지, 김윤식에게서도 답이 없었다. 이 시간에 더 이상은 연락할 사람이 없다는 생각이 들자, 외로움이 비수처럼 가슴을 파고들었다. 아무도 모르는 세상에 홀로 뚝 떨어져 있는 기분이었다. 여기서 죽는다한들, 아무도 모를 것 같았다. 눈물이 고였다. 그리고 볼을 타고 주룩 흘러내렸다. 뜨거운 것이 목을 타고 가슴팍을 건드렸다. 오열이 터져 나왔다. 얼마나 흐느꼈을까... 울음이 사그라지고 마음이 좀 안정되었다. 눈물을 닦고, 스마트폰을 집었다. 파일로 저장해둔, 바흐 칸타타 147번 〈예수, 인간 구원의 기쁨〉을 반복 청취 모드로 틀었다. 머리를 벽에 기댔다. 음악이 흐르자 눈을 감았다. 아주 먼 곳 어디서부터, 여명이 소리 없이 터 오고 있었다. 미지의 마음에도 평화가 실비처럼 서서히 깃들었다.

미지는 평소보다 제법 늦게 출근했다. 머리가 아팠고 몸이 무거웠지만, 평소의 표정으로 작업실에 들어섰다. 작업하던 팀원들이, 무슨 일이 생겼냐는 듯. 다들 의아하게 쳐다봤다. 김윤식은 걱정스러운 표정이었다. 미지는 씩 웃는 것으로 인사치레하고, 곧바로 제자리로 갔다. 컴퓨터 전원 버튼을 누르고 커피를 마시며, 생각에 잠겼다. '아직은 최종안이 잡히지 않은 상태다. 어차피 해킹 파일은 보안 팀에 의해 오래지 않아 발견될 것이다. 그렇게 되면, 그 후로는 누구도 해킹할 수 없도록 포안 프로그램이 강화될 것이다. 그래서 사무실은 어떤 피해도 입지 않을 것이다. 김철진이 이 시점에 해킹을 요구했다는 것이, 불행 중 다행으로 느껴졌다. 그리고 김철진이 해킹을 아는 사람을 쓰고 있는 것도, 그랬다. 보안이 강화되면, 누구도 어찌 할 수 없다는 것을, 그 작은 남자는 분명히 알 것이다. 결국 해킹 시도는 이것이 처음이자 마지막일 것이다. 보안 팀은, 해킹 시도가 내부에서 도모한 것을 분명히 알 것이다. 그래서 범인을 알아내거나 찾으려 할 것이다.' 미지의 걱정은, 이 지점에서 풀리지 않았다.

미지는 컴퓨터를 켜고, 검정색 메모리칩을 꺼내어 만지작거렸다. 윈도우 화면 제일 위에 있는 인트라넷 아이콘을 더블 클릭했다. 곁눈으로 주변을 살폈다. 모두들, 자신의 화면에만 시선을 고정하고 있었다. 메모리칩을 꽂는 손이 잠시 흔들렸다. 늘 잘 꽂히던 것이 단번에 들어가지

않았다. 몸을 의자 뒤로 젖혀 두 손으로 머리를 받치며,
주변을 경계했다. 키보드 소리들만 크게 나고, 시야는 조금
전과 같았다. 손이 젖었다. 미지는 심호흡을 한 번 하고, 다시
메모리칩을 꽂으려고 몸을 숙였다. 그때 뒤에서 문 열리는
소리가 들렸다. 화들짝 놀란 미지가 뒤를 돌아보니, 꼼뻬실
보안을 책임지고 있는 도 팀장이었다. 도 팀장은 미지 옆을
지나가다, 인터라넷 로그인 창이 떠 있는 미지의 모니터를
보며, 가볍게 한 마디 던졌다.

"이제 출근했나 보네?"
"아, 네…"

미지는 별 뜻 없이 물은 도 팀장의 말에 대답하며, 얼떨결에
일어났다. 갈 데가 딱히 없던 미지는, 선 채로 잠시 멈칫하다,
화장실로 발걸음을 옮겼다. 콩닥거리던 가슴을 화장실에서
가라앉히고, 제자리로 돌아왔다. 주변의 시선들은 여전히
각자의 화면을 향해 있었다. 잠시 눈을 감았다 뜬 미지는,
재빨리 검정색 메모리칩을 꽂았다. 이번에는 한 번에 쑥
들어갔다. 재빨리 인트라넷 로그인 창으로 마우스를 옮겼다.
손가락이 바르르 떨렸다. 키보드에 두 손을 얹어, 검지로
정확한 운지 자리를 확인한 후, 아이디와 비밀번호를
입력했다. 잘못된 비밀번호라는 메시지가 떴다. 이번에는,

눈으로 키보드를 보며, 손가락을 빨리 움직였다. 인트라넷이
성공적으로 로그인되었다는 메시지가 떴다. 로그인 한 후,
삼 분 후에 메모리칩을 빼라고 했다. 전화기를 진동모드로
바꾼 후, 타이머를 3분으로 맞췄다. 시간이 엿처럼 늘어졌다.
저쪽에서 누군가가 일어나는 모습이 시야에 잡혔다. 그쪽을
주목한 채 전화기를 보는 순간, 앞에서 도 팀장이 걸어오고
있었다. 다급해진 미지는, 순식간에 메모리칩을 뺐다. 두
손으로 턱을 괴고 생각에 잠긴 듯, 석고처럼 움직이지
않았다. 아무래도 야근 시간에 해치워야 할 것 같았다.
가슴에 땀이 주르륵 흘러내렸다.

미팅이 끝나고, 사람들과 함께 미팅 룸을 나설 때였다.
"팀장님, 저, 잠시 의논 드릴 게 있는데요?"
김윤식이 뒤에서 큰 소리로 불렀다.
"그래? 그럼 커피 좀 챙겨와, 여기 있을 테니."
"네."
"그래, 무슨 문제?"
미지가 뜨거운 커피를 한 모금 마시고 물었다. 김윤식이 커피
잔을 만지작거리며 머뭇거렸다.
"팀장님, 어제 메모리 칩..."
김윤식이 잠시 뜸을 들이다, 낮은 목소리로 대답했다. 미지가
황급히 자신의 입술에 손가락을 올려, 말을 끊었다.

"김 대리, 잠시 바깥 공기 좀..."

두 사람은, 건물 뒤 포켓공원 벤치에 앉았다.

"김 대리, 맥도날도 일 말이야. 혹시 내가 취중에 무슨 얘기
했어?"

따뜻한 커피 잔을 두 손으로 감싼 채, 옆에 앉은 김윤식에게
물었다.

"네. 미국에서 생긴 일이며, 그 사람 어제 만나게 된 사연...
대충 말씀하셨어요."

"아, 그랬구나, 그놈의 술이... 술에 취한 게..."

미지가 머리를 숙여 한숨을 쉬고, 중얼거렸다.

"팀장님, 그동안 많이 힘드셨죠? 걱정 마세요... 저만 알고
있을게요... 어차피 이렇게 된 거, 제가... "

"그래... 말만 들어도 고마워..."

"아, 그리고, 제가 잠에 곯아떨어진 바람에... 죄송합니다..."

"죄송은 무슨..."

"그리고... 제가 오늘 출근해서 그 메모리칩으로 로그인
했어요..."

손을 만지작거리던 김윤식이, 고개를 숙인 채 말을 이었다.

"뭐? 그럼 내 백에 있는 건?..."

미지가 깜짝 놀라 물었다.

"죄송해요..."

미지는, 김윤식이 희생적인 행동을 하고도, 미안해 하는

모습이, 가슴을 건드려 울컥했다. '도대체 어찌된 영문인가...'
걱정스러운 어투로 다시 물었다.

"김 대리, 그게 무슨 말이야?"

"사실, 팀장님 가방에 있는 거, 그거 제 꺼예요. 팀장님이
받은 건, 제가 새벽에 나갈 때 가져갔어요... 죄송해요..."

"새벽에? 새벽이라니, 그건 또 무슨 말이니?"

미지는 이어지는 놀라운 사실들에 즉각 반응했다.

"팀장님 모셔드리고, 잠 드시는 거 보고 나갔습니다."

미지는 필름의 끊긴 부분을 아무래도 이을 수 없었다.

"그랬어? 집에서 무슨 일은 없었어?"

"네. 아무 일도..."

아무 일도 없었다니, 끊긴 부분은 걱정할 일이 아니었다.
이제 김 대리가 걱정이었다. 미지 입에서 신음소리가 터져
나왔다.

"아... 세상에... 세상에... 어쩌지... 그거, 보안 팀에서 알게 될
텐데..."

"네, 그래서... 제가... 아무래도 제가 하는 게..."

김윤식이 여전히 고개를 숙인 채 더듬거렸다. 두 사람은
한 동안 아무 말 없이 앉아 있었다. 미지가 먼저 일어서며
말했다.

"김 대리, 고마워. 이번 도움, 잊지 않을게. 먼저 들어가. 난 좀
더 있다 들어갈 테니..."

미지는, 김철진의 일로, 김윤식의 언행으로, 무척 심란했다.
일에 열중하면, 마음이 안정될 듯싶었다. 철저히 주변을
무시한 채, 밤늦도록 작업에 몰두했다. 시간이 얼마나
지났을까, 주변을 돌아보니, 아무도 없었다. 야심한
시간이었다. 넓은 공간에 혼자 댕그라니 남았다. '집에
가야 하나, 여기서 밤을 새야 하나...' 김철진이 남긴 불안과
두려움에서 아직 벗어나지 못해, 갈등했다. 밤이 깊었지만,
택시를 타고 가면 괜찮을 듯싶었다. 서둘러 퇴근하고,
밖으로 나갔다. 밤의 정적이, 평소와 달리 불편했다. 인도
가장자리에 서서, 빈 택시를 기다렸다.

"팀장님."
돌아보니, 김윤식이 급히 걸어오고 있었다.
"아니, 지금 어디서 오는 거야?"
"좀 전에 퇴근해서, 기다리고 있었습니다."
"왜? 무슨 일로?"
"팀장님, 혼자 귀가하시는 게 좀 그래서..."
그렇지 않아도 불안해서, 막연히 누군가 좀 있으면 좋겠다
싶었다. 내심 고마워 눈물이 찔끔했지만, 덤덤하게 말했다.
"말은 고맙다만, 괜찮아."
"아닙니다, 집까지만 동행하겠습니다. 타십시오."
김윤식이, 빈 택시를 잡아 문을 연 채 말했다. 얼떨결에

뒷좌석에 앉으며 괜찮다고 손사래를 쳤지만, 그가 앞좌석에
앉았다.

집에 들어서는 순간, 긴장이 풀어졌다. 몸의 중력이
저항하기 싫었다. 옷도 갈아입기 싫었다. 침대에 풀썩
드러누웠다. '아, 씻어야 하는데...' 눈이 감기고, 몸이 말을
듣지 않았다.

7.

기록적인 기간의 장마로 질척거리는 월요일 점심시간이었다.
그룹포 소장 박상철이 대로변 뒷길에 있는 복집으로 걸음을
재촉했다. 종업원에게서, 그가 이미 와 있다는 말을 들었다.
숨을 고르며 천천히 방으로 갔다. 방 앞에는 신발이 두 켤레
놓여 있었다. 소리를 죽여 심호흡을 하고 문을 열었다. 방
안에 담배 연기가 자욱했다. 박상철이 인상을 찌푸리며
들어섰다. 낯선 남자가 눈에 띄었다. 나란히 앉아 있던
김철진이, 반가운 표정으로 굵직하고 거친 손을 내밀었다.
옷차림이며, 체격이며, 인상이며, 모든 면에서, 박상철과 다른
사람들이었다. 흰 피부와 마른 몸매를 지닌 박상철이 악수를
하고 자리에 앉았다.

"소장님, 늘 느끼는 거지만, 무슨 손이 이리 촉촉하고
부드럽소. 여자 손 같소.",
김철진이 박상철을 힐끗 보며 농을 걸듯 말했다.

박상철은 대꾸하는 대신, 쓴 웃음을 지었다. 방문이 열리고,
짧은 치마를 입은 한 아가씨가 들어왔다. 김철진이, 주문을
묻는 그녀의 몸매를 음흉한 눈빛으로 더듬었다.

"섹시하다..."

"지리 셋."

김철진의 말에 불쾌감을 느낀 박상철이, 급히 주문했다.

"소주, 한 병!"

밖으로 나가는 그녀의 등을 보며 김철진이 소리쳤다.

문이 닫기자, 박상철이 봉투를 내밀었다.

"우린 진짜 동업자네요. 서로 주거니 받거니."

김철진이 비릿하게 말하며 피던 담배를 지져 껐다. 그리고
봉투를 집어 수표를 헤아리고 안주머니에 넣었다.

"나머지는 끝나고 드리겠습니다. 지금까지는, 실장님 도움이
컸습니다. 그런데, 본격적인 전쟁은 이제 시작이라, 걱정이
큽니다. 초석이 문젠데, 거기만 잡으면..."

박상철이 낮은 목소리로 말했다.

"제안만 하소. 우리, 이 방면 프롭니다."

김철진이 박상철을 빤히 보며 말했다.

"아, 그런데 말이죠, 박 소장님."

김철진이, 뭔가 궁금한 게 있는 듯, 박상철에게 물었다.

박상철이 마주 보았다.

"꼼빼면, 여러 군데서 붙지 않나? 그런데, 왜 초석 하나만

잡소?"

일거리를 늘려, 돈을 더 벌고 싶은 심사였다.

"그건... 그건... 우리 건축계 문젠데요. 시청처럼 진짜 큰
꼼뻬는, 거의 세 군데서 돌아가면서 해 먹거든요. 이번은
초석 순서라..."김철진이 머뭇거리다 대답했다.

"세 군데요?"김철진이 다시 물었다.

"쉽게 말씀드리면, 서울을 지배하는 세 개 대학이 있고,
거기에 또 두목이 한 사람씩 있어서, 순번에 맞는 두목이
자기 대학 출신 한 군데를 민다는 말이에요."

"아, 그래요? 우리랑 좀 다르네..."
김철진이 씩 웃으며 이해했다는 표정을 지었다.

"그래서요... 우선 저쪽 안의 단점을 정확히 파악해서 로비
할 심사위원들에게 알려줘야 하거든요. 이건, 선우미지 씨를
쓰면 될 것 같고, 그보다 더 확실한 건, 제 생각에, 저쪽에서
아예 안을 제출하지 못하도록..."
박상철이 이어서 차분하게 말했다.

"그래요? 그럼, 저쪽이 제출하러 갈 때, 교통사고 내 드릴까?"
김철진의 눈이 번뜩였다.

"그건, 여러 가지 면에서 리스크가 큽니다. 차라리 이러면
어떨까 싶은데... 그쪽 전용 도면 출력업소가 있어요.
삼일 청사진이라고... 거기 기계를 좀 건드리든지, 사장을
매수하든지 해서, 거기서 예상할 수 없는 사고가 나게 해서,

제출시간 내에 청사진을 못 뽑도록..."

박상철이 조심스러운 목소리로 말했다.

"그거야 뭐, 돈만 주시면, 어려운 일이 아니지..."

시시하다는 듯 대답했다.

"확실히만 하면, 천 더 드리겠습니다."

박상철이 몸을 뒤로 젖히며 한숨 쉬고 말했다.

"그걸로 될지 모르겠네..."

김철진이, 옆 사람에게 말하듯, 불만 섞인 어조로 중얼거렸다.

바깥에서 인기척이 나면서 문이 열렸다. 주문받았던

아가씨가, 가스 오븐과 음식을 들고 들어왔다. 박상철은

성급히 먹어치운 후, 양해를 구하고 자리에서 일어섰다.

그리고 두 블록 떨어진 스타벅스로 서둘러 발걸음을 옮겼다.

"형, 미안해. 사무실 나오다가 사장님 만나는 바람에..."

박상철이, 창가에 앉은 정수복의 옆자리에 앉으며 말했다.

"야, 시간 좀 지켜." 정수복이 짜증스럽게 대꾸했다.

"미안..."

"30분부터 회의야."

"아, 알았어, 형. 얼른 가서 커피 한 잔 들고 올게."

박상철이 아메리카노 한 잔을 들고 왔다. 정수복은 시선을 창

밖에 두고 있었다.

"형, 미지, 잘하고 있지?"

"응. 너 말만 믿고 무리해서 꼼뻬 피디(프로젝트 디자이너)
시켰는데, 너 말처럼 잘 해서 다행이야. 우리 보스가 진짜
좋아해." 정수복이 인상을 폈다.

"그 봐, 내가 뭐랬어. 걔 진짜 선수야. 우리 사무실에
데려오고 싶었는데, 굳이 거기 가겠다, 그러더라고."

"상철이, 너네 안 이번에도 용병이지? 어디야?"

"잘 알면서 왜 그래. 이 정도 프로젝트는 내부 역량이 안
되잖아. 마이클이라고, 거의 뭐 우리 청부업체지..."

"우린 뭐 되나? 아니, 우리나라 대형 사무실치고 되는
데가 있나? 아, 한 군데는 뭐, 자체 안으로 한다 그러더만...
마이클이라고? 야, 진짜, 웃긴다. 마이클 그 놈 너네랑 우리랑
양다리... 뭐, 잘 해 봐. 우린, 이번엔, 용병 둘이니까. 게다가,
네 덕에 자체 안도 만들 수 있을 것도 같고... 자체 안으로
승부 건 게, 언제 적 얘긴지 모르겠네. 우리 보스가 이번엔,
아주 목숨 거는 분위기야."

"다행이네. 그놈 또 지 이름으로 작품 하나 내겠구나..."

"보스가 미친 듯이 달려들고 있어. 이번에야말로 뭔가
보여주고 싶어 난리야."

"역겨운 놈. 협회장 출마할 때에는 건축가 실명제
운운하더니, 정작 자신은 딴 사람 재능으로 건축가 행세하려
들어."

박상철이 벌레 씹는 표정을 지으며 고개를 밖으로 돌렸다.
"야, 싫든 좋든 우리 보슨데, 말 좀 삼가 해라. 너 개인의
불행이야 알지만, 그래도, 초석은 지금 내 밥그릇이잖아."
정수복이, 정색을 하며 주의를 줬다.

박상철은, 건축가로, 그리고 가장으로 살아남기 위해,
초석에서 그야말로 혼신을 다했다. 정수복은 그때, 그의
사수, 그러니까 직속 상급자였다. 박상철은 야근과 특근을
물마시듯 하며, 십여 년의 인생을 송두리째 바쳤다. 그러던
어느 날, 아내로부터 악몽보다 더한 말을 들었다. 일에
중독되어 자신과 딸을 소외시켜온 남편에게, 사랑이 아니라
증오마저 사라졌다, 사랑하는 남자가 생겼다, 그래서 이혼을
해야겠다며, 마른 하늘의 벼락같은 말을 했다. 박상철은
본디 내성적이고, 이혼은 어떤 일이 있어도 해서는 안 될
죄악으로 여기는 사람이었다. 특히, 다른 남자와 함께 있는
아내는, 상상만으로도 견딜 수 없었다. 박상철은 아무에게도
이야기하지 않았고, 누구와도 상담하지 하지 않았다.
결국, 혼자 술을 마시며 견디다 우울증에 빠졌고, 어느
날 목을 매었다. 다행히 끈이 떨어지는 바람에 살았지만,
뇌진탕을 입었다. 병원에서 별 장애 없이 퇴원하긴 했지만,
트라우마가 워낙 커서 한 동안 정신병원에 다녔다. 지금은
서울의 '그룹포'라는 대형 설계사무실에서 일하고 있다.

"알았어. 그나저나 초석에 형이라도 있어서, 소식이라도 주고받을 수 있어서 다행이야. 형네는 꼼뻬 스케줄, 어떻게 돼? 최종안 언제쯤 결정돼?"

"최종안? 보스가 좀 일찍 결정할 모양이더라고. 이번엔 진짜 화장(멋지게 보이도록 건물의 겉모습을 유혹적으로 만드는 것, 그리고 컴퓨터 그래픽 작업에 막대한 돈을 들여, 마치 건물을 지은 것처럼 현실적으로 보이도록 표현하는 것 등을 뜻한다) 제대로 하실 모양이야. 너네는?"

"우리야 뭐 늘 그렇잖아. 이번에도 막판까지 잡고 있을 거야. 그러면, 제출 일주일 전에 확정된다는 건가?"

"그쯤 되지 않을까? 그래야 컴퓨터 그래픽 작업을 여유 있게 할 수 있지 않을까? 근데, 왜 자꾸 물어?"

"아냐... 그냥 궁금해서... 미지가 언제 꼼뻬 감옥에서 해방되나 궁금도 하고..."

"너 있는 데는 어때? 있을 만 해?"

"대한민국 대형 설계사무소, 다, 거기가 거기지."

박상철이 무표정하게 답했다.

"하기사... 야, 그래도, 난, 상철이 너가 다시 건축계 복귀해서 살아가는 거 보면, 기분 진짜 좋아."

"건축계 복귀? 아, 형, 표현 참 웃긴다. 내가 무슨 건축을 한다고..." 박상철이 허탈하게 웃었다.

"그건 그래, 우리야 뭐 공돌이들이지. 상철아, 가야겠다.

다음에 보자."

정수복이 일어서며 말했다. 박상철은 커피를 천천히 마시고
일어섰다. 지리멸렬한 장마 날씨 사이에 찾아온, 모처럼 맑은
날씨에 사람들의 옷이 가볍고 밝았다. 무겁고 칙칙한 짙은
회색 일색의 그의 옷과, 대조적이었다. 그는, 바삐 움직이는
주변 사람들 틈을, 실연한 사람처럼 터벅터벅 힘없이 걸었다.
세종문화 회관 앞에 이르렀을 때다. 갑자기 가슴이 마치
천근의 쇠에 눌린 듯 묵직한 고통이 찾아왔다. 계단에 풀썩
앉아, 몸을 웅크렸다. 고통을 참고 있는 와중에, 전화소리가
울렸다. 한 동안 울리던 전화소리는, 그의 신음소리와 함께
끝났다. 주머니에서 전화를 꺼냈다. 어머님이었다. 전화를
걸었다.

"어무이, 무슨 일로...?"
"야야, 소포 받았나? 김치도 넣고, 너 좋아하는 미역무침도
넣고, 멸치, 된장, 고추장, 참기름 좀 보냈는데."
"예. 어제 받았는데, 전화 드리려다 깜박 했씸더."
"잘 있제? 밥 잘 챙겨 묵고 있제?"
"예. 어무이는?"
여든 노모 마음이나마 편하게 해 드리려고 애써 밝게 답했다.
"나야 갠찮다. 우쩼기나, 마음 단단히 묵고 건강 잘 챙기라.

알았제? 바쁠 텐데 언능 끊자."

"어무이는..."

병원에 입원 중인 어머님 병세가 궁금했는데, 전화가
끊겼다. 행여나 자식에게 누가 될까, 전화도 할 말만 하시고
끊으시는 어머님이, 오늘따라 더 눈에 밟혔다. 일찍 홀몸
되시면서, 평생 가난의 질곡에 붙잡혀 살아오셨다. 오직
자식 공부에만 희망을 걸고 살아오셨다. 당신의 모든 것을
자식 뒷바라지에 바치며 살아오셨다. 그러던 어머님이,
말할 수 없이 기뻐하시던 얼굴이 떠올랐다. 대학원생 때,
대한민국 건축대전에서 대상을 받았을 때였다. 박상철의
눈에 눈물이 고였다. 흥통은 물러갔지만 그보다 마음이 더
아팠다. '내가 어쩌다 이렇게 되었을까...' 눈물이 주르르 볼을
타고 흘러내렸다. 머리를 떨구고 얼마나 그렇게 있었을까,
전화소리가 또 울렸다. 누군지 확인도 하지 않은 채 전화를
받았다.

"예."

"소장님, 회장님이 찾으십니다."

박상철이 꼼뻬 팀 작업실로 걸음을 재촉했다. 그룹포 꼼뻬
팀은, 광화문 사거리에 위치한, 얼마 전에 신축한 오피스빌딩

11층 룸을 빌려 쓰고 있었다. 그룹포 회장 이상만의 고함소리가 복도까지 들렸다. 조용히 문을 열고 들어섰다. 소파에 앉은 이상만이 저속한 언어들로 팀원들을 나무라고 있었다. 팀원들은 죄인처럼 고개 숙인 채 그의 욕을 받아내고 있었다.

"회장님, 저, 점심시간에 잠시 급한 약속이 있어서…"
빅싱칠이 먼저 말을 선넸다. 이상만은 고개를 돌려, 박상철의 변명을 무시한 채, 짜증 섞인 말투로 박상철을 다그쳤다.
"박 소장, 마이클 마지막 도면 왔어 안 왔어?"
"이번 주말까지 보내주기로…"
"야, 외국 놈은 쪼아야 일 하는 거 몰라? 빨리 보고 체크해서, 건설회사 팀에 평가표 넘겨야 할 거 아냐? 목요일까지 무조건 하라 그래. 안 그러면, 돈 못 준다 그래."
이상만이 벌떡 일어서서 팀원들을 째려보았다. 그리고는 모든 사람들이 들으라는 듯, 중얼거리며 문을 쾅 닫고 나갔다.
"이번 주말에 골프도 펑크 낼 판인데, 도대체 정신들이 있는 거야 없는 거야."
"야, 신입사원, 거기 담배 좀! 아, 씨발, 더러워서 못살겠네. 이놈의 그룹포 때려치워야 하는데…"
유 과장이 소파에 털썩 앉으며 소리쳤다.

128

"정 대리, 마이클에게 전화해. 회장님 말, 들었지?"
박상철이 맞은편에 앉아, 긴 한 숨을 쉬고 말했다. 박상철
전화에서 메신저 소리가 났다. 김철진이었다.

*해킹 성공
*수고했습니다

박상철이 황급히 컴퓨터 앞에 앉았다. 그리고 김철진이 보낸
남자가 깔아준 해킹 프로그램을 더블 클릭했다. 화면이 잠시
블랙아웃 되었다. 그러다 잠시 후 놀랍게도, 초석의 김윤식
대리 화면이 나타났다. 아무 움직임이 없었다. 아마도 회의
중인 듯싶었다. 꼼뻬 폴더를 클릭했다. 엄청난 파일들이
올라왔다. 손가락이 떨렸다. 도둑질이라고는 평생 해 본
적이 없었다. 심란했지만, 이러고 있을 때가 아니었다.
마음이 다급했다. 개념이라는 폴더를 찾아 자신의 컴퓨터에
복사하고 있는데, 뒤에서 정 대리가 물었다.

"소장님, 마이클이, 시간을 당기려면, 맨 파워가 하나
더 붙어야 해서, 한 사람 용역비, 일주일 분, 더 받아야
한다는데요?"
박상철은, 정 대리가 화면을 볼 수 없도록 가리려고, 성급히
몸을 일으키며 말했다.

"추가 용역비는 나중에 정산해준다 그래. 무슨 일이 있어도 목요일까지 끝내서 보내라 그러고."

"야, 정 대리, 우리 게임이나 한 판 하러 가자. 씨발, 해도 욕먹고 안 해도 욕먹고, 뼈 빠지게 해 봐야 뭐 하겠어. 소장님 우리..."

유 과장이 거칠게 내뱉으며 박상철에게 다가오며 말을 하다 잠시 멈추고, 다시 말을 이었다.

"이거 뭐지? 해킹 하시나?"

유 과장이 박상철의 컴퓨터 화면을 훔쳐보며, 신기한 듯 질문을 툭 던졌다. 박상철이, 도둑놈 제 발 저리듯, 깜짝 놀라 화면을 끄고 몸을 돌렸다.

"유 과장님, 뭔 쓸데없는 관심을 그리... 별 거 아닙니다."

"별 거 같은데요, 소장님? 뭐, 제가 소장님 일 참견하려는 건 아니고... 정 대리랑 잠시 바람 좀 쐬고 오겠습니다."

과장이지만 나이차가 거의 없는, 거친 성격의 유 과장이 떠나자, 박상철은 다시 화면을 켰다. 복사는 이미 끝나 있었다. 떨리는 손으로 해킹 프로그램을 닫고, 티슈로 손의 땀을 닦았다. 에스프레소 머신으로 가서 커피를 한 잔 내리며, 미지에게 메신저를 보냈다.

*미지 씨, 시간 나면, 저녁에 커피 한 잔 해

"가까이 있어도 보기 힘드네요, 선배님?"

미지가 반가운 얼굴로 인사하며, 박상철의 맞은편에 앉았다.

"커피? 차?" 박상철이 일어나며 물었다.

"커피요. 아니, 제가..."

"괜찮아..."

주문하러 가는 박상철의 뒷모습이 쓸쓸했다. 마치 세인들의
눈을 무시하고 사는 노숙인 같았다. '대단한 선배였는데...'
미지가 혼잣말로 중얼거리며, 주변을 살폈다. 다들, 멋지게
차려 입었다. 그리고 다들, 여유롭다. '아, 나는, 언제 좀...'

"그래, 거기 일하는 거 어때?"

박상철이 커피 두 잔을 내려놓으며 물었다.

"그럭저럭 괜찮아요."

"다행이다... 나랑 같이 일하면 좋을 텐데..."

"그러게 말이에요. 언젠간, 그럴 때가 오겠죠?"

"거기 엘에이에, 혹, 마이클 말고는 디자인 하청 줄 만한 데
없을까?"

"왜요? 마이클이 마음에 안 들어요?"

"그렇기도 하지만, 혹시라도 다른 급한 일이 생기면 해서..."

"없을 걸요? 한국 일 줄 사무실은, 미국 전역에서도 아마,
찾기가 쉽지 않을 걸요?"

"왜?"

"촉박한 데드라인에, 게다가 저렴한 인건비에, 한국 건축

여건 맞추는 게, 미국 사무실은, 문화적으로나 경제적으로,
어려우니까요."

"그래? 문화와 경제가 안 맞아?"

"네, 거긴, 야근은 데드라인 맞춰야 할 땐 가끔 하지만, 철야
근무라는 게 없어요. 아무리 바빠도, 파티도 하며, 할 건
하고 살아가며 하지, 여기처럼 건축에 올인 하는 건 상상할
수 없거든요. 인건비도 시간당으로 계산하고 여기보다
높아서... 아, 한국 일을 할 수 있는 데가, 엔비비제이같은
대형 사무실이 있긴 한데, 아마 프로젝트가 상당히 크고, 또
결제도 제대로 맞춰서 해주지 않으면 안 할 걸요?"

"그렇구나..."

"선배님."

"왜?"

"선배님은 사무실 따로 내실 계획, 없으세요?"

"지금 관계하고 있는 일이 좀 있어서, 그렇잖아도 생각
중이야. 괜찮은 거 하나 제대로 계약하게 되면, 할까도 싶고
그래."

"부럽네요, 선배님."

"미지 씨, 혹시 쇼핑몰 해 본 적 있어?"

"네. 해 봤어요. 오렌지카운티에 있는 거요. 왜요?"

"갑자기 궁금해서... 미지 씨는 어떤 디자인 단계에 참여했어?
기획이야 아니며 실시야?"

"기획설계는 했는데, 실시는, 다른 급한 일이 생겨서, 못
했어요."

"혹시 말이야, 나 독립하면, 파트너 어떨까?"

"파트너요?"

"디자인 파트너로... 미지 씨 작품 만들 수 있도록 내가
열심히 도울게... "

깜짝 놀란 표정으로 묻자, 박상철이 진지하게 대답했다.

"디자인 파트너요? 에이, 선배님, 디자인 잘 하시잖아요..."

"아냐, 난, 안 한지 오래 돼서 디자인 감을 다 잃었어. 어때,
생각 좀 없어?"

"선배님이 하신다면야, 저야 기꺼이 동참하죠... 그런데, 제가
좀 황송스러워서..."

"동참이라는 말만으로도 기분 좋네. 아, 근데, 이번에
마이클이 보낸 스케치는, 너 있을 때랑, 좀 다른 거 같아."

"그래요?"

"그래서, 왠지 내 생각에, 그동안 그룹포가 하청 보낸
디자인들, 너가 하지 않았을까 싶은데... 그래?"

미지는 대답 대신 웃으며 남은 커피를 비우고 일어섰다.

"선배님, 저 들어가 봐야 할 거 같아요... 또 미팅이 있어서..."

8.

날씨가 오래간만에 마음에 쏙 들도록 좋아졌다. 게다가
주말이고 한산한 출근길이었다. '오늘 하루만이라도, 일터를
떠나 주변 길을 좀 걷고 싶다...' 미지는, 아름다운 날씨로
인해, 적잖이 우울해졌다. 그나마, 절친 미정이가 없었더라면,
더 가라앉았을 것이었다. 마침 미정이가 전화를 걸어와,
점심을 같이 하자는 바람에, 출근부터 젖어들었던 우울기가
좀 가셨다.

커튼월로 쏟아진 화사한 햇빛이 내부 공간을 유화처럼
바꾸었다. 매일 보는 지겨운 일터가, 비일상적인 풍경으로
변했다. 일하기가 싫었다. 에프엠에서 나오는 음악에 귀를
기울인 채, 일을 하는 둥 마는 둥, 밍기적거리며 시간을
떼웠다. 그러다가 점심시간이 되자마자, 자리를 박차고
일어났다. 두 블록 떨어진 이탈리안 레스토랑으로 향했다.
걷는 맛이 그렇게 좋을 수 없었다.

육중한 문을 열고 들어섰다. 클래식한 가구가 풍기는
격조와 높은 층고가 창출하는 공간감이, 마음에 들었다.
'공간이 괜찮구나...' 생각하며 안내하는 사람을 따라 안으로
들어갔다. 미정이가 창 옆 자리에 앉아 미소를 머금으며
반겼다. 창밖으로 아름다운 정원이 펼쳐졌다. 미정이 맞은편
의자에 재킷을 벗어 걸쳤다.

"미성아, 손 좀 씻고 올게."
세면대에서 돌아오니, 미정이 곁에 낯선 남자가 앉아 있었다.
어색한 표정으로 눈인사를 하고, 제 자리에 앉았다.
"언니, 오빠야. 전에 몇 번 말한..."
미정이가 그 남자를 소개했다. 귀티가 나는 용모였다.
"안녕하세요, 미지 씨?"
미정이 오빠가 밝은 표정으로 인사를 건넸다.
"아, 네... 미정이에게 말씀 들었습니다."
"미리 말씀드리지 않고 이렇게 불쑥 나타나서, 죄송합니다.
전건식이라고 합니다."
그가 명함을 내밀었다.
"선우미지라고 합니다."
미지도 명함을 꺼내려다, 대형 사무실이라는 게 걸려, 그만
됐다.
"제가 이 주변에 감리 하나 하고 있는데, 미정이랑 점심이나

할까 싶어 전화했더니, 미지 씨랑 선약이 있다기에, 무례를
무릅쓰고... 혹 불편하시면..."

그가 영민한 눈빛을 띠며 깍듯이 실례를 구했다.

"언니, 미안. 오빠가 오전에 갑자기 전화하는 바람에...
불편하면..."

미지는, 그의 귀공자 용모가 부담스러웠지만, 스마트해
보이는 어법은 마음에 들었다. 감각보다는 머리가 좋은
건축가와 나누는 대화를 즐거워하는 미지로서는, 미정이가
수반한 예상하지 않은 보너스였다.

"아냐, 괜찮아. 괜찮습니다. 갑자기 나타나셔서 조금 놀라긴
했지만, 이런 기회에 뵐 수 있어서 영광입니다."

"이렇게 뵙게 되어 정말 반갑습니다, 미지 씨."

미지가 단박에 마음에 들었던 전건식도, 따뜻하게 되받았다.

"네."

주문을 받으러 온 웨이터에게 각자의 메뉴를 시켰다. 곧이어,
갓 구운 세 종류의 빵과 발사믹과 올리브 오일이 나왔다.
신선한 빵 냄새가 식욕을 북돋우었다.

"드세요."

"네."

"전시는 잘 하셨나요?"

"아, 네... 그럭저럭 했습니다."

"혹, 누구, 전시 보러 온 사람들 중에, 제가 알 만한 사람, 없었습니까?"

"손학규 선생님이 다녀가셨습니다."

"아, 네, 게리 작업실에서 10년간 디자이너로 일하신 분이시죠. 그런 건축계 대선배님이 다녀가셨다니, 전시가 꽤 좋았던 모양입니다."

"전시가 좋아서라기보다, 거기 한인 건축가 군주님이시리... 낭신 영역에서 벌어지는 일들 좀 돌아보러 오셨을 거예요. 소장님은, 올해 젊은 건축가상 받으셨다고..."

"네. 변변찮은 건데, 주셔서 감사히 받았습니다. 그나저나, 건축 전시회까지 하신 분이 어떻게 대형 사무실에서?"

"저요? 아, 예, 저 개인적으로, 서울시 신청사 꼼뻬가 탐이 나서... 소장님은, 안 하세요?"

"그런 꼼뻬는, 특히 턴키는, 대형 아니면 못하잖아요. 우리나라 대표 건설사의 성은을 입기에는 눈에 보이지 않을 정도로 작아서..."

"아, 진짜, 누가 건축쟁이 아니랄까봐, 만나자마자 건축 얘기만... 우리 다른 얘기 좀 해."

미정이가 투정부리듯 말하며 전건식의 말을 잘랐다.

"어, 그래, 미정아 미안... 미지 씨, 미정이 결혼 얘기 들었어요?"

"네, 결혼이요? 누구랑?"

미지가 깜짝 놀라며 되물었다.

"미정아, 너가 얘기해."

"언니, 그렇게 됐어."

"그 치과의사랑? 언제?"

"언니가 너무 바빠서, 보고 싶어도 못 봐서, 갑자기 할 말이 쌓였잖아..."

"미안..."

미정이가 음식을 먹으며 결혼 사연을 간략히 들려줬다. 생각 밖이었다. 우선 결혼 상대가, 미국에서 두어 번 본 적 있던 치과의사가 아니었다. 미정이가 어릴 적부터 알고 지냈던 미정이 엄마 친구 아들, 소위 엄친아였다. 일류 대학에 부자에, 작은 키와 큰 머리의 못 생긴 외모만 빼고 나면, 어디 하나 흠잡을 데 없었다. 성인이 되고부터 소원하게 지냈는데, 그가 뉴욕에 유학하면서 급속히 가까워진 모양이었다. 그와는, 치과의사 남친과 사귀고 있을 때 관계가 시작되었다. 그가 아주 잘 나간다는 것을 엄마에게서 듣고, 미정이가 본격적으로 작업에 나섰다. 가끔 뉴욕에 들러 그를 만나다 애가 생겼고, 그래서 결국 결혼까지 이르게 되었다. 그동안 잘 안다고 생각했던 절친 미정이가 내심 욕망한 것이, 사랑이 아니라 돈과 재능이라는 것이 놀라웠다. 결혼식 날자는 조만간 확정할 것이라고 했다. 자신이 원하는 결혼을 한다니,

무조건 축하해 줄 일이었다.

"축하해, 미정아..."
"고마워, 언니. 언니가 꼭 나 들러리 서 줘, 알았지?"
미지는 들러리라는 말이 어색해, 대답대신 웃으며 고개를
끄덕였다.
파스타를 입에 막 넣을 때, 미정이가 뜬금없이 물었다.
"언니, 혹 한경 아저씨랑 어떻게 되고 있어?"
"얘. 선배님이랑은 건축적으로 존경하는 관계야..."
전건식과 첫 대면 자리라, 미지는 선뜻 속마음을 털지
못하고, 대답을 얼버무렸다.
"한경? 예전에, 페이스북 크리틱으로 유명하신? 그 분 맞죠?"
한경이라는 이름을 듣자, 스테이크를 자르던 전건식이,
놀라는 표정으로 물었다.
"네, 맞아요..."
"그 분, 요즘 뭐하세요? 정말 한 번 만나보고 싶었는데...
인연이 안 닿네..."
"한경 아저씨, 엘에이에서 커피숍하고 있어. 오빠."
미정이가 피자를 씹으며 대답했다.
"아, 그러시구나... 그럼, 건축은 이제, 안 하세요?"
다시 미지를 보며 물었다.
"네... 그만 두신지 제법 된 거 같아요..."

"아, 네... 무슨 사연인지 모르겠지만, 아깝고 안타깝네요...
그런데 미지 씨, 저에게 명함 안 주신 거 아시죠?"

"아, 네, 명함이 남은 게 없어서... 다음에 꼭 챙겨
드리겠습니다." 미지가 둘러댔다.

"어느 사무실이시죠?" 전건식이 파고들듯 물었다.

"초석이에요." 굳이 밝히기는 싫었던 미지가 짧게 대답했다.

"초석? 야, 역시, 스몰 월드야... 거기 회장님, 저랑 친한
형이에요. 우리 대학 선배님이시고."

"그래요?"

이 무슨 우연의 일치인지, 전건식도, 미지도, 놀랐다.

"제가 1학년 때, 그 형은, 삼수생으로 입학한 복학생
4학년이었는데, 잘 나갔어요. 과대표도 하고, 대학 미술
동아리 회장도 하고, 국전 입상도 한 번 하고, 지미 카터가
하는 집짓기 봉사 활동도 하고, 진짜 활동 많이 했어요. 늘
후배 여학생들을 몰고 다녔는데, 나중에 보니, 우리 동기
여학생이랑 결혼하더라고..."

"아, 네... 진짜 건축판 좁네요..."

"그렇죠. 한 다리 건너면 모르는 사람 없다, 하잖아요.
어쨌거나, 다음에 형 볼 일 있으면, 미지 씨 좀 잘 모셔라고,
단단히 말해 둬야겠는데요?"

"네? 고맙습니다만, 제 이름은 언급 안 하시면 좋겠습니다..."

"아, 네..."

"언니, 한경 아저씨랑 연락 자주해?"

"가끔... 아, 미정아, 너 언제 엘에이 가?"

"다음 주 월요일. 왜?"

"너에게 부탁할 게 좀 있어서... 좀 있다 말할게."

전건식이 후식으로 커피를 시키고 화장실에 갔다. 미지는 그
틈을 타 미정이에게 부탁했다.

"미정아, 엘에이 가거든 말야, 나중에 사무실에 가서 이체해
줄 네니, 한성 선배에게 돈 좀 전해줘. 아무래도, 한경 선배,
기타 제작비 때문에 많이 힘들 거 같아."

"얼마나?"

"오천 불."

"그럴게. 그런데, 언니. 정말 한경 선배랑 별 사이 아냐?"

"글쎄..." 미지가 묘하게 대답을 흘렸다.

"아이, 우리 사이에... 언니 그러면 안 되거든?"

"한경 선배? 존경하고 좋아해... 근데, 아직은..."

"그런데?"

"아직 사랑이라 하기엔 좀... 좋아하는 건 분명하지만. 그런
말 있잖아. 사랑과 우정 사이?"

"그럼, 한경 아저씨는? 아저씨는 안 그렇고?"

"아니, 선배도 그런 것 같아. 그런데, 뭔가 꺼리는 게 좀 있는
거 같아..."

"꺼려? 뭘?"

"뭐라 그럴까... 순전히 내 착각일 수 있는데... 마치 자신이
나에게 그늘이 되지 않을까 하는 그런... 아무튼, 한경 선배,
자존심이 세서, 이런 돈 안 받는 성격이거든... 그러니까,
너가, 현금으로 무조건 주고 와... 알았지?"
"걱정 마, 언니. 그런 건 내가 언니보다 한 수 위야..."
"이번에 가면, 또 언제 와?"
"이번엔 짐 정리하러 가는 거라, 일주일쯤 있다 올 거야.
아, 그리고, 언니 있잖아, 내가 아빠에게 언니 얘기 했거든?
아빠가 있잖아, 다음에 하시는 거, 꼭 언니에게도 부탁할
거라 그랬어. 나, 잘했지?"

화장실에서 돌아오던 전건식이 미정이의 얘기를 넘겨들었다.
"그렇잖아도, 오늘, 사실, 미지 씨 보려고 했던 건, 얘 말한
것처럼, 프로젝트 의논 좀 하고 싶은 게 있어요..."
자리에 앉자마자 미지에게 말했다. 미지가 궁금한 표정으로
쳐다보자, 그가 말을 이었다.
"아버지가 제법 큰 단지 사업을 할 생각이신데, 뭐, 그렇다고
당장 하실 거는 아니고, 좀 더 두고 볼 일이긴 한데, 그래도,
전체 구도는 좀 잡아 둘 필요가 있겠다 싶어서... 제 생각에,
제가 주거를 맡고, 미지씨가 커뮤니티 센터 맡으면 싶은데,
어떤가 싶어서요..."
"네? 저... 뭘 보시고?"

뜬금없는 프로젝트 제안에 미지가 놀라서 물었다.

"미지 씨 전시 작품 봤는데, 제가 좋아하는 스타일이기도 하고, 굉장히 논리적이고 감각도 예리하고, 아주 마음에 들더라고요. 그래서... 이번 기회에 한 번 같이 작업해 보고 싶어요... 어떠세요? 저랑 작업하는 거, 별로 내키지 않으세요?"

"저야, 황공할 따름이죠... 제가, 그만한 능력이 될지... 자신이..."

"별 겸손의 말씀을... 대놓고 싫지 않으시면, 일단 같이 하시는 걸로 생각하고, 대충 사업 구상 잡히면, 연락드릴게요. 전화번호 좀..."

"네."

미지의 전화번호를 받은 전건식의 마음이, 묘한 즐거움으로 꿈틀거렸다.

9.

미지는 일주일 연이은 철야 작업으로 지칠 대로 지쳤다.
잠시 집에 가서, 두어 시간 좀 쉬고 올까 말까 망설이다,
일에 떠밀려 또 밤을 샜다. 화장실 거울에 비친 몰골이, 말이
아니었다. 아무래도 샤워라도 하고 와야 할 듯싶었다. 몸을
추스러, 퍼져있는 동료들을 뒤로 한 채 나갔다. 동이 막 트고
있었다. (꼼뻬 팀에 속한 사람들은 모두, 일정 기간 동안은
정해진 숙소를 떠날 수 없다. 미지가 잠시나마 집에 들를 수
있는 건, 여자이기 때문이다. 성의와 배려는 딱 그만큼이다)
새벽 공기는 서늘한 정도였지만, 잠을 못 잔 탓인지 추웠다.
택시 뒷좌석에 앉아, 두 팔로 몸을 끌어안았다. 바깥에는
사람들이 분주하게 움직이고 있었다. 그들을 물끄러미
보고 있으니, 돌연 고립되고 잊힌 느낌이 들었다. 섬에
팔려가 노동하는 처지 같았다. 무조건 탈출해야 할 것
같은 절박감마저 들었다. 그러면서도 아이러니하게, 그와
동시에 초조감을 느꼈다. 오늘 꼼뻬 크리틱에서 해야 할

피티(프리젠테이션)가 염려되었다. 당장 해내야 할 과업의
긴장감이, 자신이 처한 처지의 우울을 눌렀다. 설령 몸이
부서져도, 자신이 설정한 수준은 포기할 수 없었다.

아파트 엘리베이터 문이 열렸다. 등교하려는 학생들이
쏟아져 나왔다. 사람들에게서 나오는 낯선 질량과 속도로
멍하니 서 있는 사이, 문이 닫히고 있었다. 급히 손을 끼워
엘리베이터를 세웠다. 문을 젖혀 황급히 들어가는데, 거울의
여자가 쳐다봤다. 초라했고, 나이 들어 보였다. 그 순간
그녀가 자신이라는 사실에 놀라 충격을 받았다.
집이 폐가처럼 느껴졌다. 신발을 벗을 때 공복감이 찾아왔다.
생수를 꺼내어 한참을 들이키고 소파에 풀썩 앉았다. '아,
이대로 자고 싶다...' 몸을 옆으로 뉘이고 눈을 감았다. 피곤이
몰려왔다. 다리를 소파에 올렸다. 몸의 요구에 굴복하고
싶었다. '이럴 때가 아니다. 여기서 무너질 수 없다. 오늘
보여 주지 못하면, 귀국이 모두 허사다.' 절박감이 엄습했다.
정신을 다잡았다. 벌떡 몸을 일으켜 주방으로 갔다. 주전자에
물을 넣고 가스 불을 약하게 틀었다. 그리고 곧바로 욕실로
향했다. 뜨거운 샤워 물이 맨몸에 떨어지자, 현기증이 돌았다.
두 팔을 벽에 대고 한참 동안 물을 받았다. 주전자 물이
넘치고 있었다. 급히 불을 끄고, 커피를 내렸다. 머그잔을
들고 탁자에 앉아, 한경에게 메신저를 날렸다.

* 선배, 메신저 가능?

* 오래간만이네... 잘 있었어?

* 오늘 피티 날인데, 전에 말했던 디자인이 확신이 좀 안
  가네...

* 어떤 거?

* 수직 매스와 수평 매스를 결합하자는 아이디어는 좋은 거
  같거든?

* 그런데?

* 주변 빌딩과 비슷한 높이로 주변에 스며들도록 하는 수직
  매스는 좋아. 그런데 시민들이 쓸 수평 매스가 쉽지 않네.
  세 개의 덩어리가 허공에 떠있게 하려면
  서스펜션(suspension; 줄에 매달린) 구조로 가야 하는데...

* 응

* 구조가 지나치게 과해 보일까 걱정이야

* 그건 실시할 때 고민하고, 우선은 슬림하고 가볍게 처리해.
  오브 애럽(한국 건축가들이 가끔 협업하는, 세계적인
  구조설계 전문가) 정도면 간단히 해결할 수 있어. 전혀
  문제없어

* 또 하나

* 뭐?

* 거대한 보이드를 중간에 둬야 광장의 공간감이 연속될 텐데,
  지금 스킴으로는 그게 쉽지 않아

*그렇긴 할 거야. 덩어리들을 옆이나 밑으로 최대한
미는 수밖에... 근데, 중요한 건 이거야. 약간 무리하게
보여도 강한 아이디어를 밀건가, 아니면, 강도를 좀 죽여
전반적으로 합리적으로 만들 건가

*그게 늘 갈등인데.. 둘 다 잡을 방법은 없겠지?

*오늘이 피티지?

*응

*그럼, 일단 아이디어 강한 걸로 가고, 크리틱 봐서 고민하는
게 어때?

*그래. 오늘은 첫 피티니까 아무래도 스트롱한 게 유리할 거
같아

*힘들지? 잠도 제대로 못 자지?

*그렇지 뭐. 선배는 별일 없어?

*별일 있을 게 뭐 있나? 별일 없는 게 별일이지ㅋㅋ

*ㅋㅋ 별일은 별일 없는 곳에 생겨서 별일인 거야. 세상에서
가장 위험한 건 아름다운 대상이라는 선배 말, 그것만
잊지마

*위험한 대상에 좀 빠지고 싶네... 여긴 너무 안전해ㅋㅋ

*ㅋㅋ 가장 안전한 곳이 가장 위험한 곳이야. 암튼, 선배,
피티 끝나고 톡 할게

출근 전, 특히 중요한 과업을 앞둔 시간은, 소리 없이 빨랐다.

개념을 정리하고, 발표 리허설 두 번 하니, 어느새 열 시였다.
급히 일어나, 화장하고, 옷 챙겨 입고, 작업실로 향했다.
문을 열자, 음식 냄새가 진동했다. 팀 멤버들은, 전장의
시체들처럼 여기저기 널브러져, 세상모르고 자고 있었다.
부팀장은 보이지 않았다. 중국 배달 음식 그릇들이, 개념
모형들과 섞여 있었다. 미지는 한 사람씩 일일이 몸을
건드려가며 깨웠다. 일어나는 모습들이 형편없었다. 마치
죽었다 살아난 사람들 같았다. 사람들이 깨면서, 작업실이
부산해졌다. 신입사원은 청소하랴, 나머지 사람들은 작업대
정리하랴, 화장실 쓰랴, 씻으랴, 커피 만들랴, 바삐 움직였다.
정리가 다 끝나갈 때였다.

"정수복 부사장님, 점심식사 같이 하러 곧 오실 겁니다."
김 대리가 전 팀원들에게 고지했다. 부랴부랴 정리를 끝낸
사람들이, 테이블에 둘러앉아 커피를 마시고 있었다.
"선우 팀장, 준비 잘 했지?"
양복 차림의 정수복이 들어오며, 번질거리는 얼굴로 말을
건넸다.
"네 그런데, 잘인지는 모르겠네요... 꼼뻬는 늘 그렇잖아요.
막판까지..."
정수복이 테이블로 다가왔다. 신입사원이 의자를 빼 드리고,
그의 커피를 챙기러 나갔다.

"난, 다방커피!"

정수복이 신입사원의 등을 보며 소리쳤다.

"선우 팀장, 아직 모르지?"

뜬금없는 정수복의 질문에, 미지가 눈을 크게 떴다. 그가
의미심장한 표정을 짓고 있었다.

"오늘 말야, 회장님, 피티 세 군데 돌아."

등을 뒤로 제치며, 음험한 표정으로 말을 이었다.

"네? 세 군데요? 우리 말고 또 어디 어디요?"

미지가 깜짝 놀라며 물었다.

"여기 먼저하고, 그 다음은 마이클, 그리고 그 다음은 시카고
솜에서 독립한 한 팀."

모두들 의아해했다. 문기석 회장이, 팀원들에게 밥을 사주는
자리에서 했던 말 때문이었다. 그는 분명히, 이번에는 무조건
자체 안으로 승부를 건다고 했다.

정수복 부사장이 준비했다는 점심은, 배달 도시락이었다.
밥도 맛이 없었지만, 다들 별 입맛이 없어, 대충 먹어치웠다.
모두들, 테이크아웃 해 온 커피를 마시고 있을 때였다. 문이
확 열렸다. 그리고 그와 동시에, 문기석 회장을 선두로 댓
명이 들이닥쳤다. 미지는 다소 야만적인 양상으로 펼쳐지는
풍경에 어리둥절했다. 미국에서는 어디를 가나, 건축가들,
특히 높은 사회적 위치에 있는 건축가들만큼 매너가 훌륭하고

문화적인 사람을 찾아보기 어려운 탓에, 극단적인 대조감에 잠시 혼란스러웠다. 주변을 잠시 둘러보던 손님들이, 준비해 둔 의자에 착석했다. 정수복이 프리젠테이션 시작 신호를 보냈다. 슈트를 차려입은 미지가 앞에 나섰다. 내빈들에게 인사하고, 개념 다이어그램과 3D 모델을 빔 프로젝트로 설명했다.

"강 교수님, 어떠십니까?" 발표가 끝나자, 문기석이 오른쪽 손님에게 물었다. 누가 봐도, 원로 격의 모습이었다.

"상당히 건축적이네... 안은 좋아 보이는데... 좀 실험적인 거 같아... 당선되기에는 좀 위험해... 손 좀 봐야 할 거 같아..." 강 교수가 점잖게 입을 열었다.

"김 교수는?"

문기석이 왼쪽으로 고개를 돌려 물었다. 정수복보다 거의 열 살이나 적어 보이는, 미지와 비슷한 또래의 남자였다.

"아 예. 전 뭐, 마음에 듭니다. 프로그램 설정이 시청의 본질을 정확히 파악한 것 같습니다. 무엇보다 전면 광장을 보이드로 끌어들여 연결시킨 게 좋습니다. 변두리에 배치한 사무 기능 매스도, 기능적으로나, 맥락적으로 좋고, 개별 덩어리들로 시민 프로그램과 시민행정을 명확히 한 것도 괜찮고, 공공 건물의 형태 또한, 부가적인 장식물로 억지 상징성이 아니라, 프로그램에서 발전되어 나온 것이라 좋은 것 같습니다. 다만..."

"다만?"

문기석이 궁금한 표정으로 물었다. 김 교수가 말을 이었다.

"구청사며, 덕수궁이며, 주변 고건축들과 조화라는 이슈가 분명히 제기될 텐데, 그게 쉽지 않은 것 같습니다."

"그래요, 그러면, 그건 어떻게..."

문기석이 다시 물었다.

"그건 사실, 건축적으로는 명쾌한 답이 없습니다. 기껏해야 배치나 매스 크기나 비례 정도를 조절하는 정도나, 주변 동선들을 적극 고려하는 것 정도라 할까요? 거기다가, 사실, 서울 같은 대도시는 이미 조화라는 관점이 적용되지 않는..."

김 교수가 머리를 갸우뚱하며 답했다.

"자, 그만하고 갑시다."

아버지뻘 나이의 강 교수가 김 교수의 말을 잘랐다.

강 교수 말이 떨어지기가 무섭게, 정 회장이 자리를 박차고 일어나, 강 교수를 극진히 안내했다. 일행이 다 빠져나가자, 며칠 째 밤을 새워 작업한 팀원들이 여기저기 풀썩 앉았다. 맥이 빠진 채 실망과 불평의 말들이 꼬리를 이었다. 미지도 5분짜리 크리틱에 허탈했다.

"크리틱이야 얼굴 도장 찍는 건데 뭐, 다들 잘 알면서 난리야. 오늘은 대충 정리하고, 좀 쉬자. 도 팀장은 파일 시큐리티 제대로 해 놓고."

정수복 부사장이 재빨리 다독거렸다.

"네, 잘 알았습니다."

도 팀장이, 군대 상관 명령에 복종하듯, 굵고 짧게 답했다.

"자, 오늘 우리 술 한 잔 하자."

정수복 부사장이 꼼뻬 팀원들을 둘러보며 회식을 지시했다.

미지는 몸이 안 좋다고 둘러댔다, 그러자, 정수복이

고집했다. 그럼에도 불구하고 미지가 퇴근 준비를 하자,

그는 등 뒤에서 비아냥댔다. 미지는 말을 못 알아듣는 척,

들어도 모르는 척, 총총히 그 자리를 벗어났다.

썰렁했지만, 그래도 역시 집이 세상에서 제일 안온했다.

희한하게도, 아침에 느꼈던 집의 기운과 달랐다. 퇴근이

주는 안식의 기분 때문이지 싶었다. 욕실에 가서 손을 씻고,

에프엠을 틀었다. 슬픈 정조의 클래식 기타 곡이 나왔다.

시원한 맥주 캔을 냉장고에서 꺼내어 한 모금 삼키고,

소파에 앉았다. 한경에게 전화했다.

"선배, 자?"

"아니, 책 보고 있었어. 피티는 잘 끝났어?"

"응. 근데, 선배 잠시만"

미지가 음악의 볼륨을 높였다.

"이 곡, 혹, 무슨 곡인지 알아?"

"피아졸라의 오빌리비언."

"망각... 심금을 건드려..."

"잊는다는 건 슬픈 일이야... 피티는?"

"딱 5분에 끝났어. 어이가 없어."

"심사에 관여할 교수들, 눈도장 찍었구나. 누가 왔어?"

"강 교수라고 거의 인자하신 목사님처럼 생겼어. 그리고 김 교수라고... 교수라기보다는 거의 대학원생처럼 생겼어. 내 또래로 보여."

"A대 강철민 교수구나. 건축설계 시장 마피아 두목인데, 한 때 대단했지. 협회 회장도 역임하고, 대통령 직속 건축위원이며, 문화재 심의며, 서울시 건축위원장이며, 안 거친 게 없는 거물이지. 안목이나 지식은 고리타분하지만, 여전히 한국 설계경기를 쥐고 흔드는 양반이야."

"아, 그래? 말로만 듣던 강 교수구나. 김 교수는?"

"김영민이라고, 엠아이티에서 학위 하고 작년인가 B대 들어갔는데, 그 친구는 똑똑해. 아마도, 그 친구를 불렀으면, 이유가 두 개쯤일 거야."

"둘?"

"응. 진짜 크리틱이 필요한 거지. 너네 회장 건축가 욕망 있잖아."

"그리고?"

"그 친구 박사 지도교수가 스칼렛인데, 어쩌면, 스칼렛이 심사위원이 될 수도 있겠지. 근래, 한국 나들이 좀 했거든"

"그렇구나. 우리 회장 무섭네. 심사할 사람들을 벌써..."

"그럴 공산이 크지. 그 양반, 늘 권력 쪽에 알짱거리는데다,
아마 이번 시장이랑 뭐가 있을 거야"

"세상 참... 선배는 이래서 건축 관뒀어?"

"뭐, 그런 거도 있지"

"아, 선배, 다른 흥미로운 소식"

"뭔데?"

"자체 안만 하는 줄 알았는데, 마이클이랑 시카고 솜 출신
사무실도 붙었어"

"세 군데? 이번엔 진짜 목숨 걸었나 보네? 마이클은 결국
양다리구나. 진짜 웃긴다"

문자 알림 소리가 났다. 김 대리였다.

"선배, 방금 문자가 와서... 잘 있어, 다시 연락할게"

"응. 바빠도 건강 좀 챙기면서 일 해. 바이"

서둘러 통화를 마무리한 미지가 김윤식에게 전화를 걸었다.

"팀장님, 부사장님이 팀장님 전화해 보라고 하셔서...
잠시만요, 바꿔드릴게요."

왁자지껄 떠드는 소리에, 김윤식의 말을 겨우 알아들었다.

"선우 팀장, 술자리는 끝났고 노래방으로 옮겼어. 회장님이
꼼삐 팀 위로하라고 주신 돈으로 하는 첫 회식인데,
웬만하면 와서 조인해. 팀웍을 책임진 팀장이 빠지면

어떡해! 올 때까지 기다릴 테니, 지금 와. 시간이 좀 걸릴 거

같으면, 이거 끝나고 맥주 한 잔 하면서 중요한 얘기 할 게

있으니까, 거기는 무조건 오고."

그가 명령조로 말했다. 회식을 업무의 연장으로 간주하는

사회에서는, 이러한 요구가 이상하지 않다. 아무 말 없이

듣고만 있던 미지가, 중요한 이야기를 할 거라는 말이 걸려,

잠시 머뭇거리다가, 힘없이 대답했다.

"네, 챙길 게 좀 있어서, 전, 나중에 조인할게요."

미지는 일부러 늦게 집을 나섰다. 택시를 타고 김 대리가

알려준 곳으로 찾아갔다. 세상의 모든 종류의 맥주를

판다는 집이었다. 자신을 제외한 꼼뻬 팀 전원이, 구석방

테이블에 둘러 앉아 있었다. 모두들, 술기운 탓인지, 상기된

모습이었다. 정수복 부사장에게 목례하고, 빈 자리에 앉았다.

건배를 하고, 맥주 한 모금 입에 머금고 다시 보니, 분위기가

가라앉아 있었다. 유독 김 대리가 더 그렇게 보였다. 맥주를

길게 마신 부사장이, 마른 오징어를 씹으며 말문을 열었다.

"팀장이 왔으니, 한 번 더 얘기할게요. 아니다. 내가 할 게

아니라, 도 팀장이 말해."

"얼마 전, 보안팀에서 시스템에 해킹 파일이 깔려있는 걸

발견했어요. 다행히, 그때는 중요한 자료들도 없었고, 시스템

복구도 곧바로 돼서, 별 문제가 없었어요. 그런데, 보안이

철두철미해야 하는 꼼뻬 프로젝트라, 예사 사건이 아니에요. 게다가, 물론 분석해서 찾아내는 데 적어도 한 달은 걸린다니까 두고 봐야 알겠지만, 내부에서 발생한 것이 거의 확실하다니, 골치가 아픕니다."

맥주를 한 모금 마신 도 팀장이, 미지를 보며 이야기를 시작했다. 도 팀장 입에서 해킹이라는 말이 나온 순간, 머리기 띵했다. 그리고 이내 지끈거리며 아파왔다. 자신도 자신이지만, 자신 때문에 피해가 돌아갈 김 대리가 걸렸다. 미지는 꼼짝달싹도 하지 않은 채, 생각에 잠겼다. '아, 드디어 올 것이 오는구나... 어떻게 해야 하나...' 모두들 자신을 보는 것 같았다. 주변을 무시한 채 말없이 맥주를 들이켰다.
"자, 일단, 회식하는 자리니까, 그 이야기는 다음에 하고, 다 같이 한 잔들 합시다."
부사장이, 잠시 흐르고 있던 어색한 분위기를, 호들갑떨듯 깼다. 그가 술을 쭉 들이켜 마셨다.
"김 대리는 거의 가수더만, 가수... 김 대리, 한 잔 해."
김 대리를 보며 말했다.
"김 대리님, 완전 짱이었어요."
신입사원이 활짝 웃으며, 김 대리에게 엄지를 들어보였다.
"우리 새내기는 춤이 짱이던데? 혹시, 프로 클러버 아냐?"

"클럽은, 노는 친구들 따라, 몇 번 간 게 전부예요, 부사장님."

"우리 막내, 섹시 춤이 또 보고 싶네. 노래방 한 번 더 갈까?"

정수복이 즐거운 표정으로 말했다. 막내 귀염둥이

신입사원이 손으로 웃음을 가렸다.

10.

"도대체 어찌 된 겁니까? 저쪽에 피티 끝났다고 해서,
들어가 보려 했더니 안 되던데... 저쪽이랑 완전히 끊어진 거
같은데... 아예 접속이 안 됩니다."
박상철이 김철진에게 따지듯 물었다.
"그쪽 보안 팀에 걸렸나 보네..."
참치 회를 김에 말아 먹으며, 김철진이 혼잣말처럼 말했다.
"그러면?"
박상철이 어이가 없다는 듯 물었다.
"우리에겐 미지가 있잖소. 그리고 아직 여유도 좀 있고.
그보다, 우리 사장님 건 말이요. 그거, 구청 의원들이랑,
담당자들 명단이랑, 찔러줄 금액들 말이요. 보고가 늦다고 한
소리 들었소. 오늘 파친코 하러 출국하셨는데, 들어오시면
바로 챙기실 게 분명하니, 그거나 우선 신경 좀 써 주소.
초석 건은 내가 확실히 해 줄 테니, 염려 붙들어 매시고."
김철진이 박상철의 얼굴을 힐끗 보며 비릿하게 대답했다.

"그거 정말 쉽지 않은 프로젝트인데... 분양은 그렇다
치고, 용적률 올리는 거며, 심의나 허가가 보통 어려운 게
아닌데..."

"앗다, 쉽지 않으니까 박 소장에게 부탁하는 거 아니오?
이거 성사되면, 박 소장도 한 몫 잡는 일인데 왜 이러시오.
이 설계로 독립해서 떼돈 벌 거 아니오? 누이 좋고 매부 좋은
일인데... 사실, 박 소장이나 나나, 꼼뻬보다 이게 대어지,
대어야. 꼼뻬야, 박 소장이 그룹포 그만 두면 아무 상관없는
일이고. 근데, 그림이 빨리 나와야 하는데, 언제쯤 볼 수
있겠소?"

"아, 곧 해드릴 테니, 닦달 좀 안 하면 좋겠는데... 보시다시피,
급한 불이 지금 두 군덴데... 어찌 되었든, 저도 프롭니다.
데드라인까지 분명히 해 드리겠습니다."

늘 조용히 말하던 박상철의 목소리 톤이 좀 달라졌다. 갑자기
변한 박상철의 목소리에, 순간 흠칫하던 김철진이 다시
빈정거렸다.

"일이 돌아가게 해야 프로지... 우리 사장님 성질 잘 아시잖소.
찾을 때 안 내어놓으면, 바로 재떨이요. 그림은 그렇다,
칩시다. 그래도, 어느 나라 쇼핑몰 카피할 건지는, 지금은
나와야 하잖소. 아, 답답한 양반이시네... 사장님 귀국하시면,
언제 불똥 튈지 몰라요. 박소장 불난 데가 두 군데든 세
군데든, 아니, 한국이 다 타든, 그건 모르겠고, 이거부터

무조건 빨리 잡아주소. 두 번 말하기 싫소."

박상철이 침울한 표정으로 술을 입에 댔다. 닫혀있던 문이

열렸다. 주방장 특별 서비스라며, 서빙 아줌마가 참치머리

살을 들고 왔다.

같은 시각 문기석은 줄담배를 피우고 있었다. 회장실이

연기로 가득했다.

"설계안은 뭐, 초석을 믿는다 치고, 우리는 무조건 당선해야

하잖소."

Z 건설회사 건축본부장 성호인이 심각한 표정으로 그에게

압박조로 말했다. 순전히 건설회사 간택으로, 건설회사

경비로 설계 작업을 시키는 턴키 프로젝트는, 건설회사가

갑의 위치다.

"당연히 그래야지요. 이번 프로젝트는, 경영도 경영이지만,

특히 제 건축적 운명의 터닝 포인트라, 이유 막론하고

당선시킬 겁니다. 염려 마십시오."

문기석이 진지하게 대답했다.

"정 회장님이야 건축적인 이유겠지만, 저는, 이거 안 되면,

전무 진급도 힘들고, 그러면 목줄도 얼마 안 남습니다."

차를 다시 한 모금하며 성호인이 말을 이었다.

"문 회장님, 웬만하면 우리가 다 하는데, 이번 한 번만, 딱 한

사람만 저희 작업 좀 지원해 주시면 안 되겠습니까?"

"당연히 도와드려야지요. 말씀만 하십시오. 본부장님."

"우리 정보에 의하면, C대 박두식 교수가 심사에 참여할 가능성이 아주 높습니다. 그런데, 우리 쪽 애들 중 그 교수 석사 출신이 한 사람 있는데, 그 친구 불러서 얘기해보니, 걔는 학교 다닐 때 그 교수에게 크게 한 번 찍혀서 인사드리기도 어렵답니다. 그러면서, 초석에 선우미지라는 친구가 자기 동기인데, 그 친구가 그 교수랑 가깝대요. 그래서 하는 말인데..."

"네 그래서요?"

"이번에 5천을 생각하고 있는데, 물론, 확실하다면야, 한 장도 문제없고... 그래서... 그 친구 좀..."

"네, 어떻게? 방법만..."

문기석이 의자를 성호인에게 당겨 거리를 줄였다.

"간단합니다. 심사하는 날 새벽에 명단이 발표되니까, 새벽에 그 교수 집 근처에서 지켜보고 있다가, 집에 불이 켜지면 그 교수 주차한 곳에 가서 기다렸다가 전해주면 됩니다. 물론, 여자 혼자 위험할 테니, 우리 직원 하나 딸려 보내겠습니다."

"알겠습니다. 그 정도야 당연히 도와 드려야지요. 뭐, 본부장님 좋으라고 하는 것도 아니고, 이번 프로젝트는, 누차 말씀 드렸다시피, 저의 건축인생에 진짜 중요해서 제가 나서서라도 해야 할 판인데, 아무튼 이 건은 걱정 마시고, 제가 시켜놓을 테니, 언제 골프 한 번 가십시다."

성호인이 나가자, 문기석이 정수복을 호출했다.

"로비 명단 다 잡았어?"

정수복이 인사하고 자리에 앉자, 문기석이 거두절미하고
물었다.

"대충 정리했습니다."

"대충이라니? 이 사람이 지금 정신이 있어, 없어? 지금 날이
얼마 남았다고, 대충이야, 대충은..."

문기석이 버럭 역정을 냈다. 정수복이 어쩔 줄 몰라 하며
굳었다.

"오늘 내로, 무슨 수를 쓰든지, 무조건 명단 확보해."

"네."

"현금은 챙겨뒀어?"

"네."

"그리고, 우리 안과 상대방들 안들 비교평가표 말이야, 그거
언제 다 만들어? 심사 이틀 전에 완전히 끝낼 수 있지?"

"이틀 전은 좀 어려울 것 같고, 심사 전날은 확실히..."

"이틀 전엔 왜 안 돼?"

"저희도 그렇다시피, 꼼뻬는 늘, 마지막까지 수정하는
바람에... 아무래도 전날이 되어야 확실히..."

"알았어, 어쨌든, 이번엔 무조건 완벽하게 해. 자네만 믿어.
알았지?"

"네."

"아, 그리고 말이야, 그, 행정부시장 통해서 시장님 일정, 어찌 되나 좀 파악해둬. 아무래도 시장님 한 번 봬야 할 것 같아."

"네."

"혹시 급하게 현금 더 필요하면, 내가 말해 뒀어. 비서실에 말해 둘 테니 먼저 당겨 써. 보고는 나중에 하고. 가 봐."

"네."

정수복이 나가자, 문기석이 전건식에게 전화를 걸었다. 저쪽 편에서 이쪽과 대조적인 여리고 차분한 목소리가 들렸다.

"어, 형."

"건식아, 시간 좀 내라."

"언제?"

"오늘 저녁."

"오늘 저녁? 뭐 급한 일이 있다고 갑자기 오늘 저녁이요..."

"지난번에 말했잖아, 이때쯤 시간 좀 비워달라고."

"그랬긴 했지... 알았소, 그럼 곧 갈게..."

문기석이 정신없이 디자인을 손보고 있는 사이 문을 열고 들어선 전건식이, 탄성을 질렀다. 회장실이, 마치 건축대전 심사장처럼 변해 있었다.

"와... 형, 이게 뭐요, 도대체..."

"이 정도 가지고 뭘 놀라고 그래. 잠시 코멘트만 좀 해 주고,

와인 한 잔 하러 가."

문기석이, 전건식의 표정을 기대하고 있던 것처럼, 말했다.

"형이 나에게서 원하는 게 뭔지, 정확히 말해 봐요."

전건식이 벽에 붙여둔 시청 꼼뻬 디자인 작업들을 둘러보며
말했다.

"여기 디스플레이된 세 안을 찬찬히 보고, 각각의 장점과
단점, 그리고 이 세 안으로 최종안을 어떻게 만들면 좋을지,
네 솔직한 의견만 말해. 작업은 내가 할 테니까. 뭐, 필요한 거
없어?"

문기석이 담배를 꺼내며 설명했다.

"커피..."

문기석이 인터폰으로 비서를 호출했다.

"네, 회장님."

"커피 좀 가져와. 아, 그리고, 내가 별도 지시할 때까지,
아무도 출입시키지 말고."

"네."

그 시간 박상철은 택시를 잡아 미지의 원룸으로 갔다. 근처에
내려 전화를 걸었다.

"네, 선배님."

맑고 밝은 미지의 목소리가 들렸다.

"너무 늦었지? 미지 씨 집 근천데, 급히 좀 물어볼 게

있어서..."

"무슨 일로, 갑자기..." 편한 복장으로 서둘러 나온 미지가
걱정스러운 눈빛으로 물었다.

"아, 오늘 아니면, 미지 씨가 시간이 안 날 것 같아서...
쉬는데 방해했지?"

"괜찮아요. 무슨 일이신지?" 산책로를 걸으며 미지가
물었다.

"응, 사실, 쇼핑몰 하나 하고 있는데..."

"네? 지금 꼼뻬 하시면서, 그럴 시간이 나세요?"

"꼼뻬를 내가 하나? 애들이 다 하지... 나야 뭐... 혹시
말이야, 엘에이에, 미지 씨 아는, 괜찮은 쇼핑몰 없나
싶어서... 난 외국에 나가 본 적이 없어서..."

"어떤?"

"그러니까 밀도 낮은 옛 주거지 왕창 밀고 세울 건데,
그러니까, 사막에 쇼핑몰 세운다고 생각하면 돼. 엘에이에
한국 사람들 많잖아. 거기 한국 사람들 성향에 맞으면서
성공적인, 그런 게 혹 없을까?"

"있어요, 그루브몰이라고. 선배님 말처럼 뜬금없이
만들어졌지만, 지금은 명소가 된 곳인데, 성공적인
도시재생의 좋은 모형이라 할 수 있어요."

"아, 그래? 그럼, 미안하지만 말야, 거기 레이아웃이랑,
평면이랑, 규모 정도만 좀 챙겨줄 수 있겠어? 도면 말고,

왜, 쇼핑몰 가면 비치되어 있다는 안내도 같은 것 있잖아, 그 정도면 충분한데..."

수심에 찼던 박상철의 얼굴이 좀 밝아졌다.

"네, 집에 가서 바로 해 드릴게요. 인터넷으로 뒤지면 금방 찾을 수 있을 거예요. 오늘 짬 내서 잠시 집에 들렀거든요. 내일부터는 아마, 집에 들를 시간도 없을 거예요. 완전 전쟁이잖아요. 선배님 사무실도 그렇죠?"

"응, 우리도 정신없지. 위에선 나사 조이듯 조이고, 밑에선 힘들어 죽겠다고 그러고... 그런데 월급쟁이가 어쩌겠어..."

시간의 여유가 없는 두 사람은, 아주 짧은 대화만 나누고 헤어졌다. 구부정한 박상철이, 길게 드리워진 자신의 그림자를 밟으며 걸어가고 있었다.

11.

"선우 팀장이 출근을 안 했다니, 도대체 무슨 말이야?"

정수복이 꼼뻬 팀 작업실 문을 확 열고 들어오며 고함쳤다.

도 팀장이 자리에서 벌떡 일어났다. 안절부절 못 했다.

김윤식은 작업하던 손을 멈췄다.

"도 팀장, 어찌 된 거야? 연락은 해 봤어?"

"네... 저희가 아는 연락처는 다 해 봤는데, 연락이 안

됩니다..."

도 팀장 표정이 어두웠다.

"아니, 꼼뻬 팀 운영을 책임진 사람이, 팀장이 사라졌는데

연락조차 할 수 없다니, 이게... 이게, 말이 돼? 도대체 뭐하고

있는 거야? 아, 미치겠네... 회장님은 아직 모르시지?"

"네... 우선, 부사장님에게만 말씀드리고, 아직 아무에게도..."

"알았어. 당분간, 나만 아는 것으로 하고, 다른 사람들에겐

비밀로 해... 알만한 데, 여기저기 좀 더 알아봐... 선우

팀장 없으면, 작업이 안 돌아가잖아! 졸지에 이게 무슨 날

벼락이야... 도 팀장은, 파일들 문제없는지 당장 체크하고,
부팀장은, 그동안 작업한 것들, 하나도 빠짐없이 모조리 정리
작업해 놔."

정수복이 짜증을 내며 미팅 룸에 들어가다 말고,
신입사원에게 다방커피를 만들어오라고 시켰다. 정수복은
커피를 마시며 생각에 잠겼다. 그러다 휴대폰에 저장된
전화번호 목록을 훑어보다 멈추었다. 박상철에게 전화를
걸었다. 전화기가 꺼져 있었다. 종료 버튼을 터치하고, 또
다시 전화를 걸었다. 마찬가지였다. 한 번 더 반복했다.
'뭐야, 얘는 왜 또 이래...' 계속해서 통화가 안 되자,
혼잣말을 중얼거렸다. 정수복은 자리에서 벌떡 일어나
창가로 갔다. 오른손으로 턱을 만지작거리며, 골똘히 생각에
잠겼다. 그리고는 다시 제자리에 앉아, 스마트폰을 집어 오래
전에 자신의 신입직원으로 있었던 그룹포의 정 과장에게
전화를 걸었다.
"네, 선배님."
"너 혹시, 너네 사무실 서울시청 꼼뻬 팀 중에 아는 사람
없니?"
"유 과장 압니다. 예전에 잠시 같이 일한 적이 있습니다. 왜
그러십니까, 선배님?"
"그렇구나. 그러면 말이야, 유 과장에게 전화해서, 박 소장

오늘 출근했는지, 지금 사무실에 있는지 좀 알아보고, 바로
좀 알려줘."

"네."

"야, 신입, 다방커피 한 잔 더!"

정수복이 다시 창가에 서서 생각에 잠겼다.

"여기..."

"어, 수고했다."

정수복이 다방커피를 건네받았다. 제자리에 다시 앉아
전화를 기다렸다. 전화소리가 나자, 번개같이 귀에 댔다.

"어."

"선배님, 박 소장님, 오늘 내내 아무 소식 없답니다."

"연락은 해 봤대?"

"네. 했는데, 연락이 안 된답니다."

"전혀 안 된대?"

"네."

"알았다. 수고했다. 나중에 한 번 보자. 내가 밥 한 번 살게."

정수복은 전화를 끊자마자 다시 생각에 잠겼다. '박상철은
요즘, 볼 때마다 인상이 안 좋았다. 어둡고, 어딘지 모르게
불안해 보였다. 그러고 보니, 뭔가 숨기고 있는 느낌 같았다.
미지를 소개시켜 준 박상철이, 미지와 함께 사라진 것은,
분명히 박 소장의 짓일 가능성이 높다. 친하다고 경계심을

풀었는데, 결국 이놈이 무슨 일을 꾸미고 있는 게 분명하다. 이를 어쩐다... 이놈 믿고 잘 모르는 애를 특채해서 피디까지 시켰는데, 갑자기 사라지다니... 꼼뻬 마감일이 얼마 안 남았는데... 어쩐다...' 심란해진 정수복이 다시 전화를 걸었다.

"네."

"바쁜데 자꾸 전화해서 미안하지만, 하나만 더 좀 알아봐. 박 소장이랑 제일 친한 직원이 누군지... 꼼뻬 팀이든 아니든, 회사 전체에서... 누군지 좀 알아내서, 전화번호랑 같이 좀 알려줘. 급한 거니까, 시간 끌지 말고. 부탁해."

정수복이 약속 장소로 서둘러 갔다. '정태식 대리라...' 투썸 플레이스 계단을 밟으며, 이름을 되뇌었다. 이층에 올라가 사방을 천천히 둘러보다, 자신을 지켜보는 남자를 발견했다.

"혹시...?"

"네, 정태식입니다."

대학생처럼 앳된 얼굴이었다.

"시간 내 줘서 고마워요. 거두절미하고 본론만 말할게요. 오늘, 우리 꼼뻬 팀장이 갑자기 사라졌는데, 그 쪽 박 소장도 갑자기 그랬다면서요?"

자리에 앉자마자, 정수복이 말문을 열었다.

"말씀 놓으십시오. 저도 좀 전에, 박 과장님을 통해 알았습니다."

"그래... 아는지 모르겠지만, 꼼뻬는 보안이 생명인데, 우리 꼼뻬 팀장을 박 소장이 소개해서 특채했어. 나랑 박 소장이랑 오랫동안 같이 일하면서 형, 동생처럼 친해서, 믿고 그렇게 했는데, 이런 일이 터져서 큰 일 났어. 우리 회장님은 이 사실을 모르셔. 꼼뻬 끝나고 아시는 건 아무 상관없는데, 꼼뻬 도중이라 난리 났어. 그보다 더 큰 문제는, 두 사람이 사라진 걸 알게 되시면, 우린, 완전히 줄초상이야. 해고는 무조건 당연한 거고, 그동안 회장님이 들여온 정성이 수포로 돌아가면, 우리는 더 이상 건축해서 밥 못 먹어. 이 동네 떠나야 해. 그러니까 혹시... 비밀은 철저히 지켜줄 테니, 날 믿고, 박 소장 연락 가능한 방법이 있으면, 좀... 도와주면, 정말 크게 보답할 게... 좀..."

정태식은 정수복이 자신의 아버지와 비슷한 나이로 보였다. 대형 설계사무소 부사장님이, 얼마나 다급했으면 이럴까 싶었다.
"아, 박 소장은 어떻게 알게... 어떤 관계..."
그의 간절한 부탁에 입을 떼려 할 때, 그가 다시 물었다.
"네. 소장님께서 저희 학교 설계수업 나오셨어요. 그때 처음 알게 되었는데, 졸업해서 그룹포에 지원할 때 또 많이 도와주셔서... 그때부터 도와드릴 일이 있으면 도와 드리고, 그러면서 지금까지 쭉... 그리고 저는, 소장님이 시키시는

일만 해서, 소장님 말고는, 소장님 주변분들은 연락처를
모릅니다."

"아, 그렇구나... 그럼, 요즘 어떤 일 도와주고 있는지, 혹,
물어봐도..."

"그동안 소장님께서 단독으로 따오신 일 도와드렸는데,
최근에는 주로 시행사 일 도와드리고 있습니다."

"혹시 시청 꼼뻬에 대해 말하는 건, 들은 적 없어?"

성수복은, 어떤 시행사 일인지 궁금했지만, 꼼뻬가 더
급했다.

"네. 아무 말씀 없으셨습니다."

"어디 시행사? 무슨 일?"

정수복이, 꼼뻬 말이 나오지 않아, 약간 안도하며 물었다.

"시행사 이름은 잘 모르겠습니다. 거기 실장님 이름만,
소장님 통화하실 때, 몇 번 흘려들었습니다."

"이름이?"

"김철진이라고 하셨던 것 같습니다."

"김철진?... 모르는 사람인데... 프로젝트는?"

"최근에는 쇼핑몰 도와드리고 있습니다."

"가장 마지막에 만난 건 언제고?"

"어제 밤에 잠시 뵈었습니다."

"무슨 일로...?"

"쇼핑몰 프로젝트가 갑자기 급하게 되었다 하시면서, 오늘

제가 퇴근하면 바로 소장님께 연락 달라고 말씀하시고
가셨습니다."

정수복이 자신의 한계 안에서 알아낸 것은 세 가지 정도밖에
없었다. 박상철과 선우 팀장이 동시에 사라졌다는 것, 그
사건은 꼼뻬와 아직은 상관없어 보인다는 것, 박상철이
그룹포 일 외에 시행사 일을 숨어서 하고 있다는 것
정도였다. 정수복은 더 이상 어찌 해 볼 방도가 없다고
생각했다. '오늘은 일단 넘기고, 내일 출근 시간까지 두고
보자. 내일도 나타나지 않으면, 회장님에게 보고 안 할 수가
없겠지...'

비슷한 시각, 미지와 박상철이 방콕 공항의 인천행 비행기에
탑승했다. 그들로부터 오늘 처음 자유롭게 된 순간이었다.
좌석에 앉자마자 미지가 입을 열었다.
"선배님이나 저나, 사무실에서 오늘 난리가 났겠어요?
출근도 안 하고, 연락도 안 되고 그랬으니..."
"나야 뭐, 특별히 그럴 일 없는데, 미지 씨가 좀..."
"선배님은 괜찮아요?"
"응. 난 꼼뻬, 실제적인 작업을 안 하잖아. 내가 하는 거야
애들 감독뿐인데... 뭐, 하루쯤이야, 내가 없어지면, 다들
좋아할 걸?"

"사무실 말고는, 연락 올 데 없어요?"

"응. 없어."

박상철이 부재중 통화를 체크하며 대답했다. 그리고 그로써, 오늘 정수복이 어떻게 행동했을지 감을 잡았다. '자신을 정신없이 찾은 건, 분명히, 미지가 사라졌기 때문이다. 자신에게 연락이 안 되면서, 자신을 의심했을 것이다. 꼼뻬 문제로 미지를 빼돌렸다고 생각했을 것이다. 아마, 자신의 주변인들도 탐문하고 다녔을 것이다.' 미지가 마음에 크게 걸렸다.

"그나저나, 미지 씨가 걱정이네. 분명히 난리가 났을 텐데..."

"그러게요. 특히 부사장님이 꼭지가 확 돌았을 거 같은데요? 몸 핑계 대는 게 제일 낫겠죠? 전화를 집에 두고 새벽 운동 나갔다가 쓰러져, 119에 실려 병원에 이송되었다고..."

"다른 사람들은... 미지 씨 연락 안 돼서 걱정할 사람 없어?"

"저도 없네요, 선배님... 전화기 켜보니, 슬프게도 꼼뻬 팀밖에 없네요. 거기서 수십 통이..."

미지는, 누구에게도 간섭받고 싶지 않았다. 누구의 눈치도 보기 싫었다. 내가 가진 것으로 내 삶을 사는 것이 좋았다. 그런데, 혼자 사는 것은, 가끔, 이렇게도 막막하구나 싶었다. 이렇게도 몸서리치는구나 싶었다. 가슴이 아팠다. 자신이 생각해낸 변명이 칼이 되어, 자신을 찔렀다. 생각해 보니,

오늘 아침 그런 사태를 실제로 당했어도, 큰 상해를 입거나
죽음에 이르는 고통 중에 있었어도, 아는 사람이 아무도 없을
것이라는 것이, 처절하게 슬프고, 마음이 쓰렸다. 연락이
오래 안 되면, 한경 선배는 분명히 크게 걱정하겠지만, 바쁜
탓이겠거니 하고 말 것이다. 더 오래 연락이 닿지 않으면,
이리저리 알아보려 애쓰겠지만, 그 이상의 행동은 취하지
않은 채 어느 시점에 포기할 것이다. 그러고 보니, 고통이나
죽음보다, 자신의 존재의 고립이, 망각이, 더 무섭고 더
슬펐다. 미지의 눈에 눈물이 그렁그렁했다. 고개를 돌렸다.
눈물이 볼을 타고 내렸다. 미지의 얼굴을 얼핏 본 박상철이,
혼잣말처럼 뱉았다.

"미지 씨도 외롭구나... "

미지는, 박상철의 혼잣말을 엿듣고, 그를 생각했다.
'동병상련이지 않은가? 그도 자신과 다를 바 없지 않은가?
그런데도 그는, 외로움을, 아픔을, 슬픔을, 안으로 구겨
넣고만 있다.' 미지는, 그를 위로할 말을 찾을 수 없었다.
자신이 우선, 서글픈 외로움에, 외로운 서글픔에 빠져있으니
말이다. 그의 삶의 비극사를 듣고서도 그랬지만, 지금도
그때만큼 그가 가여웠다. 그런데 그가 가여운 만큼, 지금은
자신도 가여운 존재였다.

눈물이 멈추지 않았다. 슬픔도 가시지 않았다. 괴로움도
떠나지 않았다. 뼛속까지 전해지는 삶의 무게감에 전율했다.
머리를 등받이에 붙이고, 눈을 감았다. 무(無)에 빠져드는
느낌이었다. 허무가 고개를 내밀었다. '나는 지금 무엇을
하고 있는가... 내 삶은 어디를 향하고 있는가... 종착지에
이르렀을 때, 무엇으로 위로를 삼겠는가...' 언뜻, 사랑의
힘은 죽음마저 이긴다는 글을 본 기억이 떠올랐다. 사랑은
무엇일까...

사랑이란 그저, 두 존재 사이에 흐르는 설렘이고, 떨림이고,
그리움이라 생각했다. 그저, 따뜻한 감정이라 생각했다.
그런데, 사랑은 무엇보다 눈이라는 것을, 마치 처음 깨닫듯,
깨달았다. 사랑하는 사람의 안녕을, 사랑하는 사람의 내면을
늘 지켜보는, 불꽃같은 눈이라는 것을 깨달았다. 사랑을
구성하는 모든 좋은 감정들은, 사랑의 표면이었다. 사랑의
본질은, 생명을 지키는 정신이었다. 사랑은 삶을 떠받치는
기초였다. 몇 시간이 그렇게 흘렀다. 비행기가 곧 착륙할
것이라는 방송이 흘러나왔다. 미지는, 몇 시간 동안 잃었던
현실감을 되찾았다.

"선배님, 오늘 그 사람들, 누구예요? 왜 우리 방콕까지
데려갔어요?"

옆에 앉아 신문을 보고 있는 박상철에게, 하루 종일 궁금했던
것을 물었다.

"아, 그러고 보니, 말할 틈이 없었네... 새벽에 그 친구가
찾아왔어."

"그 친구요?"

"아, 어제 미지 씨에게 말한 쇼핑몰 프로젝트 있잖아. 그거
하는 시행사 실장... 그 친구가 갑자기 와서 사장님 지시라며,
다짜고짜 방콕 가자는 거야. 사장님이 거기서 골프 치고 계신
모양인데, 거기서 근사한 쇼핑몰을 봤나 봐. 그래서 당장
보여주라 그랬나봐... "

"저는 왜요? 저는 왜 끼었어요?"

시행사라는 말에 움츠러든 미지는, 자신이 처한 상황이
도대체 어떤 상황인지 몰라 물었다.

"아, 내가 그 친구에게, 스터디 할 좋은 몰이 있어서, 굳이
거기까지 갈 필요가 없다니까, 어디에 있는 어떤 몰이냐
물어서... 후배 건축가 도움으로 알게 된 엘에이 그루버몰이라
했거든. 그랬더니, 그 몰 아냐 그래서, 난 잘 모르고 후배가
잘 안다 그랬어. 그랬더니, 그러면 후배도 데려가서
보여주자고... 그래서 둘 중 어떤 걸 잡을지, 체크해 보자
그러면서..."

"그래서요? 그래서, 선배님이 저희 집까지 데려온 거예요?"

"후배는 시청 꼼뻬 하느라 바빠서 안 된다 그랬지... 아무리

안 된다 그래도, 끈질기게... 어쩔 수 없이... 미안해, 미지
씨..."

"그런 일이 있었으면 진작 좀 말해 주시지... 전, 선배님이,
왜 아무 말도 안 하나, 궁금했는데... 사람들이 딱
들러붙어서 떨어지지 않는 바람에... "

미지가 원망 어린 투로 말했다.

"응. 난 실장만 알지 직원들은 처음 봤거든... 그런데, 실장은
빠지고, ㄱ 사람들만 있는 바람에... 그 사람들, 느낌이
이상하게 불편하더라고..."

"저도요... 무슨 조폭같아서... 말 꺼내기가 싫더라구요."

비행기가 곧 인천공항에 착륙한다는 방송이 나왔다.

12.

쏨뻬 전쟁이 클라이맥스를 향해 치달았다. 미지는 기초
화장만 하고 집을 나섰다. 아침밥은 걸렀다. 흰색 소나타를
향해 느리지 않게 걸었다. 김윤식이 그녀에게 목례하고,
앞문을 열었다.

"팀장님, 커피 드십시오."
자리에 앉아 안전벨트를 매고 있을 때, 김윤식이 커피를
가리켰다.
"아파서 결근 한 번 했더니, 인생 폈다... 사람 팔자, 역시, 알
수 없어... 기사가 모는 차 타고 출근할 날이 있을 줄이야..."
아메리카노 한 모금을 마시며, 미지가 농담을 던졌다.
"그나저나, 나 때문에 김 대리가 수고가 많네?"
"전, 괜찮습니다."

그랬다. 그 일이 있고나서, 정수복은 김윤식에게 특별

지시를 내렸다. 지금부터 꼼뻬 마칠 때까지, 무조건, 선우 팀장 출퇴근 책임져라 했다. 그리고는, 총무과 차를 한 대 내어주었다.

다들, 폭풍전야의 잠깐의 평화로움을 만끽하려고, 커피 타임을 가졌다. 누군가의 컴퓨터 스피커에서, 바흐 첼로 무반주 조곡이 흘러나왔다. 한경 선배가 즐겨 연주하던 곡들 중의 하나였다. 미지는, 그를, 그리고 그와 함께했던 행복한 시간을 떠올렸다. 그때 전화벨이 울렸다. 내부 전화였다. 도 팀장이 받았다.

"선우 팀장, 회장님 호출."

'무슨 일로 호출했을까...' 미지는 도무지 감을 잡을 수 없었다. 비서실 문을 조심스레 열었다. 비서가 회장실에 들어가라고 손짓했다. 노크를 하고 문을 열었다. 처음 들어간 회장실은, 마치 꼼뻬 작업실 같았다. 벽 여기저기에 도면들이 붙어있었고, 탁자 위에는 스케치들이 흩어져 있었다.
"안녕하세요..."
미지는, 테이블 앞에 선 채로 인사했다.
고개를 잠시 든 문기석이 담배를 꺼내 물었다. 라이터로 불을 붙이고, 한 모금 깊이 빨고, 연기를 내뿜으며 미지에게 고개를 돌렸다. 얼굴이 퀭했다. 밤새도록 작업한 것 같았다.

"미지 씨, 거기 앉아." 목소리가 낮고 부드러웠다.

"커피?"

문기석이, 스케치들을 주섬주섬 정리하며 물었다. 미지는 커피 생각이 전혀 없었다. 모닝 커피는 이미 충분히 마셨다. 게다가, 담배 연기에 질색하는 까닭에, 더더구나 그랬다. 얼떨결에 대답했다. 비서가 커피를 미지 앞에 내려놓고 나갔다.

"미시 씨, 내가 손 좀 봤어. 이거에 맞춰서 최종 모델, 도면, 정리 좀 해 줘. 알아보기 힘든 게 있으면, 여기 있을 테니, 나에게 바로 연락하고. 물론 작업 끝나거든 곧장 전화하고."

문기석이 도면을 미지 앞으로 내밀며 말했다. 그의 표정, 그리고 말하고 행동하는 양식이, 현실과 정반대로, 영락없는 대가였다. 미지는, 문기석이 내민 도면을 펼쳤다. 어안이 벙벙하고 기가 막혔다. 자신이 혼신을 다해 디자인한 선들을, 면들을, 매스들을, 여기저기 칼질했다. 구조와 프로그램은 고려하지 않은 채였다. 그가 수정한 것은 주로 외곽선들이었다. 마치 자하 하디드의 선처럼, 직선을 휘어진 곡선으로 바꾸는 수준이었다. 아직도, 십오 년 전 회자되기 시작한 블라비텍쳐(blobitecture; blob + architecture)인가 싶어 한심했다. 이제는 하나의 스타일이 된 그것은, 프랭크 게리와 자하 하디드의 아이콘으로 굳혀지면서, 서구에서는 지식인들의 비판의 대상으로 변했다. 미지는, 한국에서는 여전히, 그런 곡선을 써야 현대적인 디자인으로 통용되고, 각종 설계경기에서 당선권에 들어간다는 것을, 잘 모른다. 디자인은, 특히 건축 디자인은 일종의 유기체와 같다. 형태의 수정은, 그에 따라 프로그램 배치, 구조, 재료 등, 건물을 이루는 모든 요소들이 영향을 받는다. 그래서 시스템의 전반적 조정을 수반한다. 형태만 수정하라는 것은, 내용과 상관없이 포장 디자인만 바꾸라는 것이다. 미지의 얼굴이 창백하게 변했다. 몸과 마음이 얼음처럼 얼었다. 무슨 말이라도 해 볼 요량이었지만, 입이 움직이지 않았다.

"미지 씨, 박두식 교수 연구실 출신이지?"
문기석이, 빨아들인 연기를 길게 내뿜으며 물었다.
미지가 고개를 끄덕였다. 문기석은 그녀에게, 로비 작업을 지시했다. 성호인이 문기석에게 부탁한 로비였다.
"네? 저에게 지금 범법 행위를 하라는 거예요? 저는 여기 아키텍트로 왔지, 그런 더러운 로비 도우려고 온 거 아닙니다. 전, 이런 짓, 못 합니다."
미지가, 떨리는 목소리로 억눌렀던 분노를 한 번에 토했다. 도면을 확 집어 들고, 다시 한 번 문기석을 노려보며, 뒤돌아 나갔다. 그리고는 화장실로 직행했다. 다리가 후들거렸다. 두 손을 세면대에 올려 가까스로 지탱했다. 고개를 들었다.

거울의 여자가, 넋 나간 사람처럼 자신을 보고 있었다. 잠시 멍하니 움직이지 않았다. 그리고는 두 손으로 입을 막았다. 갑자기 터져 나오려는 오열을 참았다. 그 자리에 주저앉아, 흐느꼈다. 한참을 흐느꼈다. 흐느낌이 잦아들 즈음, 바깥 인기척 소리를 들었다. 화장실 문을 열고 들어가 좌변기 위에 앉았다. 호흡을 천천히 길게 하며, 정신을 차렸다. 밖이 바깥이 조용해질 때까지 기다렸다가, 나가서 천천히 얼굴을 씻고 화장을 고쳤다. 그리고는, 마치 아무 일이 없었던 것처럼, 작업실로 향했다.

제자리로 돌아간 미지는, 도면을 책상에 던지고 퇴근 채비를 서둘렀다. 팀원들이 모두 의아한 듯 쳐다봤다. 미지는 누구의 시선도 아랑곳 하지 않았다.

"김 대리, 나, 병원 좀 갔다 올 게."

김 대리 뒤를 지나가며, 툭 말을 던졌다. 작업실 문이 쾅 닫혔다.

빌딩을 나선 미지는, 어디로 가야 할지 몰랐다. 잠시 망설이다, 집 쪽으로 발걸음을 옮겼다. 터벅터벅 무작정 걸었다. 걸어가며 생각하고, 생각하며 걸을 참이었다. 감성이 이성을 지배했다. 회장이라는 사람이 저주스러웠다. '대형 설계사무소 수장이라는 작자가, 한국 건축문화의 한 축을 구성하는 협회 회장 선거에 나갔다는 작자가, 저렇게도 비천한 인간이었다니... 이 사태를 어떻게 받아들여야 할까...
게다가, 디자인은 건축가의 궁극적인 자존심이자 존재
이유인데, 그것을 위해, 젊음이며, 피부며, 심지어 건강까지
도외시하며 살고 있는데, 그렇게 유치한 생각에 맞춰
고치라니... 지금껏 말 한 마디 없다가 막판에 고치라니...
심지어 건축 학부생들이 들어도 기가 찰 노릇이다.
게다가, 존경하는 대학원 교수님께 감히 로비를 하라니...
그것도 새벽에, 지하 주차장에서 기다렸다가, 현금을 갖다
바치라니... 세상에, 이렇게 격이 없고 무례하고 무모한
작자가 또 있을까... 뻔뻔하고 괘씸한 처사가, 하늘을 찌른다.
지금껏 상상조차 해 보지 않은 어처구니없는 짓을, 달마다
돈 몇 푼 주는 사장이라고, 거리낌 없이 시키다니... 돈
말고는, 어떤 권위도 내세울 수 없는, 쓰레기 같은...'

새로운 하루를 여는 신성한 시각에, 천한 사장에게 수모를
받다니. 자신의 운명이 원망스럽고 서러웠다. 유학을 결정할
때 집안이 갑자기 확 기울어, 그때부터 지금까지 늘 힘겹게
살아왔다. 그런데도 세상 사람들은 모두, 유학도 하고
미국에서 회사 생활을 했으니, 경제적으로 여유가 있는 줄
안다. '아무리 힘들고 가난해도, 그저 건축이라는 이름의
희망으로 살아 왔건만, 그것으로 위로 삼아 버텨 왔건만,
힘으로 일방적으로 뭉개다니...'

다시 회장에게 올라가고 싶었다. 그래서 너 같이 무식하고 무지한 놈이랑은 일할 마음 없다며, 면상에 대놓고 말하고 싶었다. 때려치우고 싶은 마음이 굴뚝같았다. 그런데 또 현실이 목을 죄었다. 부모님께 보내드릴 생활비부터 걱정이었다. 당장 살아갈 길도 막막했다. '누구처럼 부모 덕으로 개업할 천운도 없고, 그렇다고 몇 개월 좀 쉬며 살아갈 생활비도 수중에 없고, 당장 돈벌이 직장 부탁할 빽도 없고, 빌붙어, 잠이라도 자고, 밥이라도 얻어먹을 식구도, 애인도, 친구도 없다...' 외롭고 힘들고, 억울하고 분하고, 처량하고 막막해서, 눈물이 주룩주룩 흘렀다. 벌건 대낮에, 실연한 사람처럼, 오래오래 걸었다. 원룸 문을 열고, 침대 위에 꼬꾸라졌다. 울고, 울고, 또 울다, 잠이 들었다. 얼마나 잤을까, 눈을 뜬 미지는 무력감이 들었다. 꼼짝달싹 할 수 없었다. 온 몸이 뜨겁고 아팠다. 뜨거운 눈물이 볼을 타고 내렸다. 통증과 한기가 견딜 수 없었다. 간신히 몸을 일으켜 타이레놀을 집어삼켰다. 그리고는 침대에 다시 꼬꾸라졌다.

얼마나 지났을까, 오후의 햇살이 미지의 얼굴을 어루만졌다. 눈을 떴다. 햇살이 눈부셨다. 가만히 눈을 감았다. 그 순간, 엄마 얼굴이 떠올랐다. 새벽 기도 마치고 환한 모습으로 들어오시던 모습. '내일 일은 난 몰라요'를 읊조리며 아침밥

짓던 모습. 유학 떠나는 딸 손잡고, 탑승구에서 기도해 주던
모습... 평생 몸 노동으로 살아오신 당신과 달리, 부디 공부
많이 해서 펜대 잡고 사는 게 소원이시라던, 이제는 늙어버린
아빠의 얼굴이 떠올랐다. 그놈의 건축이 뭔지... 건축에 치여,
아직 엄마, 아빠도 못 봤다. 죄스럽고 원망스러웠다. '보고
싶다... 어떤 모습일까... 마지막 본 게 언제 적이었던가...'
가족은, 특히 엄마는, 그렇게 모습을 떠올리는 것만으로도,
생기가 생겼다. 활기를 북돋우었다. 약 덕분인지, 천근만근
무겁던 몸이 가벼워졌다. 뜨거운 물로, 오래오래 샤워했다.
에프엠을 틀고, 커피를 마시려고 테이블에 앉았다. 허기가
몰려왔다. 밖이 환했다. '대낮에 집에 있어 본 날이
언제던가... 룸서비스가 있으면 좋겠다...' 뭐라도 먹고 기운을
내야 했다. 그런데 살겠다고 부엌일을 해 가며, 혼자 먹고
싶지는 않았다. 한 끼 밥을 나눌 사람이 그리웠다. 미정이가
떠올랐다. 결혼식 올릴 때까지는 집에서 쉴 거라 했다.

신호가 한참을 가도, 미정이가 전화를 받지 않았다. 두
번째도, 세 번째 전화도 마찬가지였다. 이상한 일이었다. 잠시
생각에 잠긴 미지는, 미정이의 오빠에게 전화했다.
"미지 씨, 반갑습니다."
차분하고 자신감 있던, 익숙한 목소리가 들렸다.
"안녕하세요, 소장님. 궁금한 게 있어서..."

"네. 말씀하세요."

"몇 번을 걸었는데, 미정이가 전화를 안 받네요? 무슨 일인지..."

"아, 네... 미정이... 미국에 있는 동생에게 유방암 수술 받으러 갔어요. 아마, 당분간 연락하시기 어려울 거예요."

전건식이, 담담한 목소리로 사연을 전했다.

"네? 유방암이요? 아니, 언제..." 미지의 목소리기 떨렸나.

"우리 그때 점심 먹은 날, 다음 날이에요. 양가 부모님들이 결혼식 날자 잡으려고 만났어요. 그러면서 각자 건강진단서 떼 주기로 했는데... 진단 중에..."

"네... 얼마나 심각한가요?"

미지의 가라앉은 목소리에 걱정이 배었다.

"3기라 그러는데, 동생이 유씨엘에이 외과의사라, 괜찮을 거예요. 너무 걱정 마세요..."

그렇게 귀엽고 생글생글한 미정이가 유방암이라니... 도무지 믿을 수가 없었다. 미지는, 생각치도 않은 충격적인 소식에 멍했다.

"소장님, 혹시 괜찮으시면, 좀 있다 찾아 봬도 될까요?"

미지의 입에서 불쑥 말이 나갔다.

"네, 괜찮습니다. 그렇지 않아도, 미지 씨 한 번 보려고 했는데... 통화 마치고 주소랑 지도 이미지, 문자로 보내드릴게요."

미지는, 마치 자신이 유방암에 걸린 사람처럼, 무서웠다.
자신도 모르게 손을 가슴에 대고 가만히 문질렀다. 또 다시
허기가 엄습했다. 서둘러 라면을 끓였다. 갑자기 건강에
두려움을 느낀 탓에, 라면의 면도, 양념도, 반만 넣었다.
그리고 말린 표고버섯을 잔뜩 넣었다. 라면을 탁자에 놓고,
김치를 접시에 덜고, 오랫동안 잊고 지냈던, 생명에 대해,
살아있는 것에 대해, 잠시 묵상했다. 김 대리에게 문자를
보냈다.

＊김 대리, 병원이 생각보다 시간이 좀 걸려. 저녁 먹고
　들어갈게

전건식의 작업실은 펜트하우스였다. 11층까지 엘리베이터를
타고, 계단을 따라 한 층 더 걸어 올라갔다. 넓은 정원과 푸른
하늘이 펼쳐졌다. 전면이 투명한 창으로 마감된 긴 상자가
조용히 놓여 있었다. 창을 나누는 직선 비례가 우아했다.
왼쪽 벽에 따라 일직선 보도가, 잔디를 사이에 둔 채, 나란히
나 있었다. 투명한 유리 너머에서 전건식이 걸어 나오는 것이
보였다. 그가 문을 열어 둔 채 기다리고 있었다. 그의 안내에
따라 잠시 작업실을 구경했다. 작품들을 전시해 둔 로비, 긴
테이블이 놓여 있는 작업 겸 미팅 공간, 탕비실, 창고, 직원들
작업 스테이션 등을 지났다. 소장실은, 정원 쪽에는 전면

유리창을, 그리고 나머지 세 벽은 책으로 채워져 있었다.
부러움이 한껏 밀려왔다.

"커피 드시죠?"

"네."

"임대료, 상당하겠는데요?"

"작업실, 아버지 도움 없으면 유지 못해요. 대형이 아닌
다음에야, 건축 해서 무슨 돈을 벌겠습니까... 현상 유지면
대성공이지... "

붉은 빛 에스프레소 머신에서 가져온 커피를 따라주며 그가
겸연쩍게 웃었다.

"미정이... 지금... 어찌 하고 있나요?"

미지가, 커피를 마시며 조심스럽게 물었다.

"엘에이 동생 집에, 부모님이랑 함께 가 있는데, 지금은 아마,
암센터에 입원해 있을 거예요."

"얼마 전까지 멀쩡하던 애가 갑자기... 도무지 믿을 수가
없네요."

"우리도 그랬어요. 부모님은 놀라서 거의 실신하셨어요..."

"그러면, 미지, 결혼식은..."

"뭐, 당분간, 아니, 이젠 힘들지 않겠어요?"

"네... 아, 미정이 보고 싶은데..."

"미정이도, 미지 씨 참 좋아하는 것 같던데... 그나저나, 미지

씨, 지금 한창 바쁘실 때 아녜요? 이렇게 나와 있어도..."

"제 인내가 한계에 부딪혀서 잠시 도망 나왔어요. 곧 들어가
봐야죠."

"도망요? 무슨 일 있었어요?"

예상치 못한 미지의 대답에, 전건식이 다급하게 물었다.

"소장님 선배님, 대실망이에요... 그런 사람이 건축판에 있을
거라는 건, 생각은 했지만, 실제로 제 삶의 한가운데 있을
줄은, 정말, 상상도..."

미지는 소장실 공간을 천천히 훑었다. 그리고 쓴 웃음을
지으며 대답했다.

"아, 기석이 형이랑 부딪혔구나... 형이 워낙 보스 기질이
강해서..."

"보스가 보스 기질 강한 거야 문제 될 거 없지만..."

미지가 머뭇거렸다.

"건축이 좀 가볍죠? 형이 학부 때부터 그림에 빠져 있어서,
그림을 잘 그려서, 건축을 늘 그림으로 시작해서 그림으로
끝나는 습성이... 그래서 동문들은 형을, 투시도 쟁이라
부르고 그랬어요."

미지는 좀 전에 당한 일을, 말할까 말까 망설였다. 그러자,
전건식이 자신의 이야기를 계속했다.

"그리고, 이거 말해도 되나 모르겠네... 미지 씨, 사실, 저,
어제 저녁에 형이 불러서 형 사무실에 갔어요. 세 개 안을

놓고 최종안을 어떻게 해야 할지... 도무지 방향이 안
잡힌다며 코멘트 좀 해 달라 그래서... 쭉 훑어봤는데,
다행히 마음에 드는 게 하나 있어서, 그걸로 가라 그랬어요.
사이트 경계선에 배치된 오피스 프로그램 수직 매스가
주변이랑 잘 섞이고, 광장과 연계시킨 수평 매스는
공허부랑 시민 프로그램 덩어리들이 좋더라고요. 어떤 게
미지 씨가 한 건지 모르겠지만... 혹 저 때문에, 미지 씨 안이
날아갔다면, 저, 정말 미안한데..."
"저에게 미안하실 건, 정말 없어요, 소장님."
"아, 네... 건축 문제 말고도, 형 성격도, 좀 그렇죠? 직원들이
힘들어할 성격이라..."
"글쎄요, 성격이야, 누구나 장단점이 있으니까..."
"미지 씨, 미지 씨 도망치게 한 문제요... 말하기 싫으시면 안
해도 되는데, 이왕지사 꺼낸 얘기시니, 실마리라도..."
미지는 남은 커피를 비우고 일어났다. 소장실과 정원을
가르는 유리면으로 옮겨 갔다.
"이건 정말 범죄인데..."
시선을 정원 쪽으로 둔 채 혼잣말로 중얼거렸다.
"미지 씨, 우리나라 대형 설계사무소 치고, 로비 안 하는
데는 아마, 없을 거예요... 형이 이번엔 욕심이 과해서, 좀
세게 하나 본데... 사실, 형, 그렇게 나쁜 사람 아니에요."
전건식이 낌새를 알아차렸다. 그녀의 오해와 편견을 풀려는

듯, 다시 문기석 회장 이야기를 했다. 미지는, 나쁜 사람이 아니라는 그의 말에 반발심이 생겼다. 몸을 돌려 말을 꺼내려 할 때, 전건식이 다가왔다.

"미지 씨, 혹시, 아마데우스라는 영화 보셨어요?"

"네."

미지는, 다시 몸을 돌려 바깥 정원에 시선을 고정했다.

"거기 살리에리 있잖아요. 뛰어난 재능을 허락하시면, 그 재능을 오직 당신의 영광을 위해 쓰기를 맹세한다며 기도 드리는 살리에리요. 제가, 오래, 그러니까, 이십 년이나 알아온 형이, 과장 안하고, 딱 그런 사람이에요. 대학 다닐 때, 집이 무척 가난해서 혼자 힘으로 공부하면서도, 종교적인 신념 덕분인지, 무척 밝고 긍정적이고, 희생적이었어요. 그때 시작한 봉사 활동을 아직까지, 아니 이젠 더 많이 하시는데, 아마, 수입의 대부분을 거기에 쓸 거예요. 가끔 형수 만나면, 아무리 줄여도, 형이 가져오는 생활비가 부족해서 힘들다고 늘 투정이시거든요. 혹, 형 타고 다니는 차 봤어요?"

"아니요."

"기석이 형 티코 타고 다녀요. 문제는, 삶의 의도는 선한데, 건축가로서 능력이 부족하고 방편이 나쁜 건데, 그건, 아마, 죽을 때까지 고치기 힘들 거예요. 뭐, 형만 그런 게 아니라, 우리도 그렇죠. 성격이나 생활 습관은, 엄청난 경험을 겪지 않고서는, 죽을 때까지 안 변하잖아요... 유명한 건축가가

되려는 욕망만 좀 버리고, 로비만 합리적인 선에서 하면,
형은 그런대로 괜찮은, 아니 그리 나쁜 사람은 아닌데..."
"교인이라..."
"천주교 신도회 회장님이시죠. 아, 그리고, 요즘 주택
경기가 엉망이라, 전에 말씀드린 건은, 아무래도 당장은..."

그래, 그도, 그 나름대로 삶을 가치 있게 살려고 애쓰는,
한갓 한 인간에 불과하구나 싶었다. 어쩌면, 한국에서
사업가로 살아남기 위해서는, 부조리와 부패로부터 온전히
자유로울 수는 없을 것이다. 문기석을 향해 거머쥐고
있던 분노의 힘이, 조금씩 풀려나갔다. 미지는, 작업실로
되돌아갔다. 밤을 새워 디자인을 수정해서, 김윤식에게 도면
수정 작업 지시 메모를 남기고 새벽에 귀가했다.

13.

미지는, 잠결에 전화벨 소리를 언뜻 듣고 깼다. 오래간만에,
출근 시간을 신경 안 쓴 채 잤다. 회장이 요구한 최종
디자인을 끝냈으니, 당장 급하게 할 일은 없었기 때문이다.
스마트폰을 집었다. 박상철 선배였다. 부재 중 온 여러
전화가, 모두 그의 것이었다.
한경 선배에게서도 메신저가 와 있었다. 하루를 열고
닫는 일상의례 문자였다. 미지는, 방콕 여행 이후, 그의
안부를 매일 물었다. 그리하여 두 사람은, 어느덧 매일
안부를 챙기는 관계로 발전했다. 반복의 힘은 놀라웠다.
역시 양이란 어느 수준에 이르면 질로 변하는 모양이었다.
스칼라가 누적되면 벡터가 형성된다는 것이 맞는 말이었다.
그리고 정작 그러하지는 않으면서도 그런 척, 그것도
반복해서 그리 하거나 심각하게 그런 척 하면, 실제로
그렇게 된다는 말이 사실인 것 같았다. 언제부턴가 두
사람은 매일 서로의 안녕을 챙기며 '보고 싶다'는 말을,

자주 하고 자주 듣게 되었다. 언중유골 식으로 가볍게
뜨문뜨문 시작한 그 말은, 잦아지고 밀도가 증가했다.
그러면서, 디지털이 아날로그 공간과 따로 움직이듯, 몸 없는
두 사람의 말이 자유롭게 횡단했다. 희한하게도 두 사람은
사이버 세상에서, 몸속에 뿌리 내리지 못한 말들을, 거의
부부처럼 주고받았다.

미지는 한경에게 답을 보냈다. '깽, 찌 자느라 답 못했어.
곧 연락할 테니 아무 염려 말고, 그때까지 옥체 보존 잘
해♥♥♥.' 언제부턴가 미지는 한경을 '깽'이라는 애칭으로,
한경은 미지를 '찌'라는 애칭으로 불렀다. 시계를 보니, 서너
시간 잔 모양이었다. 박상철 선배 전화도, 메신저로 답했다.

*선배님, 전화를 못 받았네요. 무슨 일이세요?
*미지 씨 최종 디자인 확정되었다며?
그에게서 곧바로 답이 날라 왔다.
*네. 선배님은?
*우리는 오늘 확정. 확정돼서 짬이 좀 있지? 미지 씨 꼭
 볼일이 있는데, 점심 어때?
*네

회전초밥 집에 기다리고 있던 박상철은, 미지가 앉자마자,
본론에 들어갔다.

"미지 씨, 나랑 파트너십 할 생각 정말 없어?"

잠시 침묵이 흘렀다.

"저, 꼼빼 마치고 미국 가려고요..."

미지가 고개를 숙인 채 대답했다. 십 년의 세월을 보내서
그럴 것이다. 그리고 영구 귀국하기로 결정하고 온 것이
아니기 때문에도 그럴 것이다. 미지는, 아직은 엘에이가
서울보다 더 편안하고, 고향같다. 게다가 이제 한경과 부쩍
가까워져, 처음으로 그와 함께 하는 삶을 살아보고 싶은
욕심이 생겼다.

"아, 돌아가려고?"

조만간 미국으로 갈 거라는 말에, 그가 서운한 표정을
지었다.

"네, 여기 생활이, 제가 생각한 거랑 잘 안 맞네요."

"미지 씨, 혹시 말이야... 가기 전에 짬이 좀 나면, 나 잠시 좀
도와줄 수 없겠어? 돈은 충분히..."

박상철이 주저주저했다. 미지를 쳐다보며, 애절한 표정으로
물었다.

"선배님, 선배님과 저 사이에 무슨 돈이에요. 제가 예전에
선배님 도움을 얼마나 받았는데... 짬이 나면, 당연히
도와드려야지요. 필요하시면 말씀하세요."

"사실, 지금 발등에 불이 좀 떨어져서..."

"그래요? 무슨 일로?"

"지난 번 그 쇼핑몰..."

"아, 그거요? 그 정도로 급한 프로젝트예요?"

"응. 지난번에 말한 엘에이 그루버몰 있잖아. 그거 좀
가져다가 각색하면 될 거 같은데... 사실, 이 일 제대로
굴러가면, 그룹포 그만 둘까 해. 이거 정도면, 어머님
수술비도 될 것 같고..."

"어머님이... 어디... 안 좋으세요?"

"응..."

그가 대답을 주저했다.

"아, 그러시구나... 제가, 뭘 도와드리면..."

"디자인만 좀... 난 이제, 디자인은 정말 못 하겠어. 머리가
전혀 안 돌아가... 시간이 정 안 되면, 스케치나 개념
디자인만이라도 좀..."

미지는, 어머님 수술비라는 말에, 마치 자신의 집안 일 같아,
마음이 흔들렸다.

"언제까지예요?"

"이 주일 안에 맞추면 되니까... 시간 나는 대로 작업해. 이
작업 끝나고 혹시 더 관심이 생기면, 미지 씨 디자인 혹시
끝까지 끌고 가고 싶으면, 그렇게 해도 되고. 아니, 그렇게
하면 환영이고... 미지 씨 어디 있든, 미지 씨 여건에 맞춰

진행하면 돼... 허가나 실시는 어차피 내가 할 거라서, 미국에
있더라도, 디자인 감독이나 감리하러 중간에 한 번씩 들르면
될 거고,.."
"네. 그런데 작업은 어디서?"
"집에서 하든지, 미지 씨 편한 대로... 이건 착수금 조로..."
흰 봉투를 내밀었다.
"선배님, 이러지 마세요. 제가 원해서 돕는 건데... 정
주시려면, 다 끝나고 주시든지..."
"알았어. 고마워."
그가 봉투를 안주머니에 집어넣었다.

미지는, 꼼뻬 도면 체크하랴, 틈틈이 쇼핑몰 디자인하랴,
정신없이 보냈다. 삶의 모든 에너지를 두 작업에 쏟았다.
희한하게도 두 작업이, 거의 비슷한 시점에 끝났다. 쇼핑몰은
스케치업으로 작업해서 클라우드에 올렸고, 시청 꼼뻬는 그
다음 날 김 대리를 시켜 접수시켰다.

미지는, 열흘 만에 처음으로, 김 대리가 모는 회사 차가
아니라, 택시로 귀가했다. 긴 샤워를 마치고, 한경 선배와
채팅을 맘껏 하고, 박상철과 약속한 커피숍으로 나갔다.
"미지 씨 꼼뻬 접수 잘 시켰어?"
"네. 우리 팀의 김 대리라고, 그 친구 시켰는데, 잘

접수시켰다는 연락이 왔어요. 선배님은?"

"우리도... 아, 미지 씨가 해 준 디자인 있잖아, 그거, 반응이
정말 좋았어. 시청에 도면 접수시키러 애들 보내고, 급히
가서 아슬아슬하게 시간 맞춰 미팅 들어갔는데, 거기
사장이 진짜 좋아하더라고. 디자인이 마음에 쏙 든다며,
'그대로' 짓겠대. 그러면서, 나보고 최고 디자이너라고 자꾸
칭찬하더라고. 그래서 사실 내가 아니라 후배 건축가가
디자인했다 했더니, 후배 보고 싶다며, 언제 시간 내서 꼭 한
번 보자 그랬어."

박상철은 당황하는 기색을 감춘 채 짧게 대답하고는, 급히
화제를 바꿨다. 박상철의 전언에, 미지는 미지가 모처럼
희열을 느꼈다. 남의 취향이 끼어들지 않고 오롯이 '혼자'
디자인한 것이, 현실 속에 실제로 구축될 것이라는 게,
상상만 해도 좋았다. 마이클의 사무실 초창기에 몇 번 봤던,
그런 맛이었다. 미지는 애써 흥분을 눌렀다.

"다 선배님 덕이죠, 뭐. 오늘 커피는 제가 사야 되겠는데요?"
겸연쩍은 표정으로 말했다.

"무슨 말이야, 내가 사야지. 아직 디자인 비도 못 줬는데..."
박상철이 모처럼 약간 들떴다. 그때 미지의 스마트폰이
진동했다. 익명의 번호였다. 진동 소리를 죽이려고, 가방에
넣었다. 진동 소리가 몇 번 더 났다. 잠시 후, 문자 알림

소리가 났다. 스마트폰을 다시 집었다.

〈미지 씨, 윤민수입니다. 서울입니다. 전화 드렸는데 안
받으시네요. 연락 한 번 주세요.〉

윤민수 선배가 서울에 있다니, 놀랍고 반가웠다. 미지는
밖으로 나가면서 전화를 걸었다. 저쪽 끝에서 그의
목소리가 들렸다.

"미지 씨, 반가워요."

"어찌 된 일이에요? 서울 오셨으면, 진작 연락하시지... 지금
어디예요?"

미지의 목소리가 커졌다.

"시청요. 미지 씨는 어디예요?"

"저요? 정동길에 있는 커피숍이에요."

"아, 그래요? 그럼, 미지 씨 괜찮으면, 지금 거기로..."

"네, 괜찮아요. 선배님이랑 커피 마시는 중인데, 선배님은
아마, 곧 가실 거 같아요."

"네, 그럼 곧 봐요."

"죄송합니다, 선배님. 미국에서 같이 전시했던 선배가
서울에 와서..."

제자리로 돌아가 앉으며, 박상철에게 양해를 구했다.

그런데, 이상하게, 박상철 선배가 표정이 어두웠다.

"미지 씨, 사실, 내가 미지 씨에게 폐 좀 끼쳤어."

그가 무겁게 입을 열었다.

"네? 무슨..."

"시행사 사장은 미지 씨를, 알바가 아니라 디자인 파트너로 알고 있어... 미안해..."

박상철이 죄인처럼 힘없이 말했다.

"네?"

자신을 파트너로 소개했다는 말이 충격적이었다. 어떤 식으로든 시행사와 관계된 것은, 거리를 두고 싶어, 분명히 고사했었다.

"미안해, 그쪽에서 요구하는 팀이랑, 디자인 파워 때문에, 내가... 사실... 첫 미팅 때, 프로젝트 딸 욕심으로 그렇게 한 번 말한 적이 있는데... 그 후로, 고쳐 말하지 않는 바람에... 내 탓이야. 미지 씨 팔아서, 미안해..."

이번에는 그가 진짜 죄인 모습이었다. 고개를 숙인 채, 기어들어가는 목소리로 힘겹게 말했다.

"아녜요, 선배님. 선배님에게 팔리는 건, 저로선 뭐... 그런데, 시행이라는 곳과는 어떤 식으로든 엮이고 싶지 않아요. 혹시라도 도울 일이 있으면, 저 혼자, 따로... "

"미지 씨가 따로 할 일은 없어. 파트너고 뭐고 신경 쓸 거, 아무 것도 없어. 내가, 미지 씨 이름, 허락 없이 쓴 거뿐이니까... 변한 것은 전혀 없어."

미지는, 마침내 잡일에서 벗어난 것 같아, 개운한 마음으로
확인차 물었다.

"네... 그럼, 이제 더 도와드릴 일은 없는 거죠?"

박상철이 난감해 하는 표정을 지었다. 잠시 머뭇거리던
그가 다시 무거운 입을 열었다.

"사실... 진짜 급한 일이... 이건, 디데이까지 못 끝내면, 정말
큰 문제가..."

"무슨 큰 문제요?"

큰 문제라는 말이, 미지를 다시 움켜잡았다.

"분양 설명회가 잡혀 있어서..."

"네? 분양 설명회요? 아니, 법규 검토도 제대로 안 했고,
심의 도면도 그렇고, 도면이 제대로 준비돼도, 통과될지
말지 모르고, 그런 상황인데, 그게 말이..."

"우리가 볼 땐 전혀 말이 안 되지. 그런데, 그쪽은 그런
식으로 일을 해. 일단 투자금 예치랑 분양부터 먼저 하고,
그러고, 거기에 맞춰 일을..."

"아니, 선배님, 그게 가능해요?"

"그쪽은 늘 그렇게 해 왔어. 그래도 이번 일정은, 내가 봐도
무리야. 진작, 나에게 말했으면, 내가 안 된다 했을 텐데...
일정이라도 좀 늦추었을 텐데... 갑자기 통고해서... 이
시행사는 워낙 로비가 강해. 그걸로 먹고 사는 데라, 못할
일이 없어. 시행 시작한 지 5년 됐는데, 다 풀었어... 아직

문제가 터진 적도 없고... 그쪽 분야에서는 귀신으로 통해."

"선배님, 그 프로젝트요, 그쯤에서 손 뗄 수는 없어요?"

"지금으로선... 그러면 일이 더 커져서..."

"굳이 그러시면, 혹시 저 말고, 다른 사람은 없어요?"

미지는 정말 빠지고 싶었다. 처음으로, 막무가내로 확 뿌리치고 박차고나가고 싶은 기분이었다.

"단순 노동이나, 도면은 시킬 애들이 좀 있는데, 디자인이 엮이는 일은 없어. 지금은 믿을 만 한 사람이, 미지 씨밖에..."

박상철이 들릴 듯 말 듯 대답했다.

긴 침묵이 흘렀다. 미지는 창밖을 응시한 채 한참을 생각했다. '아, 정말 손 떼고 싶은데... 모질게 거절하고 싶은데... 선배의 힘든 처지가 걸린다. 그가 겪어야 할 고된 삶이 눈에 밟힌다. 나밖에 없다는데... 이 외로운 사람을 어쩌나...' 방콕을 떠난 비행기에서 느꼈던 동병상련의 아픔이 다시 찾아왔다. '그래, 꼼빼도 이제 다 끝났는데... 급할 일도 이제 없는데... 미국 가는 걸, 조금만 미루자.' 미지가 아랫입술을 깨물었다.

"그럼, 저, 딱 일주일만 더 도와 드릴게요. 그 후로는 저, 시간을 내고 싶어도 못 내요. 미국 건너가기 전에 부모님도 봬야 하고..."

"고마워. 이게 정말 마지막이야. 더 부탁할 일은 절대 없을 거야..."

박상철이 고개를 숙인 채 대답했다.

"선배님, 그럼, 작업할 내용이... 그리고 자료들은..."

"디데이가 일주일 후니까, 그때까지, 우선 도면은 필요
없고, 조감도랑, 평면도랑, 그래픽이랑, 프로그램이랑,
분양면적 도표를 끝내야 해. 작업하는 데 필요한 자료들은,
내일 이 시간쯤 여기서 만나서 줄게."

"네. 그럼, 내일 여기서 봬요. 그런데, 선배님. 좀 전에
통화한, 미국에서 온 선배, 여기 오기로 했는데, 혹시
불편하시면, 제가 딴 곳으로..."

"나야 불편할 건 없는데, 미지 씨가..."

"전 괜찮아요. 엘에이에서 전시회 하면서 알게 된 건축계
선배라, 선배님 계셔도 불편하지 않아요."

"나랑 같이 있다 그랬어?"

"네."

"그러면, 바로 나가는 것도 좀 이상할 수 있으니까... 나는,
좀 있다가, 그 분 오는 거 보고 갈게."

"아, 저기 오네요."

윤민수가 반가운 얼굴로 들어왔다. 미지는 일어서서 미소를
활짝 지었다.

"반가워요, 선배님. 여기서 보다니, 진짜 신기하네요."

"그러게요. 살다 보니, 이런 일이 다 있네요."

윤민수도 반가운 표정이 역력했다.

"선배님, 여기는, 제가 말씀드린, 엘에이에서 알게 된 윤민수 선배님, 그리고 여기는 제가 존경하는 대학 대선배님이시자, 한경 선배님 동기이신, 박상철 소장님."

박상철과 윤민수는, 서로 명함을 주고받으며 간단한 인사를 나눴다. 박상철이 나갈 채비를 하고 일어서자, 윤민수가 말렸다. 이렇게 만난 것도 인연이라며, 차라도 한 잔 사드리고 싶다고, 고집 부렸다. 박상철이 제자리에 다시 앉았다. 굳이 그러시니, 차는 마셨으니, 잠시만 더 앉아 있겠다고 했다.

"아메리카노?"

미지가 묻자, 윤민수가 대답했다.

"네."

미지가 윤민수 커피를 들고 오며 물었다.

"도대체 무슨 일로, 갑자기 서울에..."

미지의 표정에 궁금증이 가득했다.

"서울시청 꼼뻬 하러..."

윤민수가 머리를 긁으며 대답했다.

"네?"

미지의 눈이 동그래졌다.

"그럼, 진작 말씀 하시지... 제가 초석에서 꼼뻬한다는 거,
알았을 거 아니에요?"

"말은 들었는데, 서울 오자마자 정신없이 바빠서 도무지
시간이... 그리고, 아무래도 꼼뻬 중에는 연락을 안 하는 게,
건축 윤리이기도 하고..."

윤민수가 농담하듯 웃으며 대답했다.

"선배님, 진짜 못 말려. 너무 착해서 세상 어찌 사시려고...
어디랑 했어요?"

미지도 웃으며 말했다.

"애이앤디. 근데, 아주 골치가 아프네요."

"왜요?"

"삼일이 잘 한다고들 해서 거기서 청사진을 했는데, 기계가
문제가 생겼는지, 제 시간에 출력을 못했어요. 허겁지겁
다른 데로 가서 출력해서 제출하러 갔는데, 15분 늦었다고
접수를 안 시켜 줘서..."

"네? 그래서, 접수도 못 했어요?"

미지가 깜짝 놀라 물었다.

"그럼 건설사에서 준 작업비도 물어줘야 하는 거, 아녜요?
아니, 어쩌면 건설사에서 소송 걸 수도 있겠는데..."

미지가 인상을 찡그렸다.

"그래서 골치가 좀 아프네요. 작품 한 번 하나 했는데, 이건
뭐, 작품이 아니라, 완전히 망했어요."

박상철이 불편한 안색이 역력했다. 표정이 들킬세라, 고개를 돌려 바깥 풍경에 고정했다. 가슴이 무겁게 눌렸다. '아이고, 어쩌나... 여우 잡으려고 놓은 덫에, 토끼가 잡혔구나... 김철진, 그놈, 프로라고 큰소리 떵떵 치더니... 믿을 수 없는 놈...' 더 앉아 있기가 불편했다. 박상철은, 헛기침을 하며 일어났다. 아무래도 가야겠다며, 서둘러 나갔다.

"선배님, 디자인 한 번 봐요."
미지는, 윤민수가 어떻게 풀었는지 궁금했다. 윤민수는 아이패드를 꺼내어 이미지들을 보여줬다. 우아한 수직선들이, 디근 형태를 띠고 있었다. 황금 비율의 보이드가 압권이었다. 선들이 주는 맛은, 단게 겐조(일본 현대건축의 대부라 불리는 건축가)의 도쿄 시청사 같았다.
"아, 아깝다. 이렇게 우아한 디자인을 접수도 못하다니. 선배님, 단게 겐죠의 도쿄시청사보다 나은데요?"
미지가 존경하는 표정을 지었다.
"디자인 좋으면 뭐해요. 접수도 못했는데..."
윤민수가 한숨을 내쉬었다.
"담당자에게 왜 접수가 불가능한지, 제대로 좀 따져는 봤어요?"
미지가 정색을 하며 물었다.
"규정이라 어쩔 수 없대요. 그래서 '혹시 다른 사무실들에서 지각 접수 동의를 받아오면 접수 받겠느냐'고 물어도..."

"그래서요? 그래도 안 된대요?"

"자기들은 규정을 안 지키면, 나중에 감사에 걸린대요."

"야, 정말, 어처구니없다... 그렇게 오래 수고한 작업을,
세상에, 딱 15분 늦다고 퇴짜 놓다니... 정말, 말이 안 된다,
안 돼."

미지가 분개했다.

14.

드디어 꼼뻬가 끝났다. 꼼뻬 팀 전원에게, 수고의 대가로
일주일 유급 휴가가 주어졌다. 다들, 제대로 씻지도, 편히
자지도, 여유 있게 먹지도 못했다. 몇 달을, 마치 감옥에
갇힌 수인처럼 살았다. 그동안 다들, 친구도, 가족도, 만나야
하거나 만나고 싶은 사람들도 못 만났다. 셀 수 없이 많은
내부 회의, 협력업체 회의, 그에 따라 거의 모두 처음부터
다시 작업해야 했던, 프로그램 정리, 스터디 모형, 기본도면,
컴퓨터 그래픽 외주 발주와 관리, 제출도서 등의 작업으로,
작업실 공간에 격리되어 짐승처럼 살았다. 이제 드디어,
고통스러운 노동의 시간이 끝났다.
졸지에 끝난 전장터가 폐허의 풍경이듯, 순식간에 찾아든
노동 없는 시간은, 내용 없는 삶이었다. 이제 채워야 할
내용이 남았다. 그리고 그 내용은 사람마다 다를 것이다.
누구에게는 달콤한 휴식일 것이고, 누구에게는 놀이나
쾌락일 것이다. 또 누구에게는 거대한 공허일 것이다.

미지에게는 또 다른 종류의 노동이 기다리고 있었다.

김윤식은, 해킹 사건이후 내내 초조하고 불안했다. 불안을
묵묵히 견디며, 주어진 노동과 팀장 운전기사 서비스에
복무했다. 일주일 유급 휴가는 감히 받을 손이 없었다.
꼼뻬는 끝났지만, 결자해지 할 일이 아직 남았다. 총무과에
가서 사표를 제출했다.
김윤식은, 마지막으로 자신의 자리에 앉아 생각에 잠겼다.
'고향에 가고 싶다. 가서 부모님도, 친구들도 보고 싶다.
지도교수님도 뵙고 싶다. 그런데, 그러고 싶은 마음이
굴뚝같은데, 그놈의 돈이 발목을 잡는다. 당장의 생활비가
걱정이다. 서울에는, 딱히 찾아가고 싶은 막역한 친구가
없다. 팀장님... 그래 팀장님과 한 번 보면 좋겠다. 아니, 한
번은 봐야 할 것 같다. 진로도 상의하고 싶고, 나에 대한
의중도 떠보고 싶다. 팀장님은 술이 취할 때마다, 나를
끌어당겼다. 술에 취하면 진심이 나온다 하지 않는가?
그런데 평소에는 또 다르다. 지나치게 사무적이다. 팀장이라,
내가 부하 직원이라, 어쩔 수 없이 그런가? 내가 먼저
다가가기를 기다리는 것도 같다. 물론, 아닐 수도 있다.
확실한 것은 아무 것도 없다. 술을 마시면, 이번에는 꼭
물어보고 싶다...'

미지는 달콤한 잠을 실컷 잤다. 자신도 모르게 벌떡 일어나려다 다시 누웠다. 총무과에 사표를 제출한 사실을 깜빡했다. 잠시 경직되었던 몸이 순식간에 이완되었다. 출근하지 않아도 된다는 사실이 믿기지 않았다. '아, 해방이구나...' 악덕 포주에게서 풀려난 기분이었다. 스마트폰을 집었다. 김윤식에게서 문자가, 한경 선배에게서 메신저가 와 있었다.

〈팀장님, 그동안 수고하셨고 고마웠습니다. 전 퇴사하고 떠납니다. 시간 나시면 연락 주십시오. 언제든, 좋은 커피 한 잔 사드리고 싶습니다. 김윤식 올림〉

문자를 읽으면서 다양한 감정이 들었다. 어제 얼굴들이 떠오르며 기분이 야릇했다. 박상철 선배에게는 거부할 수 없는 동정심과 딱히 뭐라 말할 수 없는 꺼림칙한 기분이, 윤민수 선배에게는 순수함과 안타까움과, 무거운 사태를 가볍게 처리하는 경쾌한 느낌이, 김윤식에게는 큰 빚을 졌다. 아무래도 김윤식부터 연락해 봐야 할 듯했다.

〈아직 서울이지? 연락 한 번 줘. 맛있는 밥 살게〉

김윤식에게 문자를 보내고, 한경에게 문자를 보내려는 순간,

문자 알림 소리가 났다. 김윤식이었다. 미지는, 김윤식과
문자로 점심을 같이 하기로 했다. 그리고서 한경에게
메신저를 날렸다.

* 깽 안녕?
* 오늘은 좀 늦다? 별일 없지, 찌?
* 응. 깽은?
* 나도 무탈. 홀푸드 쇼핑 중
* 그래. 그럼 장 잘 보고. 점심 약속 갔다 올게.
* 응
* 깽, 우리 화상 채팅 어때?
* 굿 아이디어^^
* 캠 없지? 나간 김에 캠 하나 사. 스카이프도 좀 깔아놓고

미지는, 문자와 메신저를 마치고 두 팔을 공중에 쭉 뻗으며
일어났다. 어제 사표를 내고 나왔을 때 느낀 후련함이, 아직
채 가시지 않았다. 상쾌하고 통쾌했다. 미지는 평화로운
오전을 천천히 열었다. 한국 온 이후 멈추었던, 엘에이에서
주말마다 해 왔던 아침의례를 시작했다. 뜨거운 물로
샤워하고, 긴 타월로 천천히 몸을 닦고, 머리를 털고, 실내
가운을 걸치고, 에프엠을 틀고, 드리핑 케틀에 물을 넣고,
전기 오븐에 불을 켜고, 케멕스 커피메이커를 꺼내고, 반원형

필터를 두 번 접어 끼우고, 커피 빈을 갈고, 커피 가루를
두 스푼 넣고, 음악을 들으며 물이 끓을 때까지 기다렸다.
물을 좀 식히고, 커피 가루를 적시고, 사십 초 가량 기다린
후 드리핑을 시작했다. 케틀의 입에서 나오는 가느다란
물줄기가 커피 가루를 부풀렸다. 김이 모락모락 나면서
커피 향이 올라왔다. 엔니오 모리코네의 〈러브 어페어〉가
흘러나왔다. 가장 아끼는 머그잔에 커피를 반쯤 부어, 한
모금 마셨다.

"아, 좋다..."

미지는 음악과 커피가 주는 행복감을 온 몸으로 느꼈다.
감히 지복감이라 할만 했다. 어제 모처럼 느낀 건축의 맛과
달랐다. 건축 맛이 태풍에 울렁이는 바다의 그것이었다면,
지금 느끼는 일상의 맛은 잔잔한 호수의 그것이었다. 건축
맛이 문득 찾아온 옛 벗의 방문이었다면, 일상의 맛은
언제든 볼 수 있는 사랑하는 이의 눈망울이었다. 건축 맛이
홀연히 보는 유성의 광경, 그래서 나의 통제를 벗어난
우주의 찰나였다면, 좋은 커피와 사랑스러운 음악은, 내가
시간을 멈추기만 한다면, 언제든 접속할 수 있는, 오래된
고향집 고목이었다. 느긋하게 오전을 즐긴 미지는, 간단하게
화장하고, 편한 옷차림으로 집을 나섰다.

"잘 계셨어요, 팀장님?"

김윤식이 일어나며 밝게 인사했다. 그가 미정이와 점심을 먹었던 그 레스토랑에서 기다리고 있었다.

"팀장님이라니, 퇴사했다며? 난, 윤식 씨보다 사표 더 빨리 냈어…"

"네? 아… 언제…?"

"어제. 그러니, 이제, 팀장이라 부르지 마."

미지가 자리에 앉으며 단호하게 말했다.

"네…"

"이제 뭐 할 거야? 사표는, 할 건 준비해 두고 냈어?"

"아뇨… 아직 별 계획이…"

"그래, 윤식 씨는 나 때문에 좋은 직장을… 내가 좀 알아볼 테니… 너무 걱정 마. 그리고, 정말 고마웠어… 두고두고 기억할게."

"별 말씀을… 선배님은, 무슨 계획 있으신가요?"

미지의 따뜻한 말에, 김윤식도 걱정 투로 물었다.

"나? 나는 다시 미국 갈까 싶어…"

"미국 가세요? 언제…"

김윤식이 미국이라는 말에 놀라며 물었다.

"글쎄, 아직 일정이 잡힌 건 아닌데… 조만간 갈까 싶어. 윤식 씨는 어디 안 가?"

"네… 우선 일자리부터 좀…"

"그래... 우리 서민들이야 다, 목구멍이 포도청이지... 윤식 씨
일할 데 어디 없겠어? 너무 걱정 마."

웨이터가 에피타이저 빵을 들고 왔다.
"아, 갓 구운 냄새 좋다... 자, 좀 먹으며 얘기해. 이 집 빵
맛있어."
자리에 앉아 빵에 얼굴을 대고, 눈을 지그시 감았다.
"선배님, 혹시라도 여기서 독립하게 되면 저 좀..."
"독립? 좋은 말이다. 죽을 땐 죽더라도, 그 놈의 독립 한 번
해 보고 죽었으면 좋겠다... 윤식 씨는, 내가 독립하면, 무조건
쓴다."
"네... 말씀만이라도 고맙습니다..."
"아냐, 정말이야. 그건 그렇고, 혹시 당장 일해야 할
형편이라면 말이야. 내가 잠시 발 담그고 있는 선배님 시행사
일이 좀 있는데, 해 볼래? 우선은, 작업 기간이 일주일이지만,
작업하면서 그 선배님이랑 안면 좀 익히고... 그래서, 선배님
독립하면 같이 일할 수도 있을 거 같고... 생활비가 그리
급하지 않으면, 좀 쉬고 있다가, 내가 가급적 서둘러서 다른
자리 알아볼 테니... 아니면, 선배님이랑 일해 보다가 마음에
안 들면, 내가 가라는 곳에 가든지..."
"사실, 그렇잖아도, 당장 생활비 때문에 좀 걱정하고
있었는데... 고맙습니다. 그런데, 저, 시행사 일이 어떤 건지도

아직 잘 모르고, 박 소장님도 저를 마음에 안 들어 하실
수도..."
김윤식이 빵을 뜯어 먹으며, 자신 없는 표정을 지었다.
"아냐, 그럴 일은 없을 거야. 내가 보증해. 그럼, 일단 그렇게
하는 걸로 알고, 아, 오늘 오후에 선배님 만나기로 했는데...
일종의 과업 지시 미팅인데... 인사도 할 겸, 같이 볼래?"
"네."

두 사람은 레스토랑 밖에서 헤어졌다. 술자리를 기대했던
김윤식은, 아쉬움을 숨겼다. 미지는 곧바로 귀가했다. 헐렁한
옷으로 갈아입고, 청소며, 냉장고 정리며, 오랫동안 묵혀
두었던 집안일을 했다. 집안일은 생각보다 힘들었다. 옷이
온통 땀에 젖었다. 샤워를 다시 하고, 생수를 꺼내들고
탁자에 앉았다. 개운했다. 한경 선배에게 메시지를 날렸다.

*깽, 어댜?
*찌, 잠시만. 내가 곧 스카이프 할게

미지는, 집에서 한가하게 쉬는 맛이 참 좋았다. 싫증날
때까지, 이렇게 빈둥거리고 싶었다. 게으름이 주는 편안함이
백일몽을 불렀다.
'건축과 한가로움은 도무지 공존할 수 없는 상극의 관계인가?

여유 있게 할 수 있는 건축은 없을까... 언젠가, 유명한 비평가의 글을 본 적이 있다. 현대 자본주의 사회에서 생존 가능한 유일한 건축가는, 건물을 짓지 않는 건축가라고... 한경 선배의 커피숍에 걸려 있던, 모형이 생각난다. 나도, 페이퍼 아키텍트가 될까... 그게 건축을 여유 있게 할 수 있는 유일한 길일까...'

미지는 자신이 살아낸 지난 몇 달을 떠올렸다. 오로지 건축 욕망만 붙들고 고국에 돌아왔다. 그런데, 역시 세상은, 현실은, 그리 호락호락하지 않았다. 한경 선배가 건축을 포기한 까닭을, 어느 정도 이해할 것 같았다. 자신들이 꿈꾸는 건축을 하려다, 결국 소중한 삶만 희생하고 말았다는 선배들의 말은, 모두 남의 얘기라 싶었다. 마이동풍으로 흘렸다. 건축 작업을, 월급을 받으면서 할 수 있으리라, 월급 건축가도 가능하리라 믿었다. 세상물정 모르는 순진한 생각이었다. 재주는 곰이 넘고, 돈은 되놈이 받는다고 했던가? 순수한 건축 열정에 불타는 청춘들을 이용할 뿐이었다. 그들에게 중요한 것은 결국, 돈과 명예의 축적이었다. 건축의 윤리와 가치와 의미는, 사업 구실일 뿐이었다. '이제 어떻게 살까... 나도 한경 선배처럼 건축 일선에서 물러나, 평화롭고 소소한 행복을 찾으며 살까...'

노트북에서 전화 걸려오는 소리가 났다. 수신을 클릭하자,
한경의 얼굴이 화면을 채웠다.

"와, 선배, 얼마 만에 보는 거야... 진짜 반갑다... 나 잘 보여?"

"응. 잘 보여. 살이 좀 빠진 것 같네?"

역시 디지털과 아날로그는 지각체계가 달랐다. 얼굴의
현존이, 언어의 사용을 구속했다. 미지 입에서 깽이라는
호명이, 글과 달리, 쉽게 나오지 않았다. 한경도 찌라는
호명을 못 썼다. 디지털 공간에서 주고받은 말들이, 마치 실
끊긴 연처럼 멀리 날아갔다.

"빠지긴... 선배야말로 얼굴이 좀 수척해진 것 같은데... 아픈
덴 없어?"

"응. 난 화면빨이 그래. 원래 좀 안 받아..."

"아냐, 선배 화면으로 보니 더 잘 생겼어... 난 어때?

"너? 완전 섹시해..."

"진짜?"

"응. 오래간만에 봐서 그런지 진짜 섹시해... 확 끌어안고
싶어..."

"진짜? 선배 갑자기 다른 사람 같아..."

"그러게. 나도 모르게 변했나봐... 넌 안 그래?"

"나야, 선배 늘 안고 싶지... 아, 선배. 나, 어제 꼼뻬 끝내고
사표 냈어."

"그랬구나... 대충 예상은 했는데... 이유는?"

미지는 자신이 겪은 문기석 회장과 관련된 이야기를 들려줬다.

"그랬구나... 나도, 사실, 그런 것들이 걱정돼서 귀국을 만류했던 건데, 결국 그렇게 됐네... 그럼 이제, 어쩔 생각이야?" 한경이 걱정스럽게 물었다.

"뭐, 내 방식대로 해봤으니, 이제 돌아가려고. 선배, 나, 가면, 다시 받아줄 거지?" 미지가, 눈을 찡긋하며 애교스러운 표정을 지었다.

"당연하지. 언제든 웰컴이야. 빨리 챙겨 와." 한경의 눈이 반짝거리며 표정이 밝아졌다.

"선배 얼굴 보니, 진짜 보고 싶다... 선배 기타 소리도 듣고 싶고, 커피랑 브런치도 같이 먹고 싶고, 또... 실컷 안아도 보고 싶고... 아, 선배 여기 있으면 정말 좋겠다."

미지는, 거리의 벽을 새삼 느끼며, 그리움이 간절했다.

"나도 그러고 싶다... 얼른 와. 거기 일 정리할 거 많아?"

"없진 않지. 부모님이랑 동생도 오래 못 봐서, 한 번 내려가야 하고... 아, 선배, 혹시 대리급 직원 한 사람, 자리 알아 볼 데 없을까? 선배 동기들 사무실이나 아니면 대형이라도..."

"대리? 왜? 누가 일자리 필요하대?"

"사연이 있는데... 그건 다음에 얘기하고, 내가 빚을 져서 그래... 이 친구, 지방대 나왔지만, 일도 잘하고, 무엇보다

성격이 진짜 좋아. 요즘 찾아보기 힘든, 순수 헝그리
정신이야."

"알았어, 내가 알아볼 테니, 거기 일 정리나 잘 해... 시간 날
때 건강도 좀 챙기고..."

"아, 선배, 미정이 암 소식 혹 들었어?"

"암? 그게 무슨 말이야? 얼마 전에, 여기 왔을 때 건강에
넘쳤었는데..."

미지는, 미정이 오빠에게 들었던 이야기를 전했다.

"그랬구나... 사람 일은 정말 알 수 없네... 그것도 결혼을
앞두고... 그 참... 미정 씨, 연락해서 문병이라도 한 번 가
봐야겠다. 아, 그리고, 미정 씨 편으로 보내준 돈, 고마워.
어려울 텐데 큰 돈 보냈어... 고맙게 쓰고 이자 잘 쳐서 줄
게. 진짜 고마워... 그렇잖아도, 잔금 때문에 걱정이었는데..."

한경이 윙크를 날렸다.

"선배, 우리 사이가 그런 사이야?"

"갑자기 무슨...?"

"돈 주고 돈 갚는 사이냐고... 선배, 굳이 갚을 마음 있으면,
기타 연주로 갚아. 선배가 치는 음악, 평생 듣고 싶어... 난
정말, 선배가 선곡하는 곡들 진짜 마음에 들어..."

"그거야 그리 어려운 일이 아니지... 알았어. 틈틈이 연습해서
가끔씩 들려줄게..."

"오늘 아침, 에프엠에서 모리코네의 〈러브 어페어〉 들었는데,

227

피아노곡인데, 기타 편곡은 혹 없나?"

"그 곡, 예전에 내가 한 번 들려준 적 있는데... 기억이 안 나는구나?"

"그래? 음악에 취해 기억을 잃었나 봐... 그거 들으며 커피를 마시는데 영화 장면이 떠오르면서 갑자기 선배 생각이 나더라고... 그리고 보니, 선배 워렌 비티 좀 닮은 것 같아. 난 아네트 베닝 근처도 못 가는데..."

"내가? 에이... 과찬이야... 너야말로 베닝만큼 아름답지... 냐야 평범한 무지랭이고..."

"아냐, 내 눈엔 선배가 비티보다 나아. 그 영화, 선배랑 다시 한 번 보고 싶어... 아, 선배, 뭐 하나만 물어봐도 될까? 좀 프라이빗 한 질문인데..."

"응, 뭔데?"

"선배, 평생 혼자 살 거야?"

"글쎄... 사람 일은, 게다가 미래 일은, 누구도 단언할 수 없는 거라, 뭐라 말하기가 좀..."

"그러면, 앞으로 변하는 건 그냥 두고, 지금 생각은 어때?"

"지금? 흠... 아무래도 혼자보다야 둘이 좋지... 덜 외롭고 덜 힘드니까... 그런데, 어찌 생각해 보면 둘은 혼자보다 못 할 수도 있어... 독신이 '제로 디그리(영도)'라고 한다면, 둘은 플러스이거나 마이너스일 테니 말이야. 행복을 네거티브의 통제에서 접근하는 러셀의 관점에서 보면, 독신이 나은 거지.

물론 플러스보다야 못 하지만... 난, 그래도, 구더기 무서워 장 못 담그는 경우보다, 플러스든 마이너스든, 격렬하게 사는 걸 택하고 싶은데... 지금까지는 늘 소심하게만 살았거든... 문제는... 나 때문에 상대가 마이너스 될까, 그게 염려돼서..."

"상대의 마이너스가 염려된다?"

"응. 사랑하기 때문에 헤어진다는 말은, 난 사실, 늘 비겁하다 생각했는데... 막상 내가 이런 처지이고 보니... 그게 충분히 공감이 가. 서로 독신을 유지하면서 사랑하는 게 어떨까 싶네... 그래야... 혹시라도..."

"처지? 선배, 그러면, 선배 애인이 선배 처지를 개의치 않는다면? 그리고 플러스든 마이너스든, 선배랑 함께 하고 싶다면? 선배랑 희노애락을 함께 하고 싶다면, 그건 어떤데? 내 말은, 선배 판단의 중심이 선배에게 있는 건지, 선배가 사랑하는 사람에게 있는 건지..."

"흠... 사랑은 당연히 상대에게 중심을 두는 게 맞겠지... 그럼에도 불구하고, 난 여전히, 내가 사랑하는 사람이, 나로 인해, 온전한 사랑을 할 수 없다는 사실이 걸려서..."

"온전한 사랑? 선배는, 온전한 사랑이라는 형식이 있다고 생각해?"

"아니, 그렇게 생각하진 않아. 사랑이란 근본적으로 제도에, 심지어, 사회 도덕이나 윤리에 속박될 수 있는 속성이 아니니까, 다양한 형식이 존재할 수 있지. 게다가, 형식 또한 근본적으로 내용을 위해 존재하는 거고... 문제는..."

"문제는?"

"문제는, 모든 관계가 늘 그렇듯, 상호성에 있는 거니까,
내용은 일단 두고, 양자가 특정한 형식을 찾아내거나
만들어서 기꺼이 받아들이느냐는 거지..."

"그렇지? 그러면 말이야, 선배 애인이, 사랑의 형식에 대한
선배 의견에 동의한다면, 선배는 굳이 독신을 고집할 이유가
없는 거네?"

"그렇...겠지..."

"선배, 난, 선배랑은, 어떤 사랑의 형식도 수용할 수 있을 거
같아... 있잖아... 이상하게, 선배랑 이렇게 멀리 떨어져 있는
시간이 흐를수록, 자꾸 선배가 보고 싶어... 아무래도... 나...
선배 사랑하는 거 같아..."

"나도 그래... 나도 자꾸 너가 보고 싶고... 나도... 사랑에 빠진
거 같아..."

미지는, 갑자기 몸속에서 뭔가 울컥하는 것이 밀고 올라오는
느낌이었다. 머리에서 머뭇거렸던 사랑이라는 말이, 그에게서
간절히 기다렸던 사랑이라는 말이 기어코 발화되자 말의
길을 잃었다.

"그리고, 선배. 나, 일주일이나 열흘쯤 후, 선배 커피숍에 빚
받으러 불쑥 나타날지 몰라. 그러니까 그때 러브 어페어 다시

들을 수 있도록 해 줘. 프로젝터도 하나 구해서 영화도 같이
볼 수 있게 좀 해 놓고..."

"알았어. 다 준비해 놓고 기다릴 테니, 제발 언제든 불쑥
나타나 줘..."

디지털 공간과 아날로그 공간 간의 부정합성에서 느꼈던
그동안의 석연한 기분이 순식간에 사라졌다. 미지는 마음이
날아갈 듯 기뻤다. 역시 말은 글과 달랐다. 말은, 특히 고백의
언사는, 발화로 그치는 행위가 아니었다. 몸 울림이었다.
자신이 뱉은 말이 자신에게 되돌아와, 자신의 몸에 뿌리를
내리는 지각의 흔들림이었다. 긍정의 화답은 거기에 물을
뿌려주는 살 떨리는 기쁨이었다. 미지는 예배 때마다 하는
신앙 고백 행위의 의미를 새삼 체감했다. 이제, 살아있는
몸으로 사랑을 주고받으면, 그래서 마음이 그려둔 파선을
실선으로 바꾸면, 사랑의 원이 완성되리라. 화상 채팅을 마친
미지는, 사랑 고백이 준 떨림과 울림에 오래 취했다.

어느 새 약속 시간이었다. 미지는 캐주얼한 옷으로 갈아입고
정동길 커피숍에 갔다. 어제 앉았던 자리에 앉아 아메리카
한 잔 놓고, 스마트폰을 집었다. 느긋하게 뉴스를 보며,
김윤식과 박상철을 기다렸다. 연일 폭염 주의보며, 경보며,
예비 전력 뉴스며, 한여름이 아슬아슬하게 지나가고 있었다.

뉴스 읽기에 몰두하던 미지는, 갑자기 인기척을 느껴 고개를 들었다. 건장한 두 남자가 자신을 지켜보고 있었다. 한 사람은 김철진이었다. 미지가 깜짝 놀라 움찔했다.

"미지 씨, 잘 있었소?"
김철진이 손을 내밀었다. 미지는 몸과 마음이 움츠려들었다. 대답은커녕, 손가락도 까딱할 수 없었다.
"박 소장 연락, 안 받았소?"
김철진이 내민 손을 거두었다.
그러고 보니, 진동 모드로 해 둔 걸 잊었다. 스마트폰을 열었다. 박상철 선배 메시지가 있었다.

＊미지 씨, 나 지금 급한 일이 있어서 거기 못 나가. 다른 사람이 갈거야. 걱정 말고, 그 사람 따라와. 그럼 곧 봐

"가실까요?..."
김철진이 마치 상사 모시는 시늉을 했다. 미지는 졸지에 충격에 휩싸였다. 김철진이 나타난 것부터가 벌써 놀라운 일인데, 그가 박상철 선배와 엮여있다니! 이것이 도대체 어떻게 된 상황인지, 무슨 일이 지금 벌어지고 있는 것인지, 어떻게 받아들이고 어떻게 대응해야 할지, 갑자기 모든 생각이, 언행이 길을 잃었다. 고개를 숙인 채 잠시

심호흡했다. 정신을 가다듬었다. 우선, 사태를 헤아려봐야
할 일이었다.

"다른 사람도 여기서 같이 만나기로 해서... 곧 올 건데, 그
친구 오면, 제가 소장님에게 연락해서, 그 친구랑 소장님
작업실에 같이 갈게요."
미지는 태연한 척 천천히 대답했다.
"그러면, 그렇게 하시고, 나중에 봅시다."

김철진이 주변을 둘러보며, 쉽게 받아들였다. 미지가
자발적으로 움직이지 않으면, 어차피 클로로포름으로
기절시켜 데려갈 계획이었기 때문이다. 미지는, 그들이
떠나자마자 박상철 선배에게 전화했다. 불통이었다.
메신저도 답이 없었다. 김윤식에게 전화했다. 지금 오고
있는 중인데, 무슨 일인지, 차가 많이 막힌다고 했다. 초조한
시간이 아주 천천히, 아주 길게, 고통스럽게 지나가고
있었다. 두 사람은 여전히 무소식이었다. 갑자기 머리가
아팠다. 심란하고 불편해서, 갑갑해서 견딜 수가 없었다.
숨이 거칠어지고 머리가 혼미해졌다. 자신을 둘러싼 모든
물체들이 이상하게 고립된 채 개별적으로 보였다. 미지는,
마치 용수철이 튀듯, 벌떡 일어나 밖으로 나갔다. 시립
미술관 쪽으로 정신없이 발걸음을 옮기며 박상철에게

문자를 보내느라, 김철진이 그가 데리고 온 남자와 자신의
뒤를 따라오는 것도 몰랐다.

〈선배님, 급히 전화 부탁해요!〉

가까운 데 있을 테니 도착하면 연락하라고, 김윤식에게도
문자를 보냈다.

밖은 불볕더위였다. 얼굴에 쏟아지는 뜨거운 햇살을
손으로 가린 채, 김철진의 갑작스러운 출현을 되씹으며
무의식적으로 발걸음을 옮겼다. 폭염 경보 탓인지, 거리가 텅
비어 있었다. 개미 한 마리 안 보였다. 혼란에 빠진 미지는,
한여름의 따가운 열기도 잊은 채, 두 사람의 관계에 온통
신경을 모았다. 다리도 팔도 감각이 없었다. 마치 몸을 잃은
사람 같았다. 정동교회를 막 지나 도로를 건널 때, 의식을
잃었다.

15.

눈을 떠보니, 백열등이 환했다. 미지는 자신이 간이 침대에
누워있다는 것을 알았다. 주변을 둘러봤다. 사방 벽면에
창문이 없는 것으로 보아, 지하 사무실 공간 같았다. 침대에서
일어나 본능적으로 스마트폰을 찾았다. 자신의 주변 어디에도
없었다. 머리가 깨지듯 아팠다. 손으로 관자놀이를 누르고
있을 때, 문이 열렸다. 박상철이었다. 미지가 멍멍한 상태에서
인상을 찌푸리며 물었다.

"선배님, 여기가 어디에요? 그리고 저, 어떻게 된 거에요?"
박상철이 힘없는 목소리로 대답했다.
"김철진 실장이 연락이 왔더라고. 미지 씨가 보도에
쓰러졌다고. 그러면서, 아마 더위 먹어 그런 거 같다면서,
여기로 데려오는 중이라고..."
"제 문자, 못 보셨어요?"
"배터리가 나가는 바람에..."

"여긴 어디에요?"

"시행사에서 여기서 작업하라고..."

박상철이 기어가는 목소리로 대답했다.

바로 옆에 화장실 문이 보였다. 미지는 몸을 일으켜 화장실로 들어가, 거울을 봤다. 머리칼이 엉클어져 있었다. 손가락으로 모양을 잡았다. 용변을 보고, 잠시 정신을 차리고 나왔다. 그런데 바로 거기에 또 다시 김철진이 있었다. 미지는 본능적으로 몸을 움츠렸다.

"미지 씨, 여기로 모셔오게 되어 미안하오. 데드라인이 얼마 안 남았는데다, 우리 사장님 성질이 또 무지무지 급해서... 어쩔 수 없었소. 여기서 작업하는 동안, 불편한 게 있으면, 거기 호출기로 알려주소. 우리 애들 시켜 바로 해결해 드릴 테니. 아무 걱정 말고, 작업 좀 잘 해 주소. 그럼."

김철진이 건조한 어투로 툭 던지듯 말하고 나갔다. 미지는 또다시 혼돈에 빠져 망연자실했다. 박상철 선배와 김철진이 엮여있는 것은, 흡수할 수 없는 충격이었다. 자신을 그토록 괴롭힌 김철진이, 자신이 그토록 믿었던 선배가 일해 주는 시행사 실장이라는 것은, 받아들일 수 없었다. 두 손을 머리에 감싸고 골똘히 생각했다. '이 문제를 어떻게 꺼내야 할까... 선배는 김철진이 나에게 한 짓을 알고 있을까, 모르고 있을까... 알고 있다면, 선배의 행동을 어떻게 설명할 수

있을까... 선배가 어떻게 해명할까... 모르고 있다면, 이
문제는 말하는 것이 좋을까 아닐까...'

그리고 김철진이 방금 한 얘기로는, 자신이 거의 납치
구금되었다는 것이다. 순전히 자신의 노동이 필요해서 한
짓일 테니, 원하는 노동만 해주면, 해를 입을 일은 없을
것이다. 그러고 보니, 의식을 잃기 전에, 두 남자가 자신을
붙잡았던 기억이 떠올랐다. 미지는 다시 생각에 잠겼다.
'선배는, 내가 놀라지 않게 하려고, 사실대로 말하지 않은
것이 분명하다. 선배도 아마 나처럼 자신의 의사와 상관없이
여기 왔을 것이다. 이런 짓을 벌이는 이들은, 도대체
누굴까... 인상이나, 하는 짓은 조폭이다. 아니, 이들은 분명히
조폭일 것이다. 그렇다면, 조폭이 시행사를 운영한다는
말인데... 어쨌든, 선배 말을 들어보는 것이 급선무다.' 잠시
생각에 잠겼던 미지는, 박상철에게 천연덕스럽게 물었다.

"선배님, 배 안 고파요?"
"미지 씨 배고파? 음식 시켜 달라 그래?"
박상철이 되물었다.
"네, 소주도 좀..." 미지가 쓴 웃음을 지었다.
한 시간이 채 흐르지 않은 듯 했다. 소주와 보쌈을
들여보냈다. 미지는, 궁금한 점들을 당장 묻거나 따지고

싫었지만, 기회를 보기로 했다. 연약하고, 내성적이고,
상처가 많은 사람이라, 부드럽고 천천히 접근하는 것이 옳다
싶었다. 자칫 돌직구를 던졌다가는, 상황이 악화될 지도 모를
일이었다.

미지는, 박상철이 원래 술을 잘 못한다는 것을 알았다. 그는,
드물게 함께하는 술자리도, 기껏해야 늘 두어 잔에 멈추었다.
미지는, 자신이 건축학도 때 꾸었던 꿈과 야망, 실무에서
겪었던 실망과 스트레스 이야기를 먼저 끄집어내었다.
그러면서 서너 잔을 넘기도록 강권했다. 박상철은 술기가
돌아, 얼굴이 홍시처럼 붉어졌다. 그리고 여전히 듣고만
있었다. 미지는, 박상철의 대한민국 건축대전 대상 수상
이야기를 꺼냈다. 박상철의 표정이 변하기 시작했다. 그의
눈에 눈물이 살짝 비쳤다. 박상철은 깊은 한숨을 내쉬었다.
그리고는, 마침내 닫고 있던 입을 열었다. 완전한 패배자의
목소리였다. 그때 자신은 하늘 높은 줄 몰랐다. 그만큼
건축에 자신이 있었다. 그리고 그만큼 희망에 부풀어 있었다.
미래는, 자신이 생각했던 대로 순조롭게 펼쳐지리라고
믿었다. 실무를 하면서부터 상황이 확 달라졌다. 그래도
속도의 차이로 착각했다. 아주 더디긴 했지만, 묵묵히
참아내면 자신이 그린 미래가 당연히 오리라 믿었다.
그래서 주어진 모든 일에 올인 했다. 박상철은, 거기서 말을

멈추었다.

미지는 박상철이 다시 건축하게 된 내막을 물었다. 박상철은
길게 침묵한 후, 앞에 놓인 술을 입에 털어 넣었다. 한 숨을
깊게 쉬었다. 머뭇머뭇했다. 그리고는 고통스러운 표정으로
사연을 힘겹게 끄집어내었다.

박상철은, 자살이 실패로 끝나고, 한 동안 정신과 치료를
다녔디. 정상 상태로 돌아온 후 곧바로 가혹한 현실과
마주쳤다. 가정과 돈과 설계사무소의 삶을 다 잃었다.
빈털터리 신세로 전락했다. 가진 것이라고는, 그야말로,
벌거벗은 몸뚱이뿐이었다. 그런데 어머님의 처지가, 당장
그보다 더 혹독했다. 일찍 홀몸 되신 어머님이, 자신 때문에
병과 빚을 크게 얻었다. 병원 수술비가 급했다. 자신은 이미,
모든 크레딧이 파산되어 은행 융자가 불가능했다. 자신이
알고 지낸 모든 사람들을 만나러 다녔다. 형편이 닿는 대로
빌려 달라 간청했다. 모두들 적당한 변명으로 돌아서거나,
몇 끼 밥값 내미는 정도에서 그쳤다. 자신의 뜻과 달리 결국
죽음의 길로 몰아간, 그래서 죽기보다 싫었던 건축밖에
없었다. 평생 건축밖에 모르고 살았던 터라, 그 길밖에
없었다. 그룹포는 그렇게 해서 들어갔다. 거기서 우연히 한
후배를 통해 김철진을 소개받았다. 월급으로는 현실을 헤쳐
나가기가 턱없이 부족했던 터라, 그가 짬짬이 준 일이 큰

도움 되었다. 소위 음지의 일이었지만, 개의할 여유도, 사치도 없었다. 무조건 돈이 급했고, 더 필요했다. 그러면서 김철진과 서서히 뗄 수 없게 되었다. 그리고 결국 비즈니스를 주고받는 이상한 관계로 발전했다. 김철진이 조폭 출신이라는 것을 알았을 때에는, 너무 멀리 와 있었다.

박상철의 피치 못할 사연을 들은 미지는, 곰곰이 생각에 집중했다. 엘에이 사태며, 초석이며, 해킹이며, 방콕 쇼핑몰 투어며, 지금까지의 모든 일들이 김철진 혼자 짓이 아닐 것이다. 선배도 공모자일 것이다. 이렇게 생각하니, 지금까지 품었던 의문들이 단박에 풀렸다. 자신의 건축인생에서 현실적인 도움을 가장 많이 주었던 선배였다. 인턴 자리도 그가 마련해 주었고, 갑자기 나빠진 집안 경제 문제로 유학을 포기하려고 심각하게 고민 중일 때, 다음에 성공하면 갚으라며, 거금까지 흔쾌히 내어놓았다. 건축적으로도 뛰어나, 많이 배우고, 믿고 따랐던 두 선배 중의 한 사람이었다. 그랬던 선배가, 건축 직능에 복귀해서 살아보려고 몸부림치면서, 자신을 밥의 방편으로 삼고 있었다. 그리고 지금 자신은, 선배로 인해, 듣지도 보지도 못한 곤경에 처해 있다. 가장 친한 친구가 가장 큰 적이 된 형국이었다.

'선배는 이제 친구이면서, 그와 동시에 적이다. 아니, 정확히

말해, 친구도 아니고, 적도 아니다. 그렇다면, 제삼자일
것이다. 그런데, 그와 공유한 역사들과 감정들을 무로
돌려놓는 것은 불가능하다. 결국, 제삼자로 대해야 하는,
친구이자 적인 셈이다. 이성으로 대해야 할, 감정으로 묶인
사람인 셈이다. 그래, 지난날의 정도, 연민도, 동병상련도,
버릴 수가 없다면, 철저히 통제할 수밖에... 헤어 나올 수 없는
덫에 걸린 불쌍한 선배도, 거기에 한 쪽 발이 걸려든 나도,
어찌 되었든, 풀려날 길을 찾아야 한다. 호랑이에게 잡혀가도,
정신만 차리면 산다고 하지 않던가. 무조건 이성적으로 풀자.
차가운 이성으로...'

"선배님, 전화기는 있어요?"
"아니, 내 거랑 미지 씨 거, 이놈들이 압수해가고, 이거
대포폰 하나 줬어."
박상철이 시커먼 전화기를 들어 보이며, 겁먹은 목소리로
대답했다.
"선배님은 여기 언제 왔어요?" 미지가 차분하게 물었다.
"어젯밤, 미지 씨랑 헤어지고 집에 가는 길에 잡혀왔어."
"이 사람들이 우리에게 원하는 게 뭐예요, 선배님?"
이어지는 미지의 질문에 박상철이 힘없이 대답했다.
"내가 미지 씨에게 말했던 거, 조감도, 평면 그래픽, 프로그램
맵, 그리고 프로그램 별 분양 면적."

"데드라인은?"

"일주일 남았어."

"조감도는, 스케치업에 파일에 포토샵 정도면 되죠? 작업 시간이 충분한데, 왜 굳이 이렇게..."

"응. 그 정도면 충분해. 여기 사장이 건축을 잘 몰라서, 작업시간이 얼마나 걸리는지 몰라서... 내가 가끔 일정을 못 맞춰줘서 불안해서 그런 거 같아. 내 잘못이지..."

"외부연락까지 차단하는 거 보면, 뭔가..."

미지는 범법의 현장 냄새를 강하게 맡았다.

"응. 노름도 하고, 마약도 하는 것 같고, 나쁜 짓들을 좀 하는 거 같아..."

"그렇구나... 선배님, 여기서 빠져나갈 방법은 혹 없을까요? 뭐, 꾀병이나..."

"안될 거야. 이놈들은, 우리가 아프다 그러면 의사도 데려올 놈들이야."

"여기서 나가면 바로 지상이에요?"

"아냐, 여긴 지하5층 기계실 위 중앙통제실 옆이야."

"그럼, 빠져나가는 게 쉽지 않겠네요."

"응. 불가능해."

"선배님, 그러면 말이죠, 이놈들이 원하는 거, 최대한 빨리 마쳐서 빨리 나가는 게 최선이겠다, 그렇죠?"

"응. 그런 거 같아."

"그러면, 선배님, 우리 필요한 장비들은 여기 다 있어요?
컴퓨터, 레이저프린트, 플로터..."
"내가 말했더니, 이놈들이 어디서 구했는지, 다 가져다
놓았어."
"인터넷은?"
"안 돼."
"그럼 작업도 여기서 하고, 잠도 여기서 자고?"
"글쎄, 나는 이제, 다른 곳에서 잘 거 같은데..."

두 사람은 작업을 분담했다. 미지가 스케치업을 맡고,
박상철은 평면 그래픽과 프로그램 배분표와 분양 면적표를
만들기로 했다. 소주와 음식을 비운 두 사람은, 곧바로
작업에 몰두했다. 두 사람은, 감금된 지 나흘째 되는 날,
작업을 모두 끝냈다. 호출기로 작업 완료 사실을 알렸다.
두어 시간이 지나자, 김철진이 들어왔다. 사장이 두 사람을
직접 보길 원한다는 말을 전했다. 두 사람은 사물과
작업물을 챙겨, 김철진의 뒤를 따랐다. 복도를 빙빙 돌고,
계단을 밟아 두 개 층을 올라갔다. 그리고는 다시 빙빙 돌아
한 개 층을 더 올라갔다. 복도를 길게 돌아, 검은 색 문 앞에
섰다. 김철진이 헛기침을 하고 노크를 했다. 들어오라는
소리가 안에서 들렸다. 김철진이 문을 열었다. 안 쪽 깊숙한
곳에, 호걸 형의 인물이 검정 양복을 입고 앉아 있었다.

그 양 옆에, 역시 검정 양복을 입은, 짧은 헤어 스타일의 두
사람이 일행을 지켜보고 있었다.

"형님, 이쪽은 선우미지라고, 우리 쇼핑몰 디자인한 친구고,
이쪽은 그룹포의 박상철 소장인데, 지금까지 저희 일 틈틈이
도와주던 친굽니다."
김철진이 보스에게 인사시켰다.
"여자 건축가시구나. 아름다우시네."
보스가 굵고 낮은 목소리로 엷은 웃음을 머금었다. 미지는,
무표정으로 서 있었다. 보스가 손가락으로 앉으라는 신호를
보냈다. 두 사람은 테이블 끝자리에 앉았다. 보스가 다시 입을
열었다.
"우리 일 열심히 해서, 계획보다 일찍 끝내줘서 고맙소. 수고
많았소. 그 동안 우리 애들이 실수한 게 있으면, 애들이 못
배워서 그러려니 하고, 넓은 아량으로 봐 주소. 이번 일 잘
끝나면, 용역비 섭섭하지 않게 챙겨드리고 다음 일도 맡길
테니, 아무 걱정 말고 귀가해서 쉬소. 아, 한 가지만, 더. 두
양반은 여기서 아무 것도 못 봤고, 아무 말도 못 들었소. 무슨
말인지 알겠소?"
두 사람은 곧바로 자리에서 일어났다. 간단히 목례하고
돌아서려고 할 때, 보스가 덧붙였다.
"여기가 어딘지, 어떻게 와서 어떻게 갔는지, 두 양반은 전혀

모르는 거요. 혹시라도 실언하면, 이쪽 바닥 생리 아시지?
믿고 보내드릴 테니, 잘 가소. 철진아, 이분들, 잘 모셔다
드려라." 미지와 상철이가 고개를 끄덕이자, 보스가 말을
이었다.

보스 사무실에서 나오자 두 사람의 눈에 안대가 씌워졌다.
박상철과 미지 곁에 한 사람씩 붙었다. 팔을 잡고 한 참을
내려가 차에 태워졌다. 차가 한참을 달린 후, 김철진이
두 사람의 안대를 풀었다. 갑자기 밝아진 햇빛으로 눈이
부셨다. 두 사람은, 거의 동시에 눈을 찌푸리며 밖을 내다
봤다. 올림픽 대로를 따라, 서울 방향으로 달리고 있었다. 한
시간쯤 더 달려, 정동길에 정차했다.
"수고했소, 박 소장. 다음에 봅시다. 미지 씨도 언제 함
봅시다." 차에서 내린 두 사람은, 서로 약속이나 한 듯, 나흘
전에 만나기로 했던 그 커피숍으로 터벅터벅 발걸음을
옮겼다.
"선배님은 이제 어쩌실 생각이에요?" 한참을 아무 말 없이
커피를 마시던 미지가, 애증의 대상으로 바뀐 박상철에게
물었다.
"이제 서울 생활 접어야지. 서울, 이가 갈려. 고향에 가야지.
거기서 일거리 좀 찾아봐야지..."
박상철이 한 숨을 쉬고, 힘없이 대답했다.

"선배님, 이번 일 하신 거, 한 푼도 못 받으셨죠?"

박상철은 대답대신 창밖을 보며 고개를 살짝 끄덕였다. 그의 눈에 눈물이 비쳤다.

"선배님, 저 화장실 좀..."

미지는 화장실에서 스마트폰을 켰다. 건전지가 방전되기 직전이었다. 부재중 통화가 수십 개 들어와 있었다. 대부분이 한경의 것이었다. 마음이 다급해졌다. 제자리에 돌아와, 서둘러 일어섰다.

"선배님, 고향 언제 가세요? 시간 나시면, 가시기 전에, 마지막으로 밥이라도 한 번."

부지불식간에 입에서 말이 나갔다. 그리고는 자신에게 말했다. '그래, 이것이 이제, 친구이자 적이 된 선배와 나누는, 마지막 자리일 것이다.'

"응, 여기 정리하려면 며칠 더 있어야 하니까... 내일이나 모레쯤 연락할게. 미지 씨, 그 동안 나 때문에 너무 고생했어. 미안해. 마지막으로 내가 대접 한 번 할게."

박상철이 작고 침울한 목소리로 대답했다. 미지는, 택시를 타자마자 한경에게 전화하려고 전화기를 꺼냈다. 스마트폰을 켜자 곧이어 꺼졌다.

16.

집에 도착한 미지는 마음이 급했다. 욕탕에 뜨거운 물을 받아, 오래 느긋이 몸을 담그고 싶었다. 세안도 꼼꼼히 하고, 피부 관리도 모처럼 정성들여 하고 싶었다. 그런데 나흘간이나 연락이 되지 않아 그동안 걱정했을 선배를 생각하면, 도저히 그럴 수 없었다. 씻는 둥 마는 둥 마치고, 부랴부랴 스마트폰에 전원 코드를 끼웠다. 한경에게 전화를 걸었다.

"미지야, 도대체 어떻게 된 거야? 왜 이렇게 연락이 안 돼?"
한경이 날 선 목소리로 다짜고짜로 물었다.
"선배, 미안. 그럴만한 일이 좀 있었어. 배터리가 나가서, 집에 오자마자 전원 코드 꽂은 채 전화하는 건데, 다음에 자세히 얘기해 줄게. 사연이 너무너무 길고 복잡하고, 내 마음도 좀 그래서, 지금 전화로 말하기가 좀 그래... 선배는 별일 없지? 잘 있지?"
"나야 잘 있지. 그런데, 이렇게 며칠 동안, 그것도 아무

이유 없이, 완전히 연락이 끊긴 건 처음이잖아. 얼마나
불안하던지... 혹시 무슨 일이 있나 싶어 잠도 잘 안 오고,
일도 손에 안 잡히고... 정말 힘들더라고. 기다리다 안 돼서,
할 수 없이 미정 씨에게 연락했어. 미정 씨랑 그 사이에 혹시
무슨 연락이 있었는지 싶어서... 뭐 좀 집히는 거라도 있나
싶어서... 그런데, 미정 씨도 아무것도 모르더라고..."

"그랬구나... 정말 미안해. 입이 열 개라도 지금은 할
말이 없어... 선배, 나도 좀 힘들었어... 나흘 동안 어디
잡혀 있느라고 힘들었고, 또 선배랑 연락 못 해서 힘들고
그랬어..."

"그래... 뭐, 너라고 편하게 있으면서, 연락을 안 했겠어...
그래도, 이렇게 목소리 들으니, 이제 마음이 놓인다."

"고마워... 선배, 미정이는 좀 어땠어?"

"수술 끝나고 항암 치료 받고 있는데, 아주 힘든 가 봐. 살이
빠져서, 조그맣더라고... 동자스님 같았어."

"미정이에게서도 부재중 전화가 몇 개 와 있던데, 선배가
말해서 전화한 모양이네."

"아, 그리고, 제일 중요한 정보."

일급 비밀을 터뜨리려는 어투였다.

"제일 중요한 정보?"

"계속 연락이 안 되니까, 불안해서 못 견디겠더라고... 내가
불안한 건, 뭐, 내 문제니까, 내가 견뎌낸다고 쳐. 그런데

아무리 생각해도, 무슨 일이 난 것 같아서... 예삿일이
아니잖아. 도무지 감을 잡을 수가 있어야지. 게다가, 더 큰
문제는, 여기서 내가 할 수 있는 게, 아무것도 없다는 거고.
나라는 존재가 갑자기 그렇게 무력하게 느껴질 수가 없었어...
너는 어디서 무슨 일을 당하고 있을지 모르는데, 내가 할 수
있는 거라곤 고작, 전화하고 문자하고, 그것뿐인 거야. 더
이상 가만 있을 수가 없고 그래서... 아무래도 가 봐야 할 것
같더라고... 어제 비행기 표 예매했어."

미지의 눈에서 눈물이 주르륵 흘렀다. 자신을 이렇게나
걱정해주는 사람이 있다는 사실이, 감동적이었다. 한경
선배가, 오로지 자신의 안녕을 걱정해서 태평양을 건넌다는
사실이, 말할 수 없이 감동적이었다. 비행기 표를 예매했다는
말에서는 전율을 느꼈다. 눈물이 볼을 타고 내렸다. 고맙다는
말이 하고 싶은데, 목이 메었다. 혹시라도 흐느낄까 싶어,
입을 막았다. 미지에게서 침묵이 흐르자, 빠르고 셌던 한경의
말투가 느리고 부드러워졌다.

"미지야, 왜 말이 없어... 내가 너무 오버하고 있어?"
"아니야, 선배, 고마워... 사랑해..."
미지의 대답에 흐느낌이 배었다. 미지의 흐느낌에 한경은
마음이 뭉클했지만, 애써 담담하게 말했다.

"아이고, 찌... 알고 보니 애구나... 너가 곧 미국 돌아올
거라 그랬잖아. 이런 일로, 아니, 뭐 연락불통 덕에, 나도
겸사겸사해서 한국 가서 어머님 좀 뵙고, 오래간만에 서울
나들이도 좀 하고, 그리고 또 올 때 같이 들어올 수도 있고
그러니까... 내가 오히려 고맙지... 안 그래?"

"응, 맞아, 선배가 고마워해야지." 미지의 목소리가 밝아졌다.

"아무튼, 자세한 얘기는 만나서 하기로 하고, 곧바로 비행기
스케줄 보내줄 테니, 비행기 표 나랑 맞춰서 끊어. 아,
연락불통 말고는 특별히 다른 문제는 없지? 아프거나, 뭐..."

"응, 없어. 이젠 뭐, 선배 기다리는 거 말고는, 별 할 일이
없어... 아, 맞다. 나도 그 사이에, 아빠랑 엄마 얼굴 좀 보고
와야겠다."

"그래. 미국 들어오기 전에, 그래야지... 이제 통신이
복구됐으니 안심이다. 그럼 정신 좀 차리고 다시 연락하고.
잘 있어. 사랑해..."

"응. 나도 사랑해..."

한경과 전화를 끝낸 미지는, 맥이 풀렸다. 밖은 비가 오고
있었다. 한경이 더 없이 그리웠다. 쇼팽이 떨어지는 빗방울을
보며 조르주 상드가 그리워 작곡했다는 〈빗방울 전주곡〉을
틀고, 침대에 누웠다. 눈을 감았다. G#의 음이 반복되면서,
몸이 땅속으로 서서히 꺼져 들어갔다.

노크 소리가 들렸다. 무거운 몸을 억지로 일으켜 문을
열자, 김윤식이 아무 말도 없이 성큼 들어왔다. 미지는,
갑자기 무슨 일로 집까지 왔냐고 물으려 했지만, 목이 막혀
소리가 나지 않았다. 목을 숙여 헛기침을 해보려는 순간,
김윤식이 갑자기 자신을 끌어안고 방 안으로 밀어붙였다.
미지는 필사적으로 반항했지만, 힘에 부쳐 몸이 침대 끝까지
밀리면서, 곧바로 침대 위에 뒤로 넘어졌다. 김윤식이 미지의
몸을 덮쳐, 미지의 옷을 사납게 풀기 시작했다. 미지는
사력을 다해 대항하다, 왼손이 벽에 부딪혔다. 그 순간 너무
아파 침대에서 벌떡 일어나 앉았다. 꿈이었다. 미지는 가슴을
쓸어내렸다. 목이 말라, 생수를 꺼내는데 전화소리가 울렸다.
정수복 부사장이었다. 받을까 말까 잠시 망설이다, 버튼을
눌렀다. 저쪽에서 들뜬 목소리가 들렸다.

"미지 씨, 별일 없지? 몇 번 연락했는데, 딱 마지막 순간에
연락이 되네."
"네, 무슨 일이신지..."
"아, 오늘 저녁, 우리 사무실 파티하는 데 오라고. 회장님이
미지 씨 꼭 데려오라고 특별지시 하셨어."
"파티요? 무슨..."
"소식 아직 못 들었구나. 그래서 연락했는데... 암튼, 우리
시청 꼼뻬 당선됐어, 그거 축하 파티야."

"아, 네... 축하드려요."

마음에 없는 건성 축하였다. 미지는 천박하게 뜯어고친 것이,
그것도 로비로 당선되었다는 사실이 도리어 불쾌했다.
"다섯 시 반, 플라자 호텔 다이아몬드 홀이야. 미지 씨, 꼭
와야 해. 알았지?"
미지가 대답 없이 미적거리자, 정수복이 쐐기를 박으며
전화를 끊었다.
"가는 길에 내가 미지 씨 픽업할게. 집 앞에 네 시 사십
분까지 나와."

특별히 차려 입고 싶은 마음은 추호도 없었다. 그렇다고
마구잡이로 입기도 불편했다. 청바지에 흰 티에 재킷만
걸쳤다. 정수복은 미지와 대조적이었다. 말쑥한 흰 양복,
토미 힐피거 같은 원색 디자인 넥타이, 번쩍거리는 구두로
단장했다.
영국신사 정복을 입은 직원이 깍듯이 인사했다. 미지는, 이
호텔이 처음이었다. 로비에 잠시 선 채 주변을 둘러보았다.
정수복은, 그 사이, 서둘러 올라갔다. 두 개 층이 오픈 된,
매끈한 이탈리아 대리석 마감이었다. 중앙부에는 거대하고
클래식한 샹들리에가 매달려있었다. 돈의 위력을 애써
드러내려는 듯 했다. 돈으로 연출한 공간을 경멸하고 싶은

욕구가 치밀었다. 미지는, 의식적으로 도도하게, 계단을
천천히 밟아 올라갔다. 연회장 입구에 검은 정장을 단정하게
차려 입은 두 여자가, 입장하는 사람들에게 이름표를 붙이고
있었다.

"이름이?"
"선.우.미.지."

또박또박 대답했다. 이름표를 붙여주는 손이 섬섬옥수였다.
턱 밑에서 고급 향수 냄새가 났다. 그 순간, 자신의 무심함이
비쳤다. '내가 정말 한동안 여성성을 잊고 살았구나...'
실내에 들어섰다. 앉아있는 사람, 서 있는 사람, 움직이는
사람, 사람들이 꽤 많았다. 섬처럼 배치된, 좌석 여덟 개의
둥근 테이블들마다 얼추 자리가 다 채워져 있었다. 다행히
오른쪽 구석 테이블에 빈자리가 있었다. 한쪽 구석이라
꺼린 모양이었다. 시간을 확인했다. 다섯 시 십오 분. 무리
속의 고독감을 피하기 위해, 스마트폰에 시선을 고정했다.
잠시 후, 음악 소리가 들렸다. 청춘 남녀 네 사람이 무대에서
〈사랑의 인사〉를 연주하고 있었다. 전면에는 〈건축가 문기석,
서울시 신청사 설계경기 당선 축하 파티〉라는 플래카드가
걸려 있었다. 다시 그날의 역겨움이 떠오르면서, 나가고 싶은
충동이 솟았다. 망설이는 틈을 마이크 소리가 메웠다.

"건축가 문기석 선생님, 입장하십니다. 박수로 환영해주시기
바랍니다."

사람들이 모두 일어나, 그를 박수로 맞았다. 문기석은, 주변에
있는 손님들과 악수하며 가볍게 인사를 나누었다. 앞자리에
앉은, 나이 지긋하고 점잖아 보이는 신사들에게는 긴 시간을
할애했다. 그가 무대 위에 준비된 자리에 착석하자 음악이
멎었다. 사회자가 상투적인 인사말을 시작했다. 무대와
가까운 두 테이블에 자리한 사람들이, 한 사람씩 돌아가며
무대에 나가 축사했다.

문기석이 마이크 앞에 섰다. 좌중을 천천히 둘러본 후, 마치
목사처럼 장광설을 읊었다. 자신이 서울 신청사 설계를 위해
얼마나 밤잠을 설쳤는지, 그 와중에 독창적인 아이디어를
어떻게 떠올렸는지, 아이디어를 구현하기 위해 얼마나
스케치들을 많이 했는지, 누구든지 열정과 노고를 아낌없이
바치면, 결국, 최고의 안목을 지닌 석학들이 인정하는 영광을
맛보게 된다, 세상은 힘껏 노력하는 자를 결코 홀대하지
않는다고 했다. 맥락적이고 공간적인 측면에서 한국의
전통문화를 계승했고, 서울이라는 상징성, 서울시민에
대한 배려, 공간의 아름다움과 효율성 등을 적극 반영한
자신의 설계대로 서울 신청사가 지어지면, 모든 한국인이
자랑스러워 할 걸작이 탄생될 것이라고 했다. 미지는,

문기석의 번질거리는 말과 목소리가 역해, 스마트폰에 눈을
주며 의식적으로 귀를 닫았지만, 그럼에도 불구하고 들리는
몇 마디는 그저 견뎌야 했다. 지루한 그의 말이 끝나고, Z
건설회사 건축본부장 성호인이 단상에 나갔다. 문기석에게
감사패를 건네주며, 짧게 덕담했다.

음악이 다시 공간을 채웠다. 프랑스 에피타이저, 와인, 그리고
샴페인이 테이블을 꾸몄다. 사회자가 앞 좌석의 누군가에게
축하 건배를 청했다. 노신사가 일어나, 좌중을 향해 돌아섰다.
꼼뻬 작업 내부 크리틱으로 왔던 강철민 교수였다. 한국의
자랑스러운 건축가 문기석이, 시청 신청사를 기점으로
걸작들을 많이 생산할 수 있기를 바란다며, 건배했다. 미지는
새삼, 자신을 둘러싼, 힘으로 엮인 세상의 부조리를 다시
느꼈다.

주요리가 나오고 식사가 시작되었다. 문기석의 프로필
소개와 작품들이 무대에 설치한 대형 스크린에 상영되었다.
미지는, 모든 게 싫었지만, 한국으로 돌아온 후 처음 맛보는
프랑스 코스 요리는 먹을 만 했다. 거위 간처럼 보이는 것을
나이프로 썰고, 포크로 집어, 한 입에 넣었다. 감미로웠다.
천천히 씹으며 의식을 음식에 집중하고 있을 때, 옆 여자가
말을 걸었다.

"어떻게 초대받으셨어요?"

흘낏 보니, 서른 살 즈음으로 보였다.

"시청 꼼뻬, 팀장으로 일했습니다."

말을 아끼듯 대답했다.

"아, 그러세요? 전, 아키넷의 한명희 기자라고 합니다."

명함을 건네며 자신을 소개했다.

"선우미지라고 합니다."

명함을 받고, 그녀 얼굴을 다시 훔쳐보았다. 화장기 없는
다부진 남자 같은 인상이었다.

"명함, 없으세요?"

조심스럽게 대하는 미지에게, 오래 묵은 친구 대하듯, 물어
왔다.

"네 죄송합니다. 지금은 백수라..."

잠시 침묵하던 한명희가, 뜨문뜨문 나오는 프랑스 요리
사이를 비집고, 미지에게 물었다. 이번에는 언사가 제법
공격적이었다.

"시청 신청사 설계안, 정말 문기석 선생님이 디자인했나요?"

"네?" 미지가 약간 당황하며 반문했다.

"제 말은, 신청사 당선안이 문기석 선생님 작품이냐구요.
제가 보기엔 아닌 거 같아서..." 한명희가 다시 물었다.

"어떤 근거로 그렇게...?"

"거기 출신들이 그렇게 말하는 것도 좀 들었고... 그동안 해온 디자인이랑도 너무 다르고..."

"글쎄요, 본인이 그렇다 그러면, 그렇겠지요..."

미지가 잠시 멈칫거리다 음식을 자르며 냉소적으로 대답했다.

"미지 씨!"

옆에서 굵직한 남자 소리가 들렸다. 문기석이었다.

"아, 네."

미지가 자신도 모르게 벌떡 일어나며 겸연쩍게 대답했다.

"반가워. 그리고 수고 많았어."

문기석이 손을 내밀었다.

"네..." 얼떨결에 손을 잡았다.

처음으로 만지는 문기석의 손은, 살아있는 몸이 아니라, 마치 물체처럼 어떤 힘도 느낄 수 없이 축축했다. 죽은 손 같았다. 섬뜩했다. 미지는, 아무 힘도 주고 있지 않는 그의 손에서, 재빨리 자신의 손을 거두었다.

"조만간 회장실에 한 번 들러. 정 부사장에게 말해 놓았으니 정 부사장과 이야기하고."

어찌해야 할지 몰라 당황하는 미지의 어깨를 툭 치고, 다정하게 말했다.

"미지 씨, 좀 있다가 내 차 타고 가."

그의 뒤를 따라다니는 정수복이 다가와 말했다.

"아뇨, 괜찮습니다." 미지가 손사래를 쳤다.

"회장님 지시 사항이 있어. 가면서 얘기 좀 해. 여기서 좀 기다리고 있어."

정수복이, 머리를 가까이 대고 작은 소리로 말했다. 그리고는, 미지가 미처 대답하기 전에, 명령하는 표정을 지은 후 문기석 뒤를 따랐다. 한명희가 미지에게 다시 말을 걸었다.

"세 질문이 곤란했죠? 언제 시간 좀 내 주실래요? 이번 신청사 건은 제대로 취재해서 이슈를 좀 만들어보고 싶은데..."

"저야 백수라 괜찮긴 한데... 이슈라... 언제 건축잡지가 그런 거 한 적 있나요?"

미지가 방어적인 태도를 거두어들이고, 당돌하게 물었다.

"그러고 보니, 한국 건축잡지들이 지금까지 한 일이라곤, 주어진 현실을 팔아먹는 정도에 그쳤네요... 할 말이 없네요..." 한명희가 씩 웃으며 대답했다.

"지금까지 그렇게 해 왔다고 해서, 앞으로도 그럴 거라 단정하는 건, 일단 좀 유보하시고, 조금 지켜보시는 것도 좋지 않을까요?"

군더더기 없이 수긍하는 대답에 누그러진 인상을 보이자, 한명희가 반문했다.

"논리적으로는, 그렇죠."

"어쨌든 제가 연락을 드릴 테니, 한 번 생각해봐 주세요...
긍정적으로..."

"네. 그럴게요."

미지가 잠시 머뭇거리다 대답했다.

"그럼 조만간 연락드리겠습니다. 만나서 반가웠습니다."

한명희가 자리를 뜨며 말했다.

사람들이 거의 다 빠져나갔다. 어색한 시간을 스마트폰으로
때우는 것도 지겨울 즈음, 정수복이 나타났다. 그를 따라
지하 주차장에 내려가, 그의 차 조수석에 앉았다.

"미지 씨, 수고했어."

차가 플라자 호텔을 빠져나가자, 그가 곁눈으로 보며 말했다.
미지는 대답대신 창밖을 응시했다. 정수복이 흰 봉투를
건넸다.

"뭐예요?"

"당선 보너스야. 미지 씨 사표, 아직 수리 안 됐어. 회장님이
잡아두고 싶어 하셔. 연봉도 올려주신다 그랬어. 그리고
이번 당선을 계기로, 회장님이 직접 운영하실 스튜디오를
만드시는데, 미지 씨, 거기 팀장 자리 맡았으면 하셔. 모델
샵도 크게 만들고, 퇴근도 칼이고, 주말은 무조건 쉬게 하고,
튜터링, 크리틱, 해외 답사 등도 계획하시고, 꼼뻬 팀 하고는
비교도 안 되는, 진짜 제대로 된 건축작업 환경을 만드실

거래."

정수복이 설교 투로 말을 늘어놓았다. 미지의 눈꺼풀이
가늘게 떨렸다. 밖의 풍경에 시선을 준 채, 침묵으로
일관했다.

"마음에 안 들어?" 정수복이 안달 난 듯 물었다.

"별 생각 없네요..." 시선을 백미러로 옮긴 미지가 입을 뗐다.

"혹시, 원하는 조건 따로 있어? 있으면 말해 봐."

정수복이 미지를 힐끗 보며 물었다. 더 이상 한국에서
건축하기 싫다는 말을 뱉으려고, 백미러로 자신의 얼굴을
보는데, 낯익은 차가 시선에 잡혔다. 김철진의 차와 흡사했다.
긴장한 채 백미러에 눈을 떼지 않은 채 쳐다보자, 차가
시선에서 사라졌다. '김철진의 차는 아니겠지? 혹시 그렇다
하더라도, 우연이겠지?'

"미지 씨, 조건 있으면 뭐든 말해봐. 웬만한 건 회장님이
들어주실 거야."

정수복이 닦달했다. 미지는 아무 말도 하지 않았다.

"시간이 필요하면, 천천히 생각해. 급한 건 아니니까...
아니다, 내가 조만간 다시 연락할게. 그때 미지 씨 결정 좀
알려줘."

17.

내일은 한경이 도착하는 날이다. 그리워만 했던 선배를
만난다는 생각에, 미지는 평상심을 유지할 수 없었다. 몸
속 어딘가 알 수 없는 곳에서, 겨울 햇살 같은 따뜻함이
전해왔다. 그러면서도, 무언지 모를 무거운 덩어리가
흔들거리는 느낌이었다. 미지는 침대에 큰 대자로 벌러덩
누웠다. 에프엠에서 아름다운, 그래서 슬프기도 한, 음악이
흘러나왔다. 〈Love Is Just a Dream〉. 눈을 감았다. 감미로운
바이올린 소리에 귀를 맡겼다. 곡이 끝나고 눈을 떴다.
미지가 확 달라진 자신의 원룸을 둘러보며, 중얼거렸다. '뭐
빠진 게 없나...'

한경의 귀국 일정이 잡힌 후, 미지의 시간 감각이 들쭉날쭉
흐트러졌다. 어떤 때는 너무 짧다가도, 어떤 때에는 너무
길게 느껴졌다. 파티를 다녀온 다음 날이었다. 이메일
도착 소리를 듣고, 선배 메일을 열었다. 한경의 비행기

일정이었다. 정확한 도착 시간을 알게 된 미지는, 며칠을 정신없이 보냈다. 한경을 맞이할 준비에 온 정신이 팔렸다. 공간을 다루는 건축가라, 무엇보다도 공간을 먼저 손봐야 했다. 비좁은 원룸이라, 공간을 효율적으로 쓰면서도 넓게 보이게 하려고 고민했다. 마음 같아서는, 가구도 디자인해서 만들고, 조명 기구들도 심플한 디자이너 제품으로 바꾸고 싶었지만, 곧 떠날 계획이라, 당장 필요하지 않은 것들을 치워 없애는 수준에서 만족해야 했다. 조리 기구며 각종 소품들도, 몇 개 바꿨다. 한경 선배가 좋아하는 샐러드 재료도 손 보고, 과일들도 종류별로 샀고, 와인도 한 병 냉장고에 넣어두었다. 아로마 오가닉 초도 몇 개 사 두었다.

침대에 걸터앉아, 캔버스에 출력한 한경과 찍었던 사진 액자를 쳐다봤다. 한경이 문을 열자마자 보게 될 지점이다. 이 액자 하나로, 자신의 원룸이 신혼 방 분위기를 풍겼다. 저기서 그때의 한경과와 자신이, 해맑게 웃으며 지금의 자신을 쳐다보고 있다. 한경의 팔이 자신의 어깨를 두르고 있는 모습이 참 좋다. 혼자 씩 웃었다. 생수를 꺼내다가, 문득 박상철이 떠올랐다. 그는, 학창시절 한경의 맞수였다. 그런 탓인지, 예전에는 어느 한 사람을 봐도, 늘 다른 한 사람이 떠올랐다. 그러고 보니 하루 이틀 안에 연락을 하겠다던 그의 말이 생각났다. 그때 신기하게 그에게서 전화가 걸려왔다.

"선배님, 잘, 계시죠?"

"미지 씨, 미안. 진작 연락했어야 하는데... 경황이 없어서..."

목소리에 힘이 없었다.

"선배님, 서울이세요?"

"미지씬 어딘데? 혹시, 정동 커피 집, 거기서 잠시 볼 수 있을까?"

문을 열고 들어섰다. 박상철은 창밖을 보고 있었다.

카운터에서 아메리카노 두 잔을 시키며 박상철을 돌아봤다.

그는 여전히 조각물처럼 미동이 없었다. 커피 두 잔을 들고

소리 없이 다가갔다. 자리에 앉자, 박상철이 몸을 돌렸다.

얼굴이 초췌했다.

"미지 씨, 미안."

박상철이 고개를 숙이며 기어가는 목소리로 말했다. 뭔가

모를 불안에 잡혀있는 듯 보였다. 가만히 그를 응시했다.

"경찰서에서 오는 길이야."

커피를 거의 다 마시고 나서야, 박상철이 힘겹게 말문을

열었다.

"네?" 미지는, 깜짝 놀라, 마시려던 머그잔을 내려놓았다.

황급히 감정을 통제했다.

"무슨 일로...?" 나지막하게 물었다.

"김철진 사장과 이상만 대표, 해외 원정 도박으로 입건됐어.

그 일로..."

'아, 뉴스로만 보던 일이 우리 가까이에...' 미지는, 놀라워
숨을 멈춘 채, 혼잣말을 중얼거렸다. 선배가 힘들어 보였다.
그는, 말없이 커피를 비웠다. 그리고 시선을 밖으로 옮겨,
한참을 침묵했다.

"경찰이 자꾸, 두 사람 비리에 대해 알고 있는 걸 다
털어놓으라고 하는데... 아는 게 없다 그래도, 안 믿어. 내
통신 정보와 계좌까지 모조리 추적하겠다고 겁주면서...
골치 아픈 건, 어머님께 알리겠다며 자꾸 압박해서,
이러지도 저러지도 못 하고... 아, 인생이 어쩌다 이렇게 자꾸
꼬이는지..." 박상철이 한숨을 크게 내쉬었다.
"선배님은 아시는 게, 정말, 아무것도 없어요?"
미지가 차분히 그의 눈을 보며 물었다.
"두 사람이 서로 알고 지내는 사이라는 건, 나도 이번에 처음
알았어. 오래 전부터, 그렇게 원정도박을 같이 다녔나 봐."
"선배님, 그거 말고, 그 사람들 범법행위들, 아는 거 혹
없어요? 두 사람 일로, 선배님이 얽혀 들어갈 일은 없어요?"
"난, 김철진에게 서너 번 일해 주고 현금 좀 받았고,
회장님에게는 격려금조로 두어 번 받았는데, 그런 거 보다..."
그가 다시 한숨을 쉬며, 풀죽은 목소리로 대답했다.
미지는 그의 얼굴에서 눈을 떼지 않았다.

"사실, 이번에 우리가 해 준 쇼핑몰 있잖아, 그거, 사기
분양이었어. 그 일로, 공무원들과 심의위원들 로비를 내가
했는데..."

"네? 사기 분양요?"

"응."

미지가 깜짝 놀라 묻자, 박상철이 괴로운 표정을 지었다.

"선배님, 그거 사기 분양인 거 알고 일 시작했어요? 저에게
일 시키실 때, 사기인지 알았어요?"

미지가 기가 막힌 듯 물었다.

"아냐, 감금되기 바로 전 날 알았어. 김철진이랑 만나서, 일
진행 상태 이야기하다 우연히 알게 되었어. 그래서 발을
빼려고 했는데..."

"선배님도, 나도, 그래서 강제 구금된 거예요?"

"응." 그는 무표정하게 대답했다.

미지는 며칠 전의 일을 떠올렸다. 정수복이 태워준 차를 타고
갈 때 백미러로 본 차는, 김철진의 차가 분명하다는 판단이
들었다. 미지는, 직감적으로 뭔가 잘못 돌아가고 있다고
판단했다.

"아, 선배님도... 그러면, 거기 잡혀서 일할 때, 그때라도 말씀
좀 해 주시지... 이제야..."

답답한 표정을 지으며, 나무라듯 말했다.

"미안해. 나도 그러고 싶었는데, 못 했어. 그때 말하면, 미지
씨가 혹 패닉이 되거나 놀라게 되고, 그래서 일이 차질이
생기고, 그렇게 되면 그 놈들이 나쁜 짓을 할까 싶어서... 그
놈들 막무가내거든..."
"선배님, 커피 한 잔 더 하실래요?"
상황이 예사롭지 않은 것을 직감한 미지는, 커피를 주문하러
가면서, 그리고 주문한 커피가 나오기를 기다리면서,
박상철이 처한 곤경에 대해 골똘히 생각했다. 커피를
테이블에 놓았다. 예전에는 사소한 언행이나 분위기에도
쉬이 감성적으로 대응했는데, 큰 일을 몇 번 겪은 후,
냉철하게 변했다. 미지는 박상철을, 마치 어린 애 다루듯,
조곤조곤 말했다.

"선배님, 제가 과민하다 생각하실지 모르겠지만, 왠지 조짐이
안 좋아요. 이러고 있다가 큰 일 당할 것 같은 예감이에요. 제
생각에는, 아무래도 일단 피하는 게 좋을 것 같아요. 가급적
멀리요. 아, 내일 저녁에, 한경 선배가 귀국해요. 조만간 저랑
출국할 거예요. 그러니까 선배님도 가급적 빨리 여길 떠세요.
가능하면, 외국으로..."
미지는 그에게 얼굴을 가까이 가져가, 소곤거리며 당부했다.
"출국하라고? 영어도 못 하는 한국 토종인 내가 어디를 가?
그리고 간다 쳐. 가면, 낯선 곳에서 어떻게 살아?..."

박상철이 난감한 표정을 지었다.

"외국에 친척이나 친구나, 누구 같이 있을 만한 사람,
없어요?"

"없어."

"그럼, 말이에요, 선배님 출국 날자가 언제 잡힐지 모르니,
일단 저희보다 먼저 출국하게 되면, 한경 선배 커피숍으로
가세요. 저희랑 비슷하거나 좀 늦더라도, 우선 그쪽으로
가셔서 거기 좀 계세요."

미지는, 모종의 괴물이 거리를 좁혀오는 듯한 기분이었다.
그래서 그에게 피신 계획을 일사천리로 말하고 있는데, 그는
여전히 긴박감을 못 느끼는 건지, 모든 것을 이미 포기한
건지, 기력이 쇠한 사람처럼 무기력하게 듣고만 있었다.
미지가 재촉했다.

"선배님, 우물쭈물하다가 크게 경칠지 몰라요. 빨리
마음잡으시고, 당장이라도 비행기 티켓 구해야 할 것
같아요."

"한경이? 아, 한경이가 오는구나... 정말 오래간만이다. 얼마
만인가..."

박상철은, 미지의 말에는 아랑곳도 하지 않고, 지난 일을
회상하며 넋 나간 사람처럼 중얼거렸다.

"어머님에게는, 잠시 해외 출장 중이라 말씀드리세요. 경찰서
문제는 시간 나는 대로 가서서, 두 사람에 대해 눈치껏
털어놓으시고, 신변에 위협을 느껴 당분간 피신한다는 것도
꼭 말하시고, 연락처도 알려주세요. 아, 그리고, 중요한 건,
출국하기 전에는 두 사람에 대해 어떤 액션도 취하지 말라는
당부도 꼭 하세요. 이렇게 하면 아마, 큰 문제없을 거예요.
비행기는, 무조건 가장 빨리 탈 수 있는 걸로, 인터넷으로,
아니, 그러지 말고, 선배님, 내일 저녁에 제가 어차피 한경
선배 마중 나갈 거거든요? 저랑 같이 가서, 아예 거기서 표를
구하는 게 나을 것 같아요. 어때요?"

미지가 다시 설득했다. 박상철이 텅 빈 눈빛으로 바깥을
보며, 아무 말이 없었다. 미지는 마음이 급했다.

"선배님, 저녁 약속 없으시죠?"

"응."

박상철은 여전히 바깥에서 눈을 떼지 않았다. 미지는, 잠시
고민했다. '무신경한, 아니 만사 포기한 듯한 이 사람을,
이렇게 내버려둬야 하나, 말아야 하나...' 미지가 조용히
제안했다.

"선배님, 저랑 지금 경찰서 가요. 가서, 우리가 먼저 정보들을
좀 말해주고, 술 한 잔 하러 가요. 아, 선배님, 지난번에 만난

윤민수 선배 기억하시죠?"

"윤민수?"

미지를 물끄러미 보며 박상철이 물었다.

"네. 저랑 엘에이에서 전시같이 한 선배요. 왜 지난번에
여기서 잠시 인사 나눴잖아요."

"응. 왜?"

"아, 기분도 그렇고 해서. 선배님이 크게 반대 안 하시면, 그
선배랑 오늘 저녁 술 한 잔 하기로 했는데 같이 하면 좋겠다
싶어서요..."

박상철은, 여전히 침울하게 앉은 채, 대꾸가 없었다. 잠시
침묵하던 그가 불쑥 일어나 힘없이 말했다.

"미지 씨, 나 오늘 좀 쉬어야겠어. 몸이 안 좋아. 좀 쉬고
연락할게."

박상철은 미지의 만류에도 떠났다. 윤민수는 올 시간이 제법
남았다. 갑자기 빈 시간이 생겼다. '빈 시간을 어떻게 쓸까?'
미지는 문득 얼마 전의 문자를 떠올렸다.

〈미지 씨, 안녕하시죠? 한명희 기자입니다. 한 번 뵙고
싶습니다. 언제든 편히 연락 주십시오. 기다리겠습니다.〉

잠시 머뭇거렸다. 미지가 전화를 잡았다.

"안녕하세요, 미지 씨."

미지를 기다린 듯한 반가운 목소리였다.

한명희가 손가락만한 녹음기를 올려놓고, 스위치를 눌렀다.

"녹음 좀 할게요."

그녀는, 시청 신청사 꼼뻬 팀에 들어간 이유, 팀장으로
일한 기간, 끝나자마자 그만둔 이유 등을 물었다. 미지는,
김철진에 대한 것만 언급을 피하고, 사실을 정확히 대답했다.
한명희는, 의외로 듣게 된 미지의 정직한 답변에, 적잖이
공감을 느꼈다. 자신도 이십대를, 열악한 환경을 참아내며
열병처럼 건축에 매달린 적이 있다고 했다. 그러다 역량의
한계를 느껴, 몇 년 전 저널 쪽으로 방향을 틀었다고 했다.
이왕지사 자신은 그만 두었지만, 건축가가 되려고 처절하게
사는 뭇 사람들을 위해, 작지만 힘이 되고 싶다고 했다. 좀 더
나은 건축 환경을 조성하는 첫 번째 과업으로, 건축윤리를
세우는 데 일조하고 싶다고 했다. 초석의 문기석 회장이,
시청 디자인에, 얼마나 그리고 어떻게 관여했는지도 물었다.
미지는, 이 질문에도, 자신이 아는 대로 대답했다. 존경하는
건축가는 누구며, 감명 받은 건축 작품은 무엇이며, 하고
싶은 건축은 어떤 것이며, 앞으로 어떻게 살 것인지 등도
물었다. 제법 긴 인터뷰를 마치고는, 잠시 개인사를 좀
나누었다.

낯선 사람들 간의 거리를 좁히는 것은, 접촉한 시간의 길이나 양이 아니었다. 그것보다는, 내밀한 개인사를 얼마나 많이 공유했느냐에 달린 것 같았다. 미지는, 어차피, 한국 건축 생활을 접고, 미국으로 돌아가 살기로 작정한 터였다. 여기서 보는 모든 사람들은, 언제 볼지 모를 사람들일 것이었다. 그래서 한명희와 개인사를 나누면서, 별 방어의식을 갖지 않았다. 자신이 마음을 열자, 한명희도 거기에 공명했다. 그녀도 자신의 속 이야기를 스스럼없이 내어놓았다. 그러다 보니, 두 사람은 마치 십년지기처럼 느껴졌다.

한명희의 개인사에서 미지가 특히 놀라웠던 것은, 그녀의 남자 친구도 서울시청 꼼뻬를 할 뻔 했다는 것, 그리고 그녀 남자 친구가 접촉한 대형 설계사무소가, 윤민수가 피디로 참여했던 애이앤디라는 것이었다. 협업 조건이 맞았더라면, 윤민수가 아니라 그녀의 남자 친구가 애이앤디에서 시청 꼼뻬 피디를 했을 것이라는 말이다. 미지는 또 다시, 세상이 작다고 생각했다. 세 명이 갖기로 한 즐거운 저녁시간은 결국, 멤버만 교체되었을 뿐, 깨어지지 않았다.

18.

각자 두 사람끼리는 여러 번 봤지만, 세 명이 한 자리에
함께 앉은 것은 처음이었다. 그런데 술 덕분인지, 영혼의
색조가 비슷해서 그런지, 서로 죽이 잘 맞았다. 누가 무슨
이야기를 꺼내든, 나머지 둘이 곧바로 호응했다. 빈 술병이
늘어나면서, 각자의 속에 있던 말들이 바깥으로 나왔다.
미지의 말이 먼저였다. 그녀는, 이제는 다른 땅에서 건축과
전혀 상관없는 삶을 살고 싶다고 했다. 두 사람이 아쉬움을
금치 못했다.

"미지 씨, 우리, 밥, 네댓 번인가 먹었죠?"
윤민수가 기억을 더듬었다.
"네 번이든 다섯 번이든, 그게 뭐 중요해요."
미지가 손사래를 치며 대꾸했다.
"진지한 얘기 한 번 못 나누고 운명이 엇갈리는 게, 좀
그러네요."

"운명이 엇갈려요?"

미지가 설명을 요구했다.

"미지 씨는 건축이라는 기차의 하행선을, 나는 상행선을
타니, 운명이 엇갈린다는 거죠."

"네? 그 나이에 '지금' 상행선을 탄다고요?"

한명희가 놀란 표정을 지었다.

"건축 밥을 먹은 지 얼추 이십 년인데, 늘 월급쟁이로
살았으니... 그게, 건축인생이라 할 수 있겠어요? 게다가,
청춘을 대부분 이국 땅에서 보내고, 이제 고국에서 첫
발걸음을 떼는 중이니, 지금 탄다고 하는 게 맞죠. 그나저나,
미지 씨, 건축을 접으려는 이유가 뭔지, 정말 궁금한데,
간단히 말 좀..."

윤민수가 술잔을 비우고, 미지를 쳐다봤다.

"이유는 간단해요. 건축은, 두 분이 잘 아시다시피, 음악이나
미술과 다르잖아요. 혼자 할 수 있는 일이 아니잖아요.
아무리 애를 써도, 저에겐 건축할 조건이, 돈도, 빽도, 연고도
없어 그런지, 안 만들어지네요. 하늘이 저에게 부여한 건축
기회가 몇 번 있어서, 자존심도 버리고, 영혼도 팔고, 젖 먹던
힘까지 써봤는데, 안 되네요. 뭐, 아직 불혹의 나이가 아니라,
두 분이 어떻게 받아들일지 모르겠지만, 저는 확실한 한계를
느껴요. 그래서 이제 제 한계를 받아들이기로 했어요."

"한계요? 그게 무슨 말이죠?"

한명희가 심각한 표정을 지은 채 미지를 보며 물었다.

"뭐라 할까... 말하자면, 이런 거예요. 슬롯머신 할 때,
이만큼만 해봐야지 하는 게 있잖아요. 이만큼의 돈으로만
게임하겠다, 그런 거요. 물론, 한계를 잡아놓고 시작해도,
대부분, 아니 거의 모두, 결국은 신용카드로 현금 서비스
받아가면서 더 하게 되지만... 제가 말하는 한계는,
애초에 잡은 그 한계가 아니라, 더 이상은 절대 안 된다고
합리적으로 판단할 수 있는 선이에요. 그 선을 넘으면,
이성을 잃고 광적인 상태가 되는 선요. 돌이킬 수 없는
손실을 입게 되는 선요. 그걸 말하는 거예요."

"미지 씨, 이성과 광기의 분기점을 어떻게 알 수 있어요?"
윤민수가 미지의 말을 파고들었다.

"자신의 돌연한 인식이죠. 이 선을 넘으면, 정말 미치겠구나...
이성이 제대로 작동하지 않겠구나... '나도 모르게 이
지경까지 왔구나'라고 하는 그런, '새삼스러운 인식'요."

"혹시 하행선을 타고 가다가 마음이 바뀌어서, 다시 상행선을
타고 싶지는 않을까요? 아니면, 기차에서 내린 후, 아니면 한
참 지나서, 문득, 다시 상행선을 타고 싶다는 마음이 들지는
않을까요?"

한명희가 미지에게 의구의 표정을 지었다.

"당연히 그럴 수 있죠. 그런데, 그 시점이 지금은 전혀 보이지 않아요. 이렇게 말할 수 있겠네요. 내가 감당할 수 없는 거리를 악을 쓰고 뛰었어요. 결국 그 지점까지 뛰었고, 그래서 모든 기력이 빠져나갔어요. 탈진 상태에서는, 누구도 다시 뛰고 싶은 마음이 안 들잖아요. 나중에 기력을 회복하면, 다시 뛰고 싶은 욕망이 생길 수도 있겠죠. 그런데, 아닐 수도 있죠. 아닌 경우는 이렇겠죠. 이전과 다른 삶, 예를 들어 텃밭을 가꾸거나 종교적 수행에 몰입하는 삶에서 충분한 의미를 찾아 안착하는 경우죠. 중요한 건, 한 번뿐인 삶을, 생명을 낭비했다는 느낌이 아니라, 가치 있게 살았다는 확신이 아니겠어요? 건축도, 가치 있는 삶을 살기 위한 방편이 아닐까요?"

미지는 자신에게 쏟아지는 질문을 누그러뜨리려고 윤민수에게 화살을 날려, 윤민수의 희망의 근거에 대해 캐물었다.

"선배, 선배는 자신이 타는 기차가 상행선이라는 걸 어떻게 알아요? 상행선이라고 알고 탔는데, 그게 자신이 생각하는 것과 달리, 빙빙 돌거나, 왔다갔다 하거나, 엉뚱한 데로 가거나, 심지어 하행선으로 이어질 수 있을 텐데, 그게 아니라는 걸, 선배는 어떻게 확신해요?"

윤민수는, 예측하지 못한 미지 질문에 당혹했다. 잠시

생각하다 더듬더듬 답했다.

"글쎄, 사실, 나도 잘 몰라요. 좀 막연하긴 하지만, 그러리라
믿을 뿐이지…"

미지는 술잔을 한 번에 털어 마시고, 대학원생 때 들었던
지도교수 말을 길게 인용하며, 더 공격적인 질문을 던졌다.
"선배님, 제가 존경하는 대학원 지도교수님께서 하신 말씀
좀 옮길게요. 교수님 왈, 청년기에 있는 대부분의 사람들은,
나이가 들면 삶이 더 좋아진다고 '근거 없이' 믿는다. 그런데
실상은, 나이가 들어가거나 늙어가면서 삶이 더 좋아지는
경우는, 극소수, 요즘 말로, 1퍼센트에 속한 사람들뿐이다.
이유는 이러하다. 인생의 전성기에 해당하는 사십 대를
지나, 오십 대에 이르면, 몸이 현저히 낡아간다. 그와 더불어,
아름다움도 소멸되고 건강도 나빠진다. 그래서 삶에서
낭만이 거의 다 빠져나간다. 그런데, 그에 반해, 사회적이고
가정적인 책임의 무게는, 극적으로 늘어난다. 게다가 사회적
삶에서 물러날 시점이 멀지 않아 경제적 문제에 직면한다.
그 동안 자신을 계발하지 않거나 못한 채 소비만 한 까닭에,
지적, 정신적, 감성적 능력 또한 빈곤해진다. 그래서 흔히
말하는 노화 혹은 갱년기로 인한 우울과 무기력에 빠져들기
십상이다. 그런 까닭에, 나이가 들어도 삶이 질이 큰 차이
없이 유지되거나, 나이가 들수록 더 좋은 삶을 살 수 있기

위해서는, 40대에 이르러 자신이 속한 직능의 꽃을 피울 꽃봉오리를 맺어야 한다.

그러니까 교수님 말씀은, 물리적 몸과 사회적 몸이 생물학적 나이와 더불어 적정하게 성장하지 않으면, 나이가 더 많아진다고 해서 더 좋은 삶을 살 수 있는 게 아니라는 거죠. 거꾸로, 더 나빠진 삶을 살 가능성이 훨씬 높다는 거죠. 이렇게 놓고 볼 때, 선배님은 지금 사십 대, 아니 곧 오십 대를 바라보는 나이잖아요. 교수님 관점에서 보면, 선배님이 상행선을 탄다는 생각이, 무모한 전망이라고는 생각하지 않아요?"

"흠... 듣고 보니, 상당히 일리가 있네요. 난, 좀 소박하게 생각했어요. 물론 내가 먼저 제안한 것이긴 하지만, 대형 설계사무소와 협업으로 서울시청 꼼뻬를 했다는 자부심, 그러니까, 두 사람 다 잘 알겠지만, 엄청난 수의 직원을 거느린 대형 설계사무소가, 디자인을 나에게 맡겼다는 사실이 주는 자부심, 물론, 아마도, 대형 설계사무소가 믿은 것은 윤민수가 아니라, 세계적으로 유명한 건축가 밑에서 일했다는 경력이겠지만, 어찌 되었던 이 일을 통해 자부심을 얻었고, 이 꼼뻬 덕분인지, 아니면, 또 다시 경력 때문인지, 다음 학기 설계 강의를 하나 맡았다는 것, 뭐 이 정도로, 나는 좀 성급하고 무리하게 상행선이라고 했는데, 미지 씨 말을 듣고 보니..."

미지의 말을 경청한 윤민수가, 심각한 얼굴로 대답했다. 두
사람의 이야기를 듣고 있던 한명희가 나섰다.
"전, 두 분 다, 올바른 생각을 하고 있다고 생각해요. 미지
씨 말에는 별 이견이 없으니 패스하고. 윤 선배 말을 들으며,
이런 생각을 했어요. 선배가 말하는 상행선은, 객관적인
현상에 근거했다기보다, 물론 색관적인 사실이기도 하지만,
미래는 주어지는 것이라기보다 만들어나가는 것이라는
관점에서, 자신의 희망을 선취한다는, 그러니까 미리 당겨서
거머쥔다는 의미가 아닌가 싶어요. 제가 건축저널에 뛰어든
것도, 그리고 지금까지 열정을 잃지 않은 채 꿈을 꾸며 사는
것도, 바로 그러한 희망의 선취라는 시각 때문이거든요."

미지가 한명희의 말에 토를 달았다.
"명희 씨 말에, 충분히 동의하고 공감해요. 제가 염려하는
건, 희망이라는 것이 자칫 우리를 돈키호테로 만들지는
않을까 하는 거예요. 차라리 진짜 돈키호테로 평생 살다
죽으면, 자신이야 별 문제 없거나, 어쩌면 행복한 삶일 수도
있겠지만, 세월이 흐른 후, 문득 희망을 종교처럼 믿고
살아온 삶이, 더 이상 희망을 유지할 수 없게 될 때, 그러니까
삶에서 희망이, 고무풍선에서 바람이 빠져나가 쪼그라들듯,

다 빠져나가 버렸을 때, 그때 찾아올 쓸쓸함이나 후회를,
유감없이 받아들일 수 있겠느냐 하는 거죠."

"선취한 희망을, 다음 희망의 씨앗으로 삼아서, 매일매일
물도 주고, 땅도 고르고, 벌레도 잡고, 거름도 주고, 사랑도
주면서, 부지런히 키워내야죠." 한명희가 웃으며 대답했다.
"제가 명희 씨 말에, 건방지다 하겠지만, 한 마디만 더
첨언할게요."
"건방질 거 없으니, 마음껏 말하세요, 미지 씨."
미지의 집요한 언설에, 한명희가 빙긋 웃었다.
"사실, 저도 선배나 명희 씨 같은 분이 우리 사회에 많았으면
해요. 어느 책에서 봤는데, 이런 게임이론이 있어요. 두
가지 사냥이 있어요. 사슴 사냥과 토끼 사냥. 사슴 사냥에
성공하면 100원을 벌고, 토끼 사냥에 성공하면 10원을
번다고 합시다. 사슴 사냥은 둘이서 해야 하고, 그래서
성공하면 50원을 벌게 되고, 토끼 사냥은 혼자서 하는 거라
성공하면 10원을 벌어요. 그리고, 사슴 사냥을 같이 할
상대가 어떤 선택을 할지는, 전혀 몰라요. 자, 사냥할 때가
되었어요. 나는, 아니 사람들은 이 경우 어떤 사냥을 하기로
결정할까요? 게임이론에 따르면, 거의 모든 사람들은 토끼
사냥에 나선대요. 왜냐하면, 좀 더 큰 돈을 벌려고 사슴
사냥에 나갈 경우, 상대가 나타나지 않을 리스크가 있기

때문이라는 거죠. 그러니까, 50원을 벌려다가 자칫 한 푼도
못 벌 위험을 택하기보다, 적지만 10원이라도 확실히 벌고
싶기 때문이라는 거죠.

이 이론이 말하는 것은, 다른 사람을 더 /많이 믿을수록,
더불어 잘 살 수 있는 기회가 올라간다는 겁니다. 우리
사회를 좀 더 나은 사회로 만들기 위해, 각자 얼마씩 갹출을
하자고 했을 때, 나만 내고 상대는 안 낼 거라고 생각하면,
아무도 내지 않게 되는데, 반대로, 모두 다 내는데 나만 내지
않을 수 없다고 생각하면, 다 내게 된다는 거죠. 결국, 더 좋은
사회를 만들기 위해서는, 구성원들의 일정 부분의 희생이나
헌신을 통한 참여가 요구되는데, 여기 두 분처럼, 특히 건축
행위는 공공에 관여하고 책임지는 행위라는 점에서, 사회적
삶에 대해 긍정적인 에너지를 지닌 건축인들이 많아지기를,
진정으로 소망해요."

"우리 지금, 칭찬 받은 거죠, 그죠?"
"그러네, 모처럼, 미지 씨에게 칭찬받는 날도 있네..."
한명희가 웃으며 말하자, 윤민수가 맞장구치며 미소 지었다.
"왜 이러세요. 제가 두 분을 칭찬할 위치에 있지도 않은데,
감히 칭찬이라니요. 두 분이 연합해서 지금 저, 놀리시는
거죠?"

미지가 겸연쩍은 표정을 지었다. 스마트폰이 울렸다.

한명희가 성급히 밖으로 나갔다. 그녀는, 미지와 윤민수가 시청 꼼뻬 뒷담화를 한참 나누고 있을 때, 제자리에 돌아와 앉았 다. 잠시 두 사람의 눈치를 보던 그녀가 조심스럽게 물었다.

"금방, 제 남친이랑 통화했는데, 이 근처라는데, 혹시 두 분 괜찮으시면, 합석시켜도 될까요? 불편하시면, 그냥 가라 그러고..."

미지와 윤민수가 서로의 얼굴을 쳐다보며, 고개를 끄덕였다.

"네, 오라 그러세요." 윤민수가 말했다.

"그나저나 명희 씨, 건축잡지만큼 척박한 데도 없는데, 진득하게 몇 년 붙어 있는 기자들이 한 손으로 꼽을 정돈데, 거긴 어때요? 희망이 있긴 있는 거예요?"

미지는, 자신이 꺼낸 희망 이야기를 좀 더 나누고 싶었다. 세 사람은, 건축잡지를 놓고 말들을 주고받았다. 기자들이 왜 오래 못 있는지, 기자들이 장차 되고 싶어 하는 얼굴은 어떤 것인지, 잡지 수가 왜 유독 우리나라에 많은지, 경제적 타산이 없는데도 유지하는 이유가 뭔지, 종이매체가 계속 영향력을 가질 수 있을지, 디지털 매체의 영향이 어떻게 변할지, 소위 정론을 지키는 저널리즘은 어떤 방식으로 존재할 수 있을지, 열정적으로 서로 다른 견해들을 주고받았다. 세 사람의 의견이 일치한 논점은, 종이매체는 가치가 있지만 분명히 존립 지반이 점점 약화될 것이라는 것, 그래서 복구하기 힘들 지경까지 약해지기 전에, 그 가치를 부지런히 널리 인식시켜, 문화적 안목이 있는 자본가들을 끌어들여야 한다는 것, 그래서 그로써 '느리고 깊이 있는 사고'를 북돋울 문화를 지켜나가야 한다는 것이었다. 문화적 안목이 있는 자본가를 어떻게 종이매체와 접속시켜야 할지에 대해 열띤 대화를 주고받을 때, 낯선 남자가 들어왔다. 한명희가 일어나 반겼다.

"형석 씨, 어서와."

미지와 윤민수가 고개를 돌렸다. 훤칠하고 단단한 남자가 들어왔다. 미지는 그 순간, 어찌할 바 몰랐다. 머리가 순식간에 텅 비며 멍했다. 학부 때 헤어졌던, 그였다. 김형석도 미지를 보고 깜짝 놀라며 어색한 표정을 지으며, 마치 미지를 처음 보는 사람처럼, 빈자리에 앉았다. 한명희가 소개했다.

"여기는, 제가 좀 전에 말씀드린 제 남친 김형석 씨. 지금은 프리랜스인데, 사실 백수라 할 수 있죠. 여긴, 선우미지 씨. 초석 시청 꼼뻬 피디 하셨고. 여긴 윤민수 씨. 역시 시청 꼼뻬 피디 하셨는데, 형석 씨가 하려했던 애이앤디에서."

미지와 김형석은, 다른 두 사람이 눈치 못 채도록 연기했다.
미지는, 혼란스러운 자신의 감정이 새어나올까 불안했다.
아무래도, 자리를 비워야 할 것 같았다. 다른 사람들의
이야기를 대충 경청하는 듯하다가, 미국에 연락할 급한 일을
깜박했다는 변명을 대고, 서둘러 나왔다.
미지는, 그에 대한 생각에 깊이 빠졌다. 귀가하면서, 귀가해서
옷을 갈아입으면서, 씻으면서, 취침 준비하면서, 그리고 더
이상 의식을 지탱할 수 없어서 잠에 떨어질 때까지 그랬다.
김형석. 그는, 미지가 왜 자신에게서 점점 멀어졌는지,
그리하여 떠나게 되었는지, 아직도 모를 것이다. 그는 미지를
한사코 만나려고 했다. 기어이 그 이유를 알아내려고 했다.
미지는 그때마다, 굳게 닫은 입을 결코 열지 않았다. 그와
헤어진 후, 가슴앓이로 오랫동안 힘들었다. 그와 동시에 절친
지혜를 잃은 상실감도 컸다. 남친과 절친을 한꺼번에 잃고,
오래오래 외로움에 떨었다. 역시, 세월이 약이었다. 몇 년
지나 홍통이 물러갔고, 그에 대한 생각이 옅어졌다. 그리고
어느 시점, 완전히 망각되었다. 그런데, 그가 지금 나타났다.

미지는, 그와 함께 수업을 들으며, 마치 가랑비 옷 젖는 줄
모르듯, 그에게 빨려 들어갔다. 그의 일거수일투족이 좋았다.

굳이 잡을 흠이 없었다. 그의 모든 것이 좋았다. 그와 함께 데이트하는 모습을 은밀히 상상하며, 어디서든 그에게서 눈을 떼지 않았다. 그러다가 어느 날 그가 불쑥 나에게 왔다. 모든 친구들이 지켜보는 공적인 자리에서, 그가 나를 좋아한다고 선언했다. 그리고 얼마 후 떨리고 황홀했던 첫 키스를 했고, 누가 봐도 부러운 캠퍼스 커플이 되었다. 미지는, 자신과 그의 연애에 대해, 절친이었던 지혜에게 모두 얘기했다. 짝사랑했던 순간들이며, 손을 잡았던, 입술을 나눴던 일까지 숨기지 않았다. 그와 데이트가 끝나면, 곧바로 얘기했다. 어디를 갔으며 무엇을 먹었는지, 어떤 말을 하고 어떤 행동을 했는지, 수다를 떨었다.

미지가 갈등하기 시작한 것은, 세 사람이 함께 만나면서 부터였다. 그와 관계가 안정되면서, 지혜가 자연스럽게 끼어들었다. 두 사람은 변함없이 데이트를 했지만, 가끔 셋이 만나 놀기도 했다. 미지는 셋이 노는 것이 처음 얼마간은 즐거웠다. 그런데, 그가 지혜에게 지나치게 잘하는 것 같아, 못마땅했다. 지혜가 그에게 잘하는 것도, 눈에 거슬렸다. 그러다가, 미지가 부재하는 상황에서 두 사람이 함께 있는 것이 어쩐지 싫어지기 시작했다. 그가 지혜와 둘이서 만나는 횟수가 늘어나면서, 그가 지혜와 나눈 말을, 그리고 지혜가 그와 나눈 말을, 자신에게 들려주는 것도 싫었다. 자신이

생각하는 것을, 지혜가 그에게 전하는 것도 싫었다. 똑같은
상황을, 서로 다르게 말하는 것은 더 싫었다.

미지는, 괜한 질투 같아, 자신의 싫은 감정을 마냥 억눌렀다.
아무리 억눌러도, 어쩔 수 없이 싫은 기미가 드러났다.
그런데, 미지의 그런 기미를 느낄 때마다, 그는 위로가
아니라 충고로 일삼았다. 그의 논변은 늘 휴머니즘이었다.
충고의 핵심은, 사랑은 구속이 아니라 자유라는 것이었다.
사랑은 아름다운 구속이라 생각했던 자신과 너무 많이
달랐다.

미지가 거리를 두기 시작한 것은, 지혜가 작은 금색
스케일(삼각형 단면을 지닌 30센티 길이 축척자)을 쓰고
있는 것을 보면서부터였다. 그 스케일은, 미지가 그의 생일
선물로 사준 것들 중 하나였다. 그것이 왜 지혜의 손에 있게
되었는지 그에게 묻고 싶었지만, 묻기가 싫었다. 또 다시,
사랑에 대한 개념 차이만 확인할 뿐이라는 생각에서였다.
미지가 결정적으로 변한 것은, 설계가 발단이었다. 설계
수업 중간 크리틱 날이었다. 대부분의 학생들이 혹평을
받았다. 세 사람은 거의 최고 수준의 평을 받았지만, 셋
중에서는 미지가 가장 나빴다. 세 사람은, 삼겹살에 소주로,
늦은 금요일 저녁밥을 대신했다. 화제의 중심은 당연히
크리틱이었다. 미지는 자신의 평을 납득할 수 없었다. 다른

안들을 아무리 열심히 들여다봐도, 자신의 디자인이, 셋
중이 아니라, 학급 전체에서 가장 나았다. 미지가 불만을
쏟아냈다. 그리고 화살을 담당교수에게 쏘아댔다. 그런데
자신의 남친은, 자신을 두둔하기는커녕, 처음부터 끝까지
교수의 편을 들었다. 심지어, 자신의 안보다 지혜의 안을 더
좋게 본 평도 합당하다고 우겼다. 화가 머리끝까지 치밀었다.
분통이 터져, 급기야 눈물까지 흘렸다. 미지는, 급히 가방을
챙겨 식당을 뛰쳐나갔다. 그가 잡았지만 뿌리치고, 황급히 그
자리를 떠났다. 자신의 방에서 좀 쉬며 안정을 찾은 후, 다시
학교로 걸어올라 갔다. 다음날이 엄마 생일이라, 집에 가기로
했는데, 선물을 두고 왔기 때문이었다. 좀 전의 식당 앞을
지나칠 때였다. 기분이 야릇했다. 시선을 무심코 식당 안으로
돌렸다. 그런데, 자신의 남친이, 바로 그 자리에서, 자신의
절친인 지혜를 두 팔로 안고 있었다. 깜짝 놀란 미지는, 곁에
숨어, 숨죽이며 지켜봤다. 두 사람은 분명히 부둥켜안고
있었다. 그리고 떨어질 줄 몰랐다. 교회에서 성인식 예배를
드리며, 순결을 깨는 것은 죄라고 굳게 믿은 채 순결서약을
한 미지로서는, 그에게 자신의 전 존재를 투사한 미지로서는,
한 덩어리가 된 두 사람의 이미지는, 충격이었다. 미지는
무슨 말을 꺼내야 할지 몰랐다. 어떻게 말해야 할지 몰랐다.
그 장면을 기술할 언어를 잃었다.

19.

미지는 심한 갈증으로 눈을 떴다. 머리가 깨어질듯 아팠다.
타이레놀을 입에 털어 넣고, 생수를 마셨다. 때가 대낮이라,
집이 환했다. 소파에 앉아 스마트폰을 집었다. 아홉 시가
넘었다. 정신이 번쩍 들었다. 한경이 이미 태평양 위에 떠
있을 시간이었다. 부재 중 전화가 다섯 통, 문자가 한 개,
메신저가 두 개 들어와 있었다. 부재 중 전화는 모르는
사람이었다. 문자전송 번호도 그랬다. 두 번호가 같았다.
문자를 열었다.

〈미지야, 전화 안 받네. 만나고 싶어. 열두 시에 교보빌딩
사거리 커피빈에서 기다릴게. 김형석〉

미지의 손가락이 떨렸다. 가슴이 먹먹해졌다. 벌떡 일어섰다.
그리고 같은 자리를 맴돌았다. 어찌할 바 몰랐다. 갑자기
흔들리는 자신을 이해할 수 없었다. '내가 왜 이러지?...'

어젯밤 본 그의 얼굴이 떠올랐다. 변한 게 없어 보였다.
자신이 처음으로 온 영혼을, 혹은 온 마음을 열어 사랑했던,
온 몸을 던지고 싶었던, 그때의 한없이 사랑스럽던
모습이었다. 명석하고 단단하고 올곧은 인상이 그때
그대로였다.

돌이켜보면, 한 덩어리 된 두 사람 장면은, 실상 그렇게 큰
일이 아닐 수도 있었다. 아니, 어쩌면 별 일이 아닐 수도
있었다. 아니, 하늘이 무너질 큰 일이라 한들, 적어도 이야기는
나눴어야 했다. 한 번은 물어보고, 한 번은 들어봐야 했다.
그런데, 어렸던 탓에, 지나치게 청교도적이었던, 그래서
순수하고 완전한 사랑에 병적으로 집착했던 탓에, 선과 악이
복잡하게 얽힌 인간사를 몰랐고 경험하지 않은 탓에, 어찌할
수 없었다. 생의 첫사랑에게서 받은, 생의 첫 트라우마였다.
트라우마로 인해 몸 속 어디론가 깊숙이 도망간 언어들은,
사멸되었으리라 여겼다. 아니, 그 후로, 유폐된 언어들을
찾아볼 엄두를 안냈다. 이미지를 떠올리는 것으로도 고통이
넘쳤다.

미지는, 자신의 내면을 찬찬히 살폈다. 최소한 두 가지는
명확하다는 것을 알았다. 그와 지혜를 잃은 아픔을 아직도
느낀다는 것, 그리고 그 두 사람이 하나로 엉긴 이미지도,

또한 그 이미지에 대한 말도, 더는 고통스럽지 않다는 것이, 그러했다. 자신의 내면으로부터, 온전한 확신이라고는 할 수 없지만, 읽어낼 수 있는 것이 또 하나 있었다. 그것은, 왜 자신이 지금껏 사랑을 하는 데, 사랑을 받는 데, 사랑을 주는 데, 한 사람을 온전히 사랑하는 데 장애를 겪었는지 깨닫게 하는, 실마리였다. 첫사랑을 실패하고, 사랑다운 사랑을 할 수 없었던 이유를 알게 하는 실마리였다. 트라우마를 뚫고 지나가지 않고서는, 앞으로도 그럴 것이라 생각했다. 감금된 트라우마의 언어들을 해방시키지 않고서는, 누구에 대한 사랑도 온전할 수 없으리라 생각했다. 떨리는 가슴과 두통이 천천히 사라졌다. 소파에 앉아, 메신저를 클릭했다. 한경과 박상철에게서 온 것이었다.

*울 찌, 오늘 맛있는 저녁 사줄게. 조금만 기다려. ♥♥♥
*미지 씨, 혹시 한경 마중 나가? 미지 씨 나간다면 나도 가고 싶은데, 괜찮으면 연락 줘

미지가 다시 소파에서 일어섰다. 그리고 또 같은 자리를 맴돌았다. 생각에 잠긴 미지는 욕실로 향했다. 거울 앞에 섰다. 김형석은 그때 그대로인 것 같은데, 자신은 많이 변했다. 눈가의 주름들과 기미들이, 그때는 없었다. 피부도, 그때는 부드럽고 매끈했다. 눈빛도, 달랐다. 순수한 열망과,

낭만적인 열정과, 애틋한 눈망울이, 어디론가 자취를
감추었다. 뜨문뜨문 보이는 새치도, 그때는 없었다. 한숨을
쉬며 혼잣말을 뱉었다. '나, 참 많이 변했다...'
옷을 하나씩 벗었다. 몸이 많이 변했다. 가슴의 탄력도
떨어진 것 같았고, 팔뚝도, 뱃살도, 엉덩이도 탄력성을 제법
잃은 것 같았다. 허리도 굵어진 것 같았다. 뜨거운 물을 틀고,
한 숨을 깊이 쉬며, 천천히 욕조에 누웠다.
미지는, 화장을 천천히, 그리고 오래오래 했다. 집에 있는
모든 옷들을 끄집어내었다. 하나하나씩 입고 벗기를
반복하며, 자신감을 찾으려 애썼다. 귀걸이들도, 목걸이들도,
팔찌들도, 모두 테이블에 펼쳤다. 오늘의 자신에게 가장
잘 어울리는 것들을 고르기 힘들었다. 하이힐도 어떤 것을
신어야 할지 결정하기 어려웠다.

김형석은, 커피숍의 구석 외진 창가에 앉아 기다리고 있었다.
미지를 보고는, 벌떡 일어섰다.
"아, 미지 왔구나... 고마워..."
김형석이, 미지를 잡으려던 손을 거두었다.
"그동안, 잘... 있었... 어?"
미지의 첫 말이, 끊긴 듯 이어졌다.
"하나도 안 변했구나..."
김형석이 환한 표정을 지었다.

"안 변하긴, 많이 늙었어... 거긴, 그대로네..."
김형석이 편하게 웃으며 말했다.
"아냐, 나도 많이 늙었어..."
미지는, 잔잔한 미소를 짓는 그를, 말없이 찬찬히 봤다.
그러고 보니, 그의 얼굴도 좀 변했다. 어제 얼굴과 달랐다.
아마도 어제는 어두운 조명 탓이고 하고, 제대로 보지
못해서 그렇게 생각했을 것이다.

"혹시, 지혜 소식 알아?" 미지는 십삼 년을 훌쩍 뛰어넘었다.
"아, 지혜... 졸업하고 못 봤어. 언젠가 다른 사람을 통해
들었는데... 죽었대..." 그의 표정이 어두워졌다.
"죽어? 아니... 어떻게..." 미지가 깜짝 놀랐다.
"졸업하고 바로, 미국에 갔나 보더라고... 거기서 결혼해서
애도 있고 그랬는데, 안타깝게..."
미지가 다음 말을 기다렸다.

"뇌종양이 걸려서, 수술도 잘 받고, 방사선 치료도 수십
번을 받아서, 아주 좋아졌는데... 그리고는 의사가 처방해 준
약을 먹으면서 회복해야 되는데, 남편되는 사람이, 섭생이랑
햇빛 속의 걷기 같은, 자연치유를 고집하는 바람에, 약을 안
먹고 그러다가, 결국... 남편이 정통 기독교에서는 이단으로
취급하는 종교의 독실한 신자였대..."

미지는 할 말을 잃었다. 종교 때문에 약을 소홀히 했다는 사실도, 영영 볼 수 없다는 사실이, 마음 아팠다. 잠시 두 사람은 말없이 커피를 마시고, 천천히 서로의 근황을 물었다. 그간 살아온 내력도 주고받았다. 그리고 드디어 미지가 그때의 이미지에 대해 입을 열었다. 김형석은, 십삼 년이 지나서야 비로소, 미지가 자신을 멀리하게 된, 그래서 결국 헤어지게 된 이유를 처음 알았다. 미지도 그렇게 오랜 세월이 흐르고서야, 그에 대한 오해를 풀었다.

생각보다 사연은 간단했다. 김형석은 미지에 대한 자신의 사랑이 한결같다고 자신했다. 그런데, 미지가 어느 순간부터 자신을 멀리하는 것이 느껴졌고, 안타까웠다. 그래서 지혜에게 의견을 구해 지혜의 조언에 따랐는데, 사태는 좋아지기보다 더 나빠졌다. 그래서 그는, 미지가 기분이 나빠지는 상태를 혼자서 면밀히 관찰했다. 관찰 결과, 그는, 지혜가 문제라고 생각했다. 그래서 중간 크리틱 날, 마지막 검증을 하기로 마음먹었다. 이번에도 자신의 판단이 맞으면, 마음이 아프지만, 지혜를 멀리할 작정이었다.

크리틱 당일이었다. 그는 담당교수의 허드렛일을 도와주다가, 우연히 교수의 말을 들었다. 그동안 작업과정을 본 교수는, 미지가 타의 추종을 불허할 정도로 디자인이 탁월하다 했다.

자극을 조금만 더 주면, 최종 크리틱에 최상의 결과물을 낼
수 있을 것이라고 했다. 대한민국 건축대전 대상도 능히
딸 수 있을 거라 했다. 그래서 중간 크리틱에서 의도적으로
자극할 거라고 했다.

크리틱을 마치고 셋이 삼겹살집에서 소주를 마셨다. 김형석은
미지의 언행을 면밀히 관찰했다. 역시, 자신의 판단이
옳다는 것을 알았다. 문제를 알았으니, 해결책이 분명히
나온 셈이었다. 그런데, 돌발변수가 터졌다. 미지가 도중에
갑자기 울음을 보이며 뛰쳐나간 것이다. 붙잡으려 했지만,
불가능했다. 다시 술자리로 돌아갔다. 자신이 정작 하고
싶은 말을 할 타이밍을 놓쳐 속이 상했다. 게다가 지혜에게
자신의 관찰 결과를 단박에 말할 분위기도 아니었다. 한동안
지혜와 말없이 술잔만 주고받았다. 그러다가 어쩔 수 없이
술기를 빌어 말했다. 자신의 사랑을 지키기 위해, 미안하지만
지혜 너와 좀 멀리해야겠다. 이해해 달라. 그런데, 이번에는
지혜의 울음보가 터졌다. 술기 탓인지, 감당할 수 없을 정도로
울었다. 어쩔 줄 몰랐다. 결국, 그는 자신도 눈물을 흘리며
지혜를 끌어안고 용서를 구했다. 아마도, 미지가 본 장면은
이때였을 것이다. 그리고부터 그는 지혜를 보지 않았다. 그도,
미지처럼, 사랑했던 한 사람과 친했던 한 사람, 그렇게 두
사람을 한꺼번에 잃었다.

점심시간이 지났다. 두 사람은 가까운 회전초밥 집으로
옮겼다. 학부시절의 과거사는, 두 사람 모두, 더 이상
언급하지 않고, 대학 졸업 이후 보낸 각자의 건축 이력을
나누었다. 그리고 마침내 화제를 현재 시점으로 옮겼다.

"한명희 기자는 언제 알았어?"

"꼼빼 협업하기로 결정하고, 일주일에 삼 일 거기로
출근했는데, 어느 날 한 기자가 취재차 거기 와서 알게 됐어.
한 기자가 서울시청 꼼빼 커버스토리 준비하고 있었나 봐."

"연인 사이야?"

미지가 단도직입적으로 관계의 핵심을 물었다.

"연인? 연인은 무슨... 그렇게 알게 돼서, 한 기자가 사무실
들를 때 가끔 점심이나 커피, 같이 마시고 그랬는데... 지난
달 한 기자 생일날, 난 생일인지도 몰랐어, 그날 연락해서,
저녁 같이 하고 싶다 그러더라고. 그래서 나갔지. 그런데,
뜬금없이 거기서 고백을 하더라고... 얼마나 당황스러웠던지...
주변 사람들이 다 쳐다보고... 받을 수도 없고, 거절하기도 뭐
하고... 아니, 뭐, 이렇게, 밥도 같이 먹고, 커피도 같이 마시고
그러면, 우린 이미 친구 아니냐, 그러면서, 얼버무렸어. 나도
마음에 두긴 했는데, 그 정도까지는 아니었거든... 그런데,
그때부터 한 기자가 적극적으로... "

"그래.. 그런데... 지금까지 결혼은 안 하고 뭐 했어?"

"결혼... 유학 가서 교회에서 만난 시민권자랑 했는데, 일

년도 못 살고 헤어졌어. 아직 혼자야. 넌?"

"나? 아직 미혼이야..."

"남자는 없어?"

"있는데..."

"말하기 곤란하면 더 이상 안 해도 돼..."

"곤란해서가 아니라..."

"너랑, 그때 안 헤어졌으면, 참 좋았을 텐데... 그땐 참
행복했는데... 너나 나나, 그때는 너무 어려서... 그때만큼
행복했던 때가, 그러고 보니 아직 없었네..."

김형석의 말에 짙은 회한이 묻어났다.

그때 메신저 소리가 났다. 미지가 전화를 집었다.

박상철이었다.

*미지 씨, 어떻게 할 거야? 마중 여부 연락 좀 줘. 연락 봐서,
 결정 좀 할 게 있어

미지가 주저했다. 그리고 일어섰다.

"미안해... 사실 오늘 급한 일이 좀 있어서 지금 나가야 해.
조만간 연락할게..."

김형석과 서둘러 헤어진 미지는 건물 밖으로 나왔다. 한
숨부터 돌리고 싶었다. 건물 뒤 포켓 공원 벤치에 앉았다.

행인들을 물끄러미 보며, 생각에 잠겼다. 자신이 마치, 미래와 과거 사이에 걸린 존재 같았다. 혹은, 미래와 과거로부터 오는 두 현실 사이에 걸린 존재 같았다. 한경은 오고 있고, 김형석은 과거에서 빠져나오고 있었다. 눈을 감았다. 모든 생각을 걷어낸 텅 빈 의식에 도달하고 싶었다. 거기서 나오는 첫 의식을 붙잡고 싶었다. 그런데, 텅 빈 의식에, 욕망 제로에, 무아에 도달하는 것은 불가능했다. 눈을 떴다. 깊은 호흡을 몇 차례 했다. 들뜬 감정을 가라앉혀, 평상심에 닿고자 했다. 평상심이 요청하는 대로 움직이고 싶었다. 고요한 마음을 구했다. 그것도 불가능했다. 그때, 하늘에서 새똥이 옆에 뚝 떨어졌다. 미지는 흠칫 놀라 일어섰다. 다행히 옷에 묻지 않았다. 스마트폰을 꺼내어, 박상철에게 답을 보냈다.

박상철이 약속 시간 5분 후 차를 몰고 나타났다. 미지가 황급히 문을 열고 옆자리에 앉았다.
"미지 씨, 멋지다. 완전 모델이네."
"고맙습니다. 선배님도 오늘 완전 깔끔인데요?"
"그럼, 옛 친구 보러 가는데, 이 정도는 돼야 매너지."

청바지에 애버크롬비 티를 입은 박상철이, 보기 드물게 환한 인상을 지었다. 두 사람을 태운 차가 도심을 천천히 움직였다. 미지는 김형석에게, 급한 일이 생겨 서둘러

헤어지게 되어 미안하다는 메시지를 보냈다. 허리를 곧추
세워 바깥을 응시했다. 하늘이 화창했다.

"선배님, 강변북로에 접어들기 전에 생수 좀 사고 가면 안
될까요?"
"그래, 나도 담배 좀 사야 하니, 미지 씨는 차에 있어, 내가 사
올 테니."

박상철은, 편의점 앞에 차를 세우고, 서둘러 들어갔다. 미지는
막간을 이용해 화장을 체크하고 싶었다. 이렇게 정성들여 한
화장은, 아주 오래된 일이었다. 조수석 백미러를 당겨 얼굴을
가져갔다. 백미러에 잡힌 차가 눈에 걸렸다. 자세히 쳐다봤다.
차 안의 사람들의 스타일이 예사롭지 않았다. 번호판을
주의 깊게 봤다. 그리고 주변을 넓게 살폈다. 별 특이하거나
이상하다 할 만한 것이, 눈에 들어오지 않았다. 생수 두 병을
사온 박상철이 운전석에 앉았다.

"선배님, 김철진 씨 차, 그랜저 맞죠?"
"응. 왜?"
"아뇨. 갑자기 궁금해서... 혹시, 차 번호 아세요?"
"글쎄 87 뭐더라 뒤 두 자리는 잘 모르겠는데, 왜?"
"며칠 전에 비슷한 차를 봤는데, 혹시나 싶어서..."

미지는 좀 전에 본 차의 번호판에서 숫자에 87이 없었다는 것을 알고 마음을 놓았다.

공항도로는 이례적으로 한가했다.

"선배님, 도로에 차가 없네요?"

"아마도, 이번 주가 휴가가 몰려있어서 그런 거 같은데? 떠난 사람들 돌아오려면, 며칠 더 있어야 하지 않을까?"

눈부신 광경과 에어컨 덕에, 미지 기분이 가볍고, 명랑하고, 상큼했다. 세상이 평화로웠다. '허니문 떠나는 맛이, 이렇지 않을까?' 미지는 약간 들떴다.

"선배님, 선배님은 언제가 가장 행복해요?, 아니 행복했어요?"

속도에 따라 펼쳐지는 눈앞의 광경에 시선을 붙인 채, 그가 머뭇거렸다.

"행복? 그러고 보니 행복이라는 말 잊고 산 지, 오래 됐네. 행복이라... 아마, 대한민국 건축대전 대상 탔을 때, 그때가 아닐까? 어머님이 그렇게 기뻐하시는 모습은, 그때 말곤, 본 적이 없어..." 박상철이 잠시 회상에 젖었다. 다행히 우울감에 빠지지는 않았다.

"미지씨는 언젠데?"

"저요? 전 지금요. 뭐, 얼마 전에도, 살짝 그렇긴 했어요."

미지가 밝게 웃었다.

"얼마 전?"

"네... 회장님이 최종안 잡을 때인데요... 미국 용역 안 두 개랑 제가 잡은 거랑, 안 세 개를 놓고 고민했나 봐요. 그래서 객관적인 코멘트를 구하려고, 아틀리에 작업하는 건축가 후배를 불렀는데... 그 후배 분이, 제 안으로 가라고 했다는 거예요. 그 말 들었을 때, 좀 행복했어요."

"역시, 미지씨야... 안타까워. 미지씨, 좋은 클라이언트만 만나면, 신싸 좋을 텐데..."

"그게 진짜 제 능력의 한계죠... 아, 선배님, 또 있어요."

"뭔데?"

"선배님 만나기 바로 전에, 학부 때 남친 잠시 만났어요. 십삼 년만인가... 우연히..."

"아, 그래, 그 친구... 그런데 왜 그렇게 오래 못 만났는데?"

"아시는지 모르겠지만, 연애하고 얼마 안 되어서 헤어졌거든요... 그런데, 오늘에야 사연을 좀 알게 되면서... 마치 십년 묵은 체증이 쑥 내려가는 기분이었어요. 얼마나 마음이 가볍든지..."

"이유가?"

"오해였죠... 제 오해... 철없이 어려서 그럴 수밖에 없었지만..."

"미지 씨, 미지 씨는 지금이 가장 행복하다고 했지? 그럼... 혹시... 한경이랑 그런 사이?"

미지가 멋 적게 웃었다.

"아, 그런 건가?... 이거... 둘 사이에 끼어든 바퀴벌레 같은 기분은, 갑자기 뭐지?" 박상철이 농담을 던졌다.

"아녜요. 전, 두 분이랑 같이 있으면, 더 좋아요."

미지는, 박상철의 말을 흐리멍덩하게 봉합했다. 그리고 곧바로 말머리를 돌렸다.

"선배님, 혹시 지금 보고 싶은 사람, 없으세요? 보고 싶은 사람?"

"어머님이 보고 싶지..."

"가족, 친인척, 빼고..."

"음... 한경? 미지 씨도 한경?"

고개만 끄덕였다. 박상철이 씽긋 웃었다. 미지가, 백미러를 살폈다.

"선배님, 이상해요. 아까 편의점에서 본 차, 그 차가 우리 따라오는 것 같아요."

"그래?"

미지는 겁이 왈칵 났다. 박상철은 백미러를 주시했다. 그리고는 다급하게 가속 페달을 밟았다. 계기판 바늘이 130을 넘어갔다. 따라오던 차가 시야에서 사라졌다. 박상철은 발을 페달에서 뗐다. 계기판 숫자가 빠른 속도로 떨어졌다. 차를 다시 제한속도에 맞추어 달렸다. 틈틈이 백미러를

체크했다. 잠시 전의 그 차가 다시 눈에 들어왔다. 이번에는
브레이크 페달을 급히 밟았다. 계기판 숫자가 순식간에
떨어졌다. 바늘이 60에 접근했다. 그런데도 따라오던 차는,
같은 거리를 유지한 채 백미러에서 사라지지 않았다.
박상철은 불길한 예감을 느꼈다. 주변을 세심하게 살폈다.
차가 막 영종대교에 진입하고 있었다. 다리가 한산했다.
이상할 정도로 차들이 없었다. 그 순간이었다. 어디에서
진입했는지, 왼쪽 편에 검정색 차가 나타났다. 그리고는
어느새 옆 차선에서 나란히 달렸다. 그 차의 조수석 창문이
내려갔다. 거기서 누군가가 머리를 내밀어, 이쪽으로 고개를
돌렸다.

"김철진이에요!" 미지가 소리쳤다.

미지의 입에서 김철진이라는 말이 떨어지자, 박상철이
당황했다. 브레이크를 밟아 속도를 줄인 채 왼쪽으로 고개를
돌렸다. 김철진은 차를 박상철 옆에 바짝 붙였다. 김철진이
오른팔을 내밀었다. 엄지와 검지를 뻗어 총 모양을 만들어,
박상철과 미지를 겨냥했다. 빵 소리를 내며 총 쏘는 시늉을
했다. 김철진에게 윙크를 날리고, 총알처럼 앞으로 사라졌다.
마치 공포 영화를 막 본 것 같았다. 두 사람은 한 숨을
깊이 쉬었다. 그리고 멍하니 말을 잊었다. 박상철은 다시

제한 속도를 유지했다. 박상철의 이마에 땀이 맺혔다. 굵은
땀방울이 등줄기를 타고 흘러내렸다.

평화로운 시간은 잠시였다. 어디선지 모르게 차 두 대가
순식간에 따라붙었다. 썬팅 때문에 상대 차의 내부를 볼 수
없었다. 검정색 차가 오른쪽 편에 붙었다. 박상철이 고개를
돌리려는 순간, 차 몸체에 바싹 붙었다. 박상철은 급히 왼쪽
차선으로 이동했다. 그 순간, 또 다른 검정색 차가 왼쪽
편으로 들어와 예리하게 급작스럽게 앞쪽에 끼어들었다.
박상철은, 갑자기 당한 공격에 당황했다. 핸들을 오른쪽으로
꺾으며, 다급하게 브레이크를 밟았다. 그 순간, 박상철의
차가, 오른쪽 가드레일을 박았다. 그리고는 왼쪽으로
튕겨나가, 뒤집혔다. 검정색 차 두 대가 두 사람을 지나쳐
순식간에 사라졌다.

김철진은, 뜻밖의 사고에 흠칫 놀랐다. 박상철이 자신이
저지른 많은 불법적인 일들을 경찰에 발설하지 않도록,
단지 겁을 주고 싶었을 뿐이었다. 자신의 방식으로, 제대로
경고하고 싶었을 뿐이었다. 그런데 그의 의도와 달리, 전복
사고가 발생했다.

미지는, 잠시 후 정신을 차리고 눈을 떴다. 뒤집힌 차가

종이처럼 구겨진 채 연기를 내고 있었다. 자신이 즐겨듣는 마리아 칼라스의 정결한 여신이 흐르고 있었다. 운전석으로 고개를 돌렸다. 박상철이 꼼짝도 하지 않은 채 머리에서 피를 흘리고 있었다. "선배님! 선배님!" 불러도 대답이 없었다. 미지는 안간 힘을 다해 안전벨트를 풀었다. 다행히 조수석 문이 반쯤 열려 있었다. 힘겹게 빠져 나와 전신을 살폈다. 다행히 큰 상처가 안 보였다. 본능적으로 스마트폰을 찾았다. 자신의 것도, 선배의 것도 찾을 수 없었다.

몇 대의 차들이 쏜살 같이 지나갔다. 차 밖에 선 채 달려오는 차들에게 두 손을 흔들었다. 여러 대가 그냥 사라졌다. 이윽고, 119 구급차와 경찰차와 견인차가 도착했다. 도로가 경찰에 의해 잠시 차단되었다. 뒤에서 달려오던 공항버스가 섰다. 경찰들과 구급요원들이 전복된 차를 둘러쌌다. 구급요원들이 박상철을 힘들게 끄집어내었다. 구급차에 실었다. 미지는, 공항에서 기다릴 한경 생각에, 마음이 탔다. 박상철이 걱정되었지만, 구급 요원들에게 맡기기로 하고, 운전사가 사고 수습 과정을 지켜보느라 문을 열어 둔 채 세워둔 공항버스에 올랐다.

도로 한 쪽이 정리되면서, 정지했던 공항버스가 출발했다. 미지는 사고 현장을 돌아봤다. 펑 소리와 함께 전복된 차에서

불이 났다. 사고 현장이 시야에서 멀어지면서, 촛불처럼
보였다. 미지는 공항에 내려 선배가 나올 출구로 향했다.
사람들이 출구 주변에 모여들어, 둥근 띠를 이루었다. 미지는
왼쪽 끝에 자리 잡고, 출구를 주시했다. 몇 사람이 나왔다.
그리고 드디어, 그렇게 애타게 보고 싶었던 그가 나오고
있었다. 한 손은 기타를 들고, 다른 손은 캐리어를 끌었다.
한경은, 미지를 찾으려고, 주변을 두리번거렸다. 한경을
발견한 미지가 한경에게 달려가려고 다리에 힘을 줬다.
그리고 정신을 잃었다.

20.

한경은 출구로 향했다. 열린 문 사이로 이쪽을 쳐다보는
수많은 사람들이 보였다. '아, 고국 땅이다...' 미국에 정착한
이후 첫 방문이라, 감회가 남달랐다. 게다가, 미지가 기다리고
있다는 생각에, 그저 기쁜 마음뿐이었다. 흥분된 마음을
자제하며, 드디어 문밖으로 몸을 내밀었다. 출입구 주변을
빙 둘러싼 사람들이 자신을 보고 있었다. 수많은 얼굴들을
찬찬히 훑었다. 미지가 안 보였다. 기다리는 사람들과 섞일
때까지, 아무도 접근하지 않았다. 무리 속에 선 채 주변을
살폈다. 여전히 미지가 없었다. 마음이 횅했다. 누군가를
기다리며 출국장만 바라보는 사람들의 무리들을 빠져나왔다.
가까운 벤치에 앉아, 공항에 들어오는 문들과, 무리들을
번갈아 주시했다. 기다리는 시간이 길어지면서, 흥분감이
초조감으로 바뀌었다.

한경은 결국, 전화를 했다. 이상하게 미지의 전화가 꺼져

있었다. 잠시 기다렸다가 다시 전화했다. 마찬가지였다.
기다리고 전화하기를, 몇 번이나 했을까, 여전히 불통이었다.
미지가 알려준 번호로 박상철에게도 전화했다. 그도
마찬가지였다. '사고는 아니어야 할 텐데...' 초조감이
걱정으로 변했다. 바깥이 어두워지기 시작했다. 아무리
생각해도, 미지에게 무슨 일이 생긴 것이 분명했다. 그렇지
않고서야, 이렇게 오래 불통일 수 없었다. 한경이 일어났다.
바깥 공기는 습기로 진득거렸다. 마음이 조급했다. 택시를
탔다. 미지의 원룸으로 가며 소원했다. '빛의 속도로 갈 수
있으면, 얼마나 좋으랴...'

한경은, 미지의 원룸 건물을 어렵게 찾았다. 건물의 입구
문이 잠겨 있었다. 문 앞에서 서성이며 한참을 기다렸다.
대학생인 듯한 거주자에게, 관리자 연락 번호를 알아냈다.
관리자 찾는 것도 오래 걸렸다. 사정을 얘기했다. 원룸에
들어갈 수 있게 해달라고, 간곡히 부탁했다. 관리자는
고집불통이었다. 어찌 할 수 없었다. 한경은 결국,
스마트폰에 저장된 미지와 주고받은 문자들과 사진들을
보여주었다.

미지의 방문을 열었다. 한경은, 미지의 집에, 아니 미지의
방에, 몸을 들여놓는 순간, 벽에 걸린 액자를 보았다. 게티

빌라에서 찍은 사진이었다. 자신과 미지가 활짝 웃고 있었다.
미지 방은, 작지만 정갈했다. 헛되이 쓴 공간이 없었다.
단순하면서도 우아한 디자인 소품들은, 거주자의 격조를
느끼게 했다.
전화 볼륨을 최대한으로 올려, 책상 위에 놓았다. 기다리고
기다렸다. 무슨 영문인지, 아무리 기다려도, 연락이 없었다.
한경은 꾸부리고 앉은 채, 졸다 말다 했다. 침대 위에
꼬꾸라졌다.

얼마나 지났을까... 한경은, 자신의 뺨을 만지는 느낌에
눈을 떴다. 미지가 곁에 누워있었다. 오른팔을 베고 있었다.
'무슨 일로 이렇게 늦게...' 입을 떼려는 순간, 미지가 입을
맞췄다. 참으로 오랜만이었다. 왼손으로 그녀의 볼을 감쌌다.
그녀의 귀와 머리칼의 촉감이 짜릿하게 손가락에 전해졌다.
키스를 길게 했다. 서로의 옷을 벗겼다. 둘은 벌거숭이
몸이 되었다. 미지가 한경 위로 올라갔다. 한경은, 봉긋한
가슴과, 매끄럽고 날씬한 허리와, 부드러운 엉덩이를 천천히
어루만졌다. 미지가 한경을 몸 속에 넣었다. 그녀의 입에서
신음소리가 새어나왔다. 그녀가 천천히 움직였다. 한경의
입에서도 신음소리가 흘러나왔다. 두 사람의 몸이 서서히
움직였다. 한경이 미지를 두 팔로 힘껏 당겼다. 그 순간,
미지가 사라졌다.

한경은 깜짝 놀라 눈을 떴다. 혼자였다. 미지의 공간이
햇살로 투명했다. 한경의 얼굴에 빛이 비쳤다. 그의 얼굴이
하얗게 변했다. '아, 꿈이었구나...'
한경은 자리를 박차고 일어났다. 의식이 있는 한, 잠시도
미지에 대한 걱정을 놓을 수 없었다. 미지가 연락이 올
때까지, 우선은 기다릴 것이다. 허기가 심했다. 냉장고 문을
열었다. 씻긴 과일과 샐러드 거리가 정갈하게 놓여있었다.
아침 준비를 천천히 끝내고, 준비한 음식을 식탁에 놓았다.
텔레비전을 켰다. 아침 뉴스 시간이었다. 커피가 필요했다.
부엌의 모퉁이에서 드리핑을 했다. 곁눈으로 뉴스를 보던
한경은, 급히 시선을 화면으로 돌렸다. 화면은 해상도가
조야한 영상으로 바뀌었다. 영종대교 현장에 차가 전복된
채 불타고 있었다. 그리고 그 아래에, 두 명의 사망자 명단
자막이 천천히 지나가고 있었다. 선우미지(37). 박상철(47).
한경이 짐승소리를 내며 꼬꾸라졌다. 텅 빈 공간에 잠시
정적이 흘렀다. 오열이 터졌다.

건축의 덫

이종건 지음

2015년 12월 5일 초판 1쇄 발행

편집/교정 강권정예
본문디자인 김준형
표지디자인 조형석
인쇄/제작 서울문화인쇄(주)

펴낸곳 정예씨 출판사
주소 서울시 마포구 월드컵로 29길 97
전화 070-4067-8952
팩스 02-6499-3373
이메일 book.jeongye@gmail.com
홈페이지 jeongye-c-publishers.com

ISBN 979-11-86058-08-4 03810
값 15,000원

이 도서의 국립중앙도서관 출판예정도서목록(CIP)은 서지정보유통지원시스템
홈페이지(http://seoji.nl.go.kr)와 국가자료공동목록시스템(http://www.nl.go.kr/
kolisnet)에서 이용하실 수 있습니다. (CIP제어번호 : CIP2015032275)